Seduciendo

AL JUGADOR

Seduciendo
AL JUGADOR

JENNIFER L. ARMENTROUT

escribiendo como J. LYNN

Traducción de Aida Candelario

🜂gua editorial.

Título original: *Tempting the Player*, publicado en inglés, en 2012,
por Entangled Publishing, Estados Unidos

Primera edición en esta colección: septiembre de 2023

Copyright © 2012 by Jennifer L. Armentrout. This translation published
by arrangement with Entangled Publishing, LLC through RightsMix LLC.
All rights reserved
© de la traducción, Aida Candelario, 2023
© de la presente edición: Agua Editorial, 2023

Agua Editorial
c/ Muntaner, 269, entlo. 1.ª – 08021 Barcelona
Tel.: (+34) 93 494 79 99
www.aguaeditorial.com
somos@aguaeditorial.com

Depósito legal: B 16424-2023
ISBN: 978-84-126509-8-3
IBIC: FR

Printed in Spain – Impreso en España

Diseño de cubierta:
Pablo Nanclares

Realización de cubierta:
Grafime Digital S. L.

Fotocomposición:
gama, sl

El papel que se ha utilizado para imprimir este libro proviene
de explotaciones forestales controladas, donde se respetan
los valores ecológicos y sociales y el desarrollo sostenible del bosque.

Impresión:
Romanyà Valls
Capellades (Barcelona)

A todos los lectores: gracias.

Índice

Capítulo uno

Mientras Bridget Rodgers observaba la antigua envasadora de carne, no dejaban de venirle a la mente imágenes de la película *Hostel*. Según su amiga, el club Cuero y Encaje, al que solo se podía acceder con invitación y sobre el que corrían tantos rumores, era el lugar de moda. Sin embargo, a juzgar por las ventanas tapiadas con cemento y las paredes exteriores cubiertas de grafitis (que probablemente fueran símbolos de bandas), además de por la tenue luz parpadeante de la farola que había junto al edificio, Bridget supuso que la mayoría de los clientes de este club acababan en carteles de personas desaparecidas o en las noticias de la noche.

—No puedo creerme que te dejara convencerme de esto, Shell. Es probable que seamos víctimas de algún ricachón pervertido antes de medianoche.

Bridget se enderezó el grueso cinturón de cuero que llevaba alrededor de la cintura del vestido. El cinturón era morado, por supuesto, y el vestido de punto era de color rojo oscuro. Su *look* característico era bastante llamativo; pero, al menos, eso ayudaría a la policía a identificar su cadáver luego.

Shell la miró con una mueca divertida en la cara.

—Ni te imaginas lo que he tenido que hacer para conseguir una invitación a este club. —Agitó el papelito, del tamaño de una tarjeta de visita, frente al rostro de Bridget—. Vamos a divertirnos haciendo algo diferente. Los bares de siempre son un muermo.

Teniendo en cuenta lo famoso que era el Cuero y Encaje, cabría esperar que estuviera situado en un barrio mejor de la ciudad que Foggy Bottom. Entre el aspecto espeluznante y antiestético del edificio y la niebla que se formaba cada noche en esa zona, costaba creer que ese sitio estuviera destinado a los ricos y poderosos de Washington.

El club se había convertido en una especie de leyenda urbana, y su nombre probablemente había contribuido a ello. Cuero y Encaje. ¿En serio? ¿Quién había pensado que era buena idea? Se suponía que era un club sexual: un lugar para poner en contacto a gente con «intereses similares», una especie de Match.com para los aficionados al sexo salvaje o algo así, pero Bridget no se lo creía. Y, aunque fuera verdad, ¿qué más daba? En realidad, todos los clubes y bares ofrecían sexo de una forma u otra. Por eso la mitad de los solteros salían de fiesta los fines de semana.

Por eso ella solía salir antes de fiesta los fines de semana.

—Vamos, quítate esa cara de amargada —le dijo Shell—. Necesitas hacer algo nuevo y divertido. *Necesitas desestresarte.*

—Te refieres a emborracharme...

—Y, con suerte, echar un polvo —añadió Shell con una sonrisa pícara.

La risa de Bridget formó nubecitas de vaho en el aire.

—Eso no va a resolver mis problemas.

—Es verdad. Pero, sin duda, te distraerá.

Era cierto que necesitaba liberar un poco de estrés a la antigua usanza. Aunque le encantaba su trabajo y la idea de tener que buscarse otro le daba ganas de acurrucarse en un rincón a llorar, no le bastaba para pagar las facturas (en concreto, el préstamo de estudios), que se llevaban gran parte de su sueldo mensual. Había llegado a odiar el momento en el que su teléfono sonaba y en la pantalla aparecía un número con el prefijo 800, lo que significaba que era una llamada comercial.

El banco donde había solicitado el préstamo era un puñetero buitre.

Bridget suspiró y observó de nuevo el edificio. Eso era sin duda el símbolo de una banda.

—Bueno, ¿y cómo conseguiste una invitación?

—En realidad, no fue muy emocionante —contestó Shell mientras miraba con el ceño fruncido la tarjeta que tenía en la mano.

—Vale —aceptó Bridget, que enderezó los hombros y se giró hacia su amiga. Sonrió al ver que la otra chica, que era más baja que ella y llevaba un ajustado minivestido negro, estaba tiritando. A veces, contar con más relleno tenía sus ventajas. El aire de principios de octubre era fresco, pero a ella no le entrechocaban las rodillas—. Si este sitio es un rollo o alguien intenta sacarme un ojo, nos largamos enseguida de aquí.

Shell asintió con gesto solemne.

—Trato hecho.

Los tacones de ambas repiquetearon sobre el asfalto agrietado mientras se dirigían a toda prisa hacia lo que parecía ser la entrada principal. En cuanto estuvieron a la vista de la ventanita cuadrada que había en la puerta, esta se abrió y apareció un hombre con una camiseta negra y tan corpulento como un luchador profesional.

—Tarjeta —bramó.

Shell dio un paso adelante y se la tendió. El portero la cogió, le echó un vistazo rápido y luego les pidió los carnés de identidad, que también revisó antes de devolvérselos. A continuación, les abrió la puerta: por lo visto, habían pasado la prueba de popularidad y edad.

Aunque, claro, las dos tenían casi veintisiete años y ya nadie las confundiría con menores de edad. Qué lástima. A veces, hacerse mayor era una mierda.

La entrada al club consistía en un estrecho pasillo con luces de riel. Las paredes eran negras. El techo era negro. La puerta que había más adelante era negra. Aquella ausencia de color y alegría apesadumbró un poco a Bridget.

Cuando llegaron a la segunda puerta, esta también se abrió y apareció otro tío enorme... con una camiseta negra. Bridget estaba empezando a sospechar que no se trataba de una coincidencia. Shell soltó un gritito al pasar junto al segundo portero mientras lo inspeccionaba con la mirada, y él hizo lo mismo con el triple de intensidad.

Tras echarle un primer vistazo a la planta baja del club, Bridget se quedó impresionada. Quienquiera que hubiera diseñado ese sitio había hecho un gran trabajo. En el interior, nada indicaba que eso hubiera sido anteriormente una fábrica.

La iluminación era tenue, pero no la típica penumbra que hacía que todo el mundo tuviera buen aspecto a las tres de la madrugada. A veces, eso suponía un agobio para cualquier chica. Varias mesas grandes rodeaban una pista de baile elevada de la que debía resultar bastante peligroso bajar y subir estando borracho, pero que estaba llena de gente. Unos sofás grandes y largos bordeaban las paredes, pintadas de color rojo sangre. Una escalera de caracol conducía a la planta de arriba, pero unos gorilas bloqueaban el paso en el rellano superior.

Por lo que Bridget pudo ver, arriba parecía haber recintos privados. Estaba segura de que en aquellos cubículos sombríos tenían lugar muchas travesuras.

Detrás de la escalera había una larga barra que atendían ocho camareros. Jamás había visto tantos camareros trabajando en la misma barra a la vez. Eran cuatro hombres y cuatro mujeres. Todos iban vestidos de negro y estaban preparando bebidas y charlando con los clientes.

El local estaba concurrido, pero no excesivamente abarrotado, como sí lo estaban la mayoría de los clubes de la ciudad. Y, en lugar de percibirse un olor rancio a humo de cigarrillos, cerveza y sudor, en el aire se notaba un aroma a clavo.

Ese sitio no estaba nada mal.

Shell se giró hacia ella, aferrando su bolsito negro con una mano, y le dijo:

—Esta va a ser una noche inolvidable. Ya lo verás.

Bridget sonrió.

* * *

Chad Gamble agarró otro vaso de chupito y se lo bebió. El fuerte sabor del alcohol hizo que le ardieran los ojos, pero, como le ocurre a cualquier familia en la que hay un auténtico alcohólico, haría falta un barril entero de esa mierda para emborracharlo.

Y, a juzgar por las personas presentes esa noche en el club, cada vez le parecía más probable acabar emborrachándose que echando un polvo. Ninguna mujer le había llamado la atención. Naturalmente, muchas mujeres guapas ya se habían acercado a él y a su amigo Tony. Pero a Chad no le había interesado ninguna.

Y Tony estaba demasiado ocupado dándole la tabarra.

—Tío, tienes que aflojar un poco el ritmo. Si sigues apareciendo en la prensa, el equipo se va a cabrear contigo.

Chad soltó un gruñido mientras se inclinaba hacia delante y le hacía señas a Jim, el camarero. No estaba seguro de si ese era su verdadero nombre, pero, joder, llevaba dos años llamándolo así y el camarero nunca lo había corregido.

—¿Otra copa? —le preguntó Jim.

Chad le echó un vistazo a Tony y suspiró.

—Que sean dos chupitos.

El camarero soltó una risita mientras cogía una botella de vodka Grey Goose.

—Tengo que darle la razón a Tony en este tema. Si firmas un contrato con los Yankees, medio mundo te considerará un traidor.

Chad puso los ojos en blanco.

—¿O indicará que soy muy inteligente y estoy increíblemente centrado en mejorar mi carrera?

—Indicará que tu mánager es un cabrón avaricioso —repuso Tony mientras tamborileaba con los dedos sobre la barra—. Ambos sabemos que los Nationals te pagan suficiente.

Jim, el camarero, resopló.

Los Nationals le pagaban más que suficiente. Tanto que, cuando le llegara el momento de retirarse, tendría la vida resuelta. Joder, ya tenía tanto dinero que no sabía qué hacer con él; pero solo tenía treinta años y podría seguir siendo lanzador durante otros seis años, puede que incluso más. Ahora mismo, todavía estaba en la cima de su carrera. Chad lo tenía todo: un talento divino para lanzar bolas rápidas magníficas y con gran puntería, experiencia en el juego y (en palabras de su mánager) un rostro que conseguía atraer a las mujeres a los partidos de béisbol.

Pero el dinero y las ofertas de equipos rivales no eran el problema con los Nationals.

El propio Chad era el problema... o, más bien, su «intenso estilo de vida fiestero», o como fuera que lo hubieran llamado en las páginas de cotilleos. Según el *Washington Post*, Chad se acostaba con una mujer diferente cada noche; aunque, por muy divertido que sonara eso, no era cierto en absoluto. Por desgracia, había tenido tantas relaciones que la gente se creía cualquier cosa que escribieran sobre él. Su reputación era tan famosa como su destreza como lanzador.

Sin embargo, cuando a los aficionados les interesaba más a quién se estaba tirando en lugar de cómo estaba jugando el equipo, eso suponía un problema.

Los Nationals querían que Chad siguiera con ellos, y eso era lo que él también quería. Le encantaba esa ciudad, el equipo y los entrenadores. Su vida estaba ahí: sus hermanos y la familia Daniels, que habían sido como unos padres para él. Si se marchara de la ciudad, tendría que despedirse de todos ellos, pero el equipo le había exigido que debía «sentar la cabeza».

Sentar la puta cabeza, como si fuera una especie de universitario descontrolado. ¿Sentar la cabeza? En cambio, había decidido sentar el culo en ese taburete. Un culo magnífico, por cierto, según le habían dicho muchas veces.

Chad se bebió el chupito y volvió a dejar el vaso de golpe sobre la barra.

—No me voy a ir a ningún sitio, Tony. Ya lo sabes.

—Me alegra oírlo. —Tony hizo una pausa—. Pero ¿y si los Nationals no te renuevan el contrato?

—Claro que lo harán.

Tony negó con la cabeza.

—Más te vale que no se enteren de lo que pasó en esa habitación de hotel el miércoles por la noche.

Chad soltó una carcajada.

—Venga, tío, tú estabas allí conmigo el miércoles por la noche y sabes perfectamente que no pasó nada en esa habitación de hotel.

Su amigo esbozó una sonrisita burlona.

—¿Y quién se lo va a creer si esas tres señoritas dicen lo contrario? Y ya sé que no eran precisamente unas «señoritas», pero, con tu reputación, el equipo se creerá cualquier cosa. Tienes que evitar llamar la atención.

—¿Evitar llamar la atención? —Chad resopló—. Creo que no me has entendido. No quieren que no llame la atención. Quieren que *siente la cabeza*.

—Joder —masculló Tony—. Bueno, tampoco es que te hayan pedido que te cases.

Chad lo fulminó con la mirada.

—En realidad, estoy seguro de que quieren que encuentre «una buena chica», deje de ir a clubes y...

—¿Clubes como este? —lo interrumpió Tony con una risita.

—Exactamente. Tengo que renovar mi imagen por completo, signifique lo que signifique eso.

Tony se encogió de hombros.

—Eres un donjuán, Chad. Así que deja las conquistas para el campo de juego.

Chad abrió la boca, pero luego volvió a cerrarla. En realidad, no podía negar esa afirmación. A los hermanos Gamble no les iba eso de sentar la cabeza. El traidor de su hermano Chase ya no contaba. Aunque Chad adoraba a su futura cuñada, Maddie, y consideraba que Chase y ella hacían muy buena pareja, ni Chad ni su otro hermano, Chandler, iban a encadenarse a una mujer en un futuro próximo.

—Como digas que eres el rey del juego o algo así, te tiro de ese taburete de un guantazo —le advirtió Tony.

Chad soltó una carcajada.

—Creo que necesitas echar un polvo y relajarte un poco. Aunque decida cambiar de equipo, no voy a romper contigo.

Tony le enseñó el dedo corazón mientras sus ojos oscuros recorrían la parte del club situada detrás de ellos. Entonces, se echó hacia atrás de repente, con los labios fruncidos.

—Vaya, no había visto nunca a esas dos. Qué interesante...

Chad giró la cintura y buscó qué había captado el interés de Tony. Debía ser algo muy bueno, porque a su amigo le habían interesado tan poco como a él las opciones disponibles esa noche.

Observó a una rubia alta y delgada con una gargantilla de cuero que bailaba con una mujer más baja. Ambas miraban directamente a Chad y a Tony, pero eran clientas habituales. Se fijó en algunas mujeres más, pero no vio nada nuevo. Estaba a punto de darse la vuelta cuando divisó una melena del color del vino tinto. Joder. Siempre había tenido debilidad por las pelirrojas. Chad se giró por completo. La mujer se encontraba junto a una rubia que estaba colocando una bebida sobre una de las mesas altas, pero sus ojos volvieron a posarse en la pelirroja. Era tan alta que su cabeza probablemente le llegaría a Chad a los hombros, y él medía casi dos metros. Su piel pálida parecía porcelana inmaculada y seguramente se sonrojaría con facilidad. Desde donde estaba, no distinguía de qué color eran sus ojos, pero estaba convencido de que debían ser verdes o color avellana. Tenía los labios carnosos y arqueados. Una boca como esa estaba hecha para que la besaran, y atormentaría los sueños de cualquier hombre mucho tiempo después.

Chad bajó la mirada y..., joder, sí, su pene, que había permanecido dormido toda la noche, despertó de repente. El vestido rojo terminaba justo debajo de los codos y encima de las rodillas, pero le gustó todo lo que vio..., y mucho. La tela se tensaba sobre unos pechos amplios. Chad sintió deseos de quitarle el cinturón que le rodeaba la cintura y usarlo para otras cosas. Aquella mujer tenía la clase de cuerpo que lucían las modelos *pin-up* de los años cincuenta: el cuerpo de una mujer de verdad. Y ese cuerpo exigía que recorrieran sus curvas con las manos y la lengua, si te atrevías..., y desde luego que él se atrevía.

—Madre mía —murmuró Chad.

Tony soltó una risita grave.

—La pelirroja, ¿eh? Yo la vi primero. Apuesto a que puede con todo.

Chad le lanzó una mirada hostil a su amigo.

—La pelirroja es mía.

—Cálmate, tío. —Tony alzó las manos en señal de rendición, sin dejar de reírse—. También me gusta la rubia.

Chad le sostuvo la mirada el tiempo suficiente para que su amigo captara que no estaba de coña antes de centrar su atención de nuevo en la pelirroja. Ahora estaba sentada a la mesa y jugueteaba con la pajita de su bebida. Un cliente habitual se detuvo ante su mesa en busca de carne fresca. Se llamaba Joe, aunque Chad no recordaba su apellido, y trabajaba para el Gobierno, haciendo vete a saber qué. Chad nunca había tenido ningún problema con aquel tío, pero ahora tuvo que emplear todo su autocontrol para no levantarse y apartarlo de allí a la fuerza.

Joe dijo algo y la rubia se rio. Cuando la pelirroja se sonrojó, a Chad se le puso el pene duro como el granito. Estaba deseando saber hasta dónde se extendía aquel sonrojo. No..., *necesitaba* saberlo. Su vida dependía de ello.

—Joder —soltó mientras miraba a Tony—. ¿Te he comentado alguna vez que Joe me parece un cretino?

Tony se rio entre dientes.

—No, pero me imagino por qué opinas eso.

Chad asintió con la cabeza con aire distraído mientras observaba a la pelirroja con los ojos entornados. Fuera quien fuera, aquella mujer no se iba a ir a casa con Joe esa noche. Se iba a ir con *él*.

Capítulo dos

La gente que frecuentaba Cuero y Encaje era muy... *amigable*. Dos hombres y una mujer ya se habían acercado a la mesa de Bridget y Shell y se habían puesto a charlar y a coquetear con ellas abiertamente. Si a Bridget le gustaran las mujeres, aquella belleza rubísima que le había echado el ojo a Shell sin duda habría sido su tipo, pero los dos hombres apenas le habían interesado, lo cual era extraño, porque eran guapos y encantadores. Uno de ellos la había colmado de atenciones, pero se había aburrido como una ostra.

Era muy probable que tuviera la vagina averiada o algo así.

Suspiró y se terminó la bebida mientras Shell practicaba sus técnicas de seducción con un tío moreno llamado Bill o Will. La retumbante música que surgía de los altavoces le impedía oír lo que su amiga y aquel tío se decían, pero Bridget supuso que era muy probable que tuviera que pedir un taxi para volver a casa.

O, aún peor, usar el metro. Estaba convencida de que ese sitio era uno de los círculos del infierno de Dante.

Cuando llegara a casa, le hincaría el diente a la tarta de chocolate que había descubierto esa tarde en el supermercado y se pondría a leer el libro que había robado descaradamente de la mesa de Maddie cuando salía del trabajo. No tenía ni idea de qué iba el libro, pero la portada era verde (le encantaba ese color) y el tío de la ilustración estaba como un tren. Ah, y también tenía que darle de comer a Pepsi, el gato callejero que había encontrado en una caja de Pepsi cuando era pequeño.

Un momento...

Era viernes por la noche, estaba en un club, un hombre guapo la estaba mirando con cara de «quiero llevarte a casa y espero durar más de cinco minutos»... y ella estaba pensando en tarta, un libro para jóvenes adultos y darle de comer a su gato.

Se estaba convirtiendo en la señora de los gatos con solo veintisiete años. Qué bien.

—Voy a la barra —anunció Bridget, pues supuso que al menos podría emborracharse, y así le daría igual cómo acabara la noche—. ¿Alguno de los dos quiere otra copa?

Tras esperar una respuesta durante unos segundos, puso los ojos en blanco y se levantó. Agarró su bolso color malva, rodeó la mesa y se dirigió hacia la barra, que en ese momento estaba más concurrida que cuando habían llegado. Se abrió paso junto a una mujer con el pelo negro, corto y de punta, y se apoyó contra la barra.

Para su sorpresa, un camarero apareció de la nada.

—¿Qué te pongo, encanto?

¿Encanto? Qué... encantador.

—Ron con cola.

—Ahora mismo.

Bridget le dio las gracias con una sonrisa y luego recorrió la barra con la mirada. Había varias parejas y unas cuantas personas solas o hablando con la gente que había junto a la barra. Entonces, vio a un tío de ojos y pelo oscuro y tuvo la sensación de que lo conocía de algo.

Cuando el camarero depositó un vaso alto delante de ella, abrió el bolso para sacar el dinero.

—Invito yo —dijo de pronto una voz grave y melodiosa. Una mano grande se apoyó en la barra junto a Bridget—. Ponlo en mi cuenta.

El camarero se giró para atender a otra persona antes de que ella pudiera negarse educadamente. Nunca aceptaba bebidas de desconocidos. Los caramelos ya eran otra historia.

Se giró a medias mientras seguía con la mirada aquellos dedos largos hasta la manga de un jersey oscuro arremangado hasta el codo. La tela ceñía un brazo grueso y musculoso que conectaba con unos hombros anchos que a Bridget le resultaron vagamente familiares. Fuera quien fuera aquel tío, era sorprendentemente alto. A pesar de que ella medía casi metro ochenta, tuvo que echar la cabeza hacia atrás para mirarlo a los ojos, y eso la entusiasmó.

Sin embargo, en cuanto le vio la cara, el entusiasmo se desvaneció y lo sustituyeron un millar de emociones diferentes que no supo identificar. *Conocía* a aquel hombre. Pero no solo porque todos en la ciudad supieran quién era, sino que ella lo conocía *de verdad*.

No resultaba fácil olvidar un rostro como aquel ni los atributos que compartía con sus hermanos. Sus labios amplios y expresivos parecían firmes e inflexibles. Dominantes. Poseía una mandíbula marcada y pómulos anchos. Tenía la nariz ligeramente torcida debido a que había recibido un pelotazo en la cara tres años antes. De algún modo, esa imperfección lo volvía aún más sexi. Sus densas pestañas, muy negras, enmarcaban unos ojos del color del agua del fondo del océano. Llevaba el pelo castaño oscuro corto por los lados y más largo por arriba y peinado formando una masa revuelta que daba la impresión de que acababa de levantarse de la cama.

El puñetero Chad Gamble: el lanzador estrella de los Nationals, el mediano de los hermanos Gamble y el hermano mayor de Chase Gamble, que resultaba ser el novio de Madison Daniels, la jefa y compañera de trabajo de Bridget.

Madre del amor hermoso.

Madison le había contado muchas cosas de él. En cierto sentido, Bridget sentía que ya lo conocía. Su amiga había crecido con los hermanos Gamble y llevaba toda la vida enamorada de uno de ellos, aunque Bridget nunca había visto a Chad en persona, no tan de cerca, al menos. No se movían en los mismos círculos, evidentemente. Y, ahora, ¿Chad estaba ahí, en un local que se rumoreaba que era un club sexual, y acababa de invitarla *a ella* a una copa? ¿Se había confundido? ¿Estaba borracho? ¿Había recibido demasiados pelotazos en la cara? Y, por el amor de Dios, qué cara tan magnífica tenía.

A juzgar por lo que Maddie le había dicho de él y los cotilleos que publicaba la prensa, Chad era un famoso mujeriego. Bridget había visto en los tabloides la clase de mujeres con las que salía. Todas eran modelos altas e increíblemente guapas. Desde luego, esas mujeres no se dedicaban a pensar en tartas y libros de temática paranormal.

Sin embargo, Chad la estaba mirando como si supiera lo que hacía. Eso la sorprendió y la intrigó.

—Gracias —logró decir por fin, tras quedarse mirándolo embobada a saber cuánto tiempo.

La sonrisa relajada de Chad le provocó un revoloteo en el vientre.

—De nada. No te había visto nunca por aquí. Me llamo...

—Ya sé quién eres.

Bridget se sonrojó intensamente. Ahora parecía una auténtica acosadora. Se planteó decirle de qué lo conocía, pero luego se le ocurrió ver adónde conducía eso. Era posible que, en cuanto Chad se enterara de lo que tenían en común (es decir, que podrían volver a encontrarse algún día), se despidiera de ella de inmediato. Ese hombre no destacaba precisamente por mantener su atención centrada en el mismo sitio mucho tiempo, salvo en el campo de juego.

—Quiero decir que *he oído* hablar de ti. Eres Chad Gamble.

La sonrisa de Chad se volvió más amplia.

—En ese caso, me tienes en desventaja. Yo no sé quién eres.

Bridget seguía sonrojada cuando se giró y cogió su vaso, en un intento de que el alcohol la ayudara a armarse de valor.

—Bridget Rodgers.

—Bridget —repitió él y, Dios santo, pronunció su nombre como si lo estuviera *saboreando*—. Me gusta ese nombre.

Ella no supo qué responder, lo cual era asombroso. Siempre había sido una persona muy sociable, pero ahora estaba desconcertada. ¿Qué hacía alguien como él, un dios entre los hombres, hablando con ella? Tomó un sorbo y maldijo esa repentina incapacidad para entablar conversación.

Chad se situó entre ella y un taburete vacío que había detrás de él. Sus cuerpos estaban tan cerca que Bridget percibió un aroma intenso con toques de jabón.

—¿El ron con cola es tu bebida favorita?

Bridget suspiró con nerviosismo y asintió con la cabeza.

—Me gusta mucho, pero el vodka también está entre mis preferencias.

—Ah, una mujer que comparte mis gustos. —Chad posó la mirada en sus labios y una oleada de calor se propagó por el cuerpo de Bridget al mismo tiempo que notaba una tensión en las entrañas—. Bueno, cuando te termines ese ron con cola, tendremos que pedirnos unos chupitos de vodka.

Bridget se colocó el pelo detrás de la oreja mientras intentaba contener lo que sin duda era una enorme sonrisa de idiota. Aunque suponía que esa conversación no llevaría a ninguna parte, era lo bastante madura para admitir que le gustaba que un hombre como él le prestara atención.

—Me parece bien.

—Genial. —Los ojos de Chad volvieron a ascender, se encontraron con los suyos y le sostuvieron la mirada un momento. Entonces, se inclinó hacia ella y ladeó la cabeza—. ¿Sabes una cosa? —le susurró con tono cómplice.

—¿Qué?

—El asiento que hay detrás de ti acaba de quedarse vacío. —Le guiñó un ojo y, Dios mío, qué sexi estaba cuando hacía eso—. Y hay otro libre detrás de mí. Creo que es una señal.

Bridget soltó una carcajada suave y, entonces, no pudo evitar sonreír.

—¿Una señal de qué?

—De que deberíamos sentarnos a hablar.

Bridget notó que el corazón le latía como un loco en el pecho, de un modo emocionante, como cuando era adolescente y el chico por el que estaba colada se había puesto a hablar con ella en una fiesta. Pero eso era diferente. Chad era diferente. Podía percibir la mirada ardiente con la que la observaba.

Echó un vistazo hacia la mesa en la que Shell seguía con aquel tío llamado Bill o Will.

—Entonces, tendremos que hacerle caso al universo.

Bridget se sentó y él hizo lo mismo a la vez que acercaba el taburete con la excusa de oírla mejor, aunque ella sabía que solo era una treta. Ya tenía cierta experiencia en cuanto a conocer a hombres en bares se refiere, pero Chad era increíblemente hábil. Nada de lo que le había dicho sonaba cursi en absoluto. Su voz rebosaba confianza en sí mismo y algo más que Bridget no supo precisar.

Al estar sentados tan cerca, la rodilla de él presionaba contra el muslo de ella.

—Bueno, ¿a qué te dedicas, Bridget?

Iba a decirle dónde trabajaba, pero entonces decidió no hacerlo. Estaba segura de que el hecho de que conociera a Maddie y a Chase cambiaría las cosas.

—Trabajo en el centro, de ayudante ejecutiva. Sí, ya lo sé: eso solo es una forma rebuscada de decir «secretaria», pero me encanta mi trabajo.

Chad apoyó un brazo en la barra y empezó a juguetear con el cuello de su botella de cerveza.

—Oye, mientras a ti te guste lo que haces, da igual lo que sea.

—¿A ti todavía te gusta jugar al béisbol? —Cuando a él se le dibujó una expresión de extrañeza en la cara, añadió—: Me refiero a que, después de un tiempo, los jugadores profesionales siempre dicen o que les encanta jugar o que lo odian.

—Ah, ya lo pillo. A mí me sigue encantando jugar. Los temas políticos, no tanto, pero no cambiaría lo que hago por nada del mundo. Juego a un deporte que me gusta, y me pagan por ello.

—¿Los temas políticos? —repitió Bridget con curiosidad.

—Lo que pasa entre bastidores —le explicó él tras tomar un trago de cerveza—. Los mánager, los directores, los contratos... Esas cosas no me interesan nada.

Bridget asintió con la cabeza mientras se preguntaba qué pensaría Chad del acalorado debate que ocupaba últimamente la sección de deportes de los periódicos sobre si firmaría un contrato con los New York Yankies. No era aficionada al béisbol, y había leído esa sección un día durante un almuerzo especialmente aburrido. Por lo general, iba directa a la sección de cotilleos y, ahora que lo pensaba, Chad solía aparecer mucho por esas páginas.

Mientras Bridget se terminaba su copa, él le hizo un montón de preguntas sobre su vida, y parecía realmente interesado en lo que le contaba. Cuando ella le preguntó por sus estudios, fingió no saber a qué instituto y universidad había ido, aunque sí que lo sabía, ya que eran los mismos a los que había ido Madison.

—Bueno, ¿vienes mucho por aquí? —le preguntó Bridget cuando hubo una pausa en la conversación.

Entonces, posó la mirada en la boca de Chad. Le estaba costando mucho esfuerzo no dirigir la vista hacia allí e imaginarse cómo sería sentir esos labios contra los suyos, saborearlos...

—Una vez al mes, más o menos —contestó él—. Creo que mi amigo Tony viene más a menudo.

Entonces, Bridget comprendió por qué aquel tío de pelo oscuro le resultaba familiar. Era otro jugador de béisbol.

—¿Todo el equipo suele venir aquí?

Chad soltó una carcajada profunda.

—No, a la mayoría de mis compañeros no les van este tipo de sitios.

—Ah, ¿no? Pero ¿a ti sí?

Bridget supuso que era probable que algunos de los jugadores estuvieran casados.

—Por supuesto. —Chad se inclinó hacia ella y apoyó un brazo sobre el respaldo del taburete de Bridget—. Entonces, ¿no naciste en Washington?

—No, soy de Pensilvania.

—Pues Pensilvania ha perdido un tesoro.

—Ja, ja —se burló Bridget, aunque, en el fondo, se sentía halagada. Pero, por supuesto, se llevaría esa información a la tumba—. Lo estabas haciendo muy bien, hasta que has soltado esa frase.

Chad se rio entre dientes.

—En ese caso, mantengo lo que he dicho, aunque estoy de acuerdo: esa frase ha sido penosa. —Puso una mueca de máxima concentración mientras con un dedo se daba golpecitos en la barbilla—. Veamos, ¿qué frase habría estado mejor? ¿Qué tal...?

—No, no. Dejemos las frases buenas. ¿Cuál es la peor frase de tu repertorio? Eso será más divertido.

—¿Mi *peor* frase? —preguntó Chad con un brillo en los ojos—. ¿Das por hecho que *tengo* una?

Bridget hizo un gesto con una mano para señalar a su alrededor mientras se inclinaba hacia él y apoyaba la barbilla sobre la otra mano, con el brazo contra la barra, adoptando lo que esperaba que fuera una pose seductora. Le faltaba un poco de práctica.

—Teniendo en cuenta que has admitido que vienes aquí a menudo, pues sí, creo que tienes frases mucho peores, casanova.

Y, entonces, Bridget le guiñó un ojo. Le guiñó un ojo de verdad. Rogó que él no le reprochara sus espantosas tácticas para coquetear, porque estaba segura de que había sido un intento patético.

Chad soltó una carcajada ronca y profunda que ella sintió que le retumbaba a lo largo de la espalda.

—No me gustaría malgastar mis peores frases con alguien tan sexi como tú.

Bridget no pudo contenerse, y se le escapó una carcajada.

—Buena respuesta, señor. Buena respuesta.

Ahora sonreía de oreja a oreja como una idiota; aunque, al menos, la sonrisa de Chad era igual de amplia. Caray, se había olvidado de lo divertido que era salir por ahí y coquetear con un tío listo y sexi.

Chad le hizo una reverencia en broma.

—Muchas gracias.

Dos chupitos de vodka aparecieron misteriosamente delante de ellos. Chad se rio cuando ella tuvo que bebérselo en dos tragos.

—Tramposa —se burló con una expresión traviesa en los ojos.

Bridget se abanicó con una mano mientras se reía.

—No sé cómo lo haces. Esta cosa es muy fuerte.

—Años de práctica.

—Está bien saber que tienes otros talentos aparte de jugar al béisbol.

—Tengo muchos talentos —contestó él con la mirada clavada en sus labios.

Chad le pidió un vaso de agua al camarero y luego se lo acercó a Bridget. Ella le dio las gracias con una sonrisa y tomó un sorbo.

La mirada de Chad la cautivó, y se sintió como si fuera una de las protagonistas de las novelas románticas que le gustaba leer.

—¿Sabes qué? Si usas otra frase más como esa, ganarás un juego de cuchillos.

Entonces, Chad se inclinó hacia ella, de modo que apenas los separaban unos centímetros. A Bridget se le aceleró el corazón cuando la sonrisa de él se volvió al mismo tiempo misteriosa y juguetona.

—*Muchísimos* talentos.

Bridget se sonrojó, aunque lo achacó al alcohol.

—Deberías saber que soy inmune a la palabrería de bar.

Eso era mentira, por supuesto, como demostraba con claridad su pulso acelerado, pero le dio igual.

Chad alargó una mano y le rozó una mejilla acalorada con los nudillos. Ella se estremeció.

—Me gusta cómo te sonrojas.

Bridget sintió que las mejillas se le ponían todavía más rojas mientras cogía el vaso de agua.

—Oye, creía que habíamos decidido dejar de lado las frases malas para ligar.

Lo miró de reojo y descubrió que la estaba observando con atención. De hecho, estaba casi segura de que Chad no le había quitado los ojos de encima durante más de unos pocos segundos.

—Eso no es divertido —protestó él, pero la risa todavía hacía que se le formaran arruguitas en las comisuras de los ojos. Entonces, le preguntó, mientras dirigía la mirada hacia el camarero—: ¿Otra copa?

Ella asintió con la cabeza y pidió algo más suave. Siguieron hablando y, antes de darse cuenta, Bridget perdió a Shell de vista por completo, ya que los clientes del club se habían congregado alrededor de la barra y ocultaban las mesas. Chad se había acercado más a ella, y ahora tenía toda la pierna pegada a la suya. El contacto hacía que le hormigueara la piel bajo el vestido.

Bridget apartó la mirada y se fijó en una pareja que estaba bailando cerca de ellos. Bueno, si se le podía llamar *bailar* a eso. Prácticamente estaban echando un polvo de pie y con la ropa puesta. La mujer llevaba una minifalda de tela vaquera muy subida y había enroscado una pierna alrededor de la estrecha curva de la cadera del hombre. Su pareja había introducido una mano bajo el dobladillo deshilachado de la falda mientras restregaban las caderas uno contra el otro. Bridget tragó saliva y volvió a centrar su atención en su copa.

—No puedo creer que esté empleando mis mejores armas contigo y tú no aprecies mis esfuerzos. Has herido mis sentimientos —se quejó Chad mientras se llevaba la mano al corazón fingiendo estar dolido.

Aquel tono de broma hizo que a Bridget se le dibujara una sonrisa.

—Sí, se nota que tienes problemas de autoestima.

Chad soltó una carcajada, y su sonido profundo y retumbante se fue apagando poco a poco. Entonces, se inclinó hacia ella y su expresión se volvió seria por primera vez esa noche.

—¿Puedo ser sincero contigo, Bridget?

Ella enarcó una ceja.

—¿Quiero que lo seas?

La mano de Chad le recorrió el cuello, donde el pulso le latía enloquecido, y luego sus largos dedos le rodearon la nuca.

—Te vi antes de que tú me vieras a mí. Vine a esta parte de la barra solo para hablar contigo.

Todo pensamiento coherente se esfumó de la mente de Bridget. ¿Lo decía en serio? ¿Cuánto llevaría bebiendo antes de que se conocieran? No se trataba de que ella tuviera poca autoestima. Sabía que era guapa, pero también sabía que los cuerpos como el suyo habían pasado de moda hacía décadas y que ese club estaba abarrotado de mujeres que parecían supermodelos. La clase de mujeres con las que solía ver a Chad en fotos una y otra vez.

Pero ahora él estaba hablando con ella, tocándola.

Sus labios estaban tan cerca que sus alientos se mezclaron. El ruido constante de las conversaciones y la música que los rodeaba se desvaneció.

Tal vez fuera cosa del alcohol o del hecho de que se trataba de Chad Gamble. Como cualquier mujer con ovarios, Bridget había fantaseado muchas veces con aquel *playboy*, pero todo eso le parecía irreal. Era hiperconsciente de lo que estaba ocurriendo y, al mismo tiempo, le resultaba inverosímil.

—Y, para que quede claro, eso no era una frase para ligar. —Chad ladeó la cabeza—. Quiero besarte.

Capítulo tres

—¿Ahora? —preguntó Bridget.

Los músculos se le tensaron, pero de inmediato se le aflojaron bajo los hábiles dedos de Chad.

—Ahora —contestó él.

Bridget echó la cabeza hacia atrás y su cuerpo se relajó contra aquella mano, se inclinó hacia las caricias y cedió ante ellas. Chad estaba tejiendo una seductora red a su alrededor que desdibujaba la realidad. Se le secó la garganta cuando los dedos de Chad le hicieron inclinar más la cabeza y empezó a notar una tensión en la boca del estómago.

—Eh...

—Solo un beso —murmuró él.

Se le cerraron los ojos cuando el aliento de Chad le rozó una mejilla. Bridget abrió y cerró las manos sobre su regazo, sin saber qué hacer con ellas.

Besar a Chad en un bar abarrotado no debería excitarla tanto. A ella no solían gustarle ese tipo de demostraciones de afecto en público y normalmente se burlaba de la gente que lo hacía (sobre todo, cuando se trataba de Madison y Chase, porque parecían incapaces de quitarse las manos de encima), pero eso..., eso era diferente, y, antes de ser consciente de lo que hacía, aceptó. Sin embargo, no notó los labios de Chad sobre los suyos como esperaba.

Chad le rozó la curva de la mandíbula con la punta de la nariz, lo que hizo que contuviera la respiración, y luego bajó más la cabeza. Como ella tenía la cabeza inclinada hacia atrás, su cuello quedaba al descubierto. Bridget cerró los puños y, entonces, la ardiente boca de Chad se posó sobre la zona donde el pulso le latía muy rápido.

Todo el cuerpo de Bridget se estremeció como si él estuviera haciendo algo mucho más travieso en lugar de lo que en general se considera un gesto tierno. Fue un beso rápido, pero, cuando Chad empezó a levantar la cabeza, le mordisqueó el cuello y, luego, Bridget notó que le pasaba la lengua por la piel, aliviando el leve dolor. Un gemido escapó de sus labios entreabiertos.

—¿Lo ves? Solo ha sido un beso —dijo Chad con voz profunda y ronca.

Cuando Bridget abrió los ojos, descubrió que él la estaba observando con los ojos entornados.

—Eso ha...

La sonrisa de suficiencia de Chad se ensanchó mientras deslizaba sus labios sobre los de ella, rozándola apenas, lo que hizo que jadeara.

—¿Qué? ¿Ha estado bien?

—Ha sido agradable —murmuró ella.

Chad soltó una risita y de nuevo le rozó los labios con los suyos.

—Vaya, tengo que conseguir que sea algo más que *agradable*.

Los latidos del corazón de Bridget se aceleraron aún más. Cuando el pelo de Chad, suave como la seda, le rozó la parte inferior de la barbilla, Bridget sintió el imperioso deseo de acariciar aquellos mechones oscuros, pero no se atrevió a moverse. Chad había deslizado los dedos en su melena y ahora le acunaba la nuca con una mano.

Hubo un momento de pausa, tan cargada de expectación y tensión ante lo desconocido que el corazón le empezó a latir a un ritmo irregular y, entonces, volvió a notar la boca de Chad contra su pulso y el cuerpo se le quedó rígido. Pero al instante Bridget se dejó llevar por las sensaciones que le producían aquellos labios cálidos y suaves. Él rodeó con la lengua la zona que había besado y luego siguió avanzando, repartiéndole besitos por el cuello, y le mordisqueó la piel con suavidad, lo que la hizo estremecer. Volvió a rozarla con los dientes al llegar a la unión entre el cuello y el hombro y soltó una risita contra su piel cuando ella jadeó de nuevo.

—¿Eso ha sido agradable? —le preguntó.

Bridget apretó los puños, con la respiración entrecortada, y contestó:

—Ha estado bien.

La boca de Chad se movió contra aquella zona sensible.

—Estás acabando conmigo, Bridget. Tenemos que conseguir algo mejor que bien o agradable.

Chad le apartó con la boca el amplio cuello redondo del vestido y dejó al descubierto más piel para sus exploraciones extrañamente tiernas y absolutamente sensuales. Le depositó un beso en la clavícula y, de repente, posó la mano libre en la rodilla de Bridget. Cuando sus dedos se deslizaron bajo el dobladillo del vestido y se curvaron alrededor de su muslo, se acordó de la pareja que había visto en la pista de baile, en lo que sin duda estaría haciendo la mano del hombre bajo la minifalda vaquera, y luego dejó de pensar. Se había adentrado en un mundo en el que solo importaban las sensaciones y el deseo..., y descruzó las piernas.

Un sonido casi animal brotó de la garganta de Chad y, si hubiera habido menos ruido en el club, la gente se habría girado a mirar. La silenciosa invitación debía haberlo afectado mucho, porque le apretó la parte inferior del muslo con más fuerza y, cuando la besó debajo de la barbilla, Bridget sintió que le abrasaba la piel.

Chad levantó la cabeza y la expresión de sus ojos no solo la enardeció..., la hizo literalmente arder. Él le tomó una mano y le rodeó los dedos con suavidad.

—Te deseo. Joder, no voy a andarme con rodeos. Te necesito. Ahora mismo.

Y ella lo deseaba a él. Un calor líquido había invadido todo su cuerpo, sus venas propagaban lava fundida por todo su ser. Ningún hombre la había hecho reaccionar con tanta rapidez.

Bridget se humedeció los labios con un rápido movimiento de la lengua, lo que hizo que los ojos azules de Chad brillaran con más intensidad. Se le formó un nudo en el estómago y el corazón le dio un vuelco.

Chad se levantó, sin soltarle la mano, pero sin ejercer más fuerza. Le estaba dando la oportunidad de negarse. Y esperó.

—Sí —aceptó Bridget.

Bridget no recordaba la mayor parte del camino. Solo sabía que Chad la había conducido alrededor de la barra del bar y por un estrecho pasillo en el que no se había fijado antes. La sorprendió que no la hubiera llevado a uno de los cubículos sombríos que había visto en la parte delantera del club, cosa que agradeció. A saber qué clase de cosas pasaban allí cada noche. Acabaron en un aparcamiento. Suponía que él conduciría un Porsche o un Benz, pero tenía un Jeep Liberty nuevo.

Chad demostró buenos modales y le abrió la puerta. Hacía mucho tiempo que ningún hombre hacía eso por ella. Justo cuando Bridget estaba a punto de sentarse, un gruñido brotó del fondo de la garganta de Chad. A continuación, la hizo girarse, la apretó contra su pecho y la devoró con la boca, los labios y..., santo cielo, su hábil lengua. Sin embargo, de forma tan repentina como había empezado, Chad se apartó y la ayudó a subir al *jeep*. Si Bridget hubiera tenido dudas, ese beso las habría disipado por completo.

Cuando se sentó, le envió un mensaje a Shell para decirle que se marchaba, sin revelar que no estaba sola. La respuesta de Shell no le sorprendió: su amiga estaba a punto de marcharse con el tío con el que había estado charlando.

Estuvieron hablando de camino a casa de Chad, pero la expectación hizo que la conversación fuera tensa. El corazón de Bridget latía como loco; Chad le había apoyado una mano en la rodilla y no dejaba de trazar círculos con el pulgar por la parte carnosa.

Unas cuantas veces, la lógica se abrió paso entre los pensamientos de Bridget. Ella no era de esa clase de chicas a las que les gustan los líos de una noche. Al menos, sabía que no estaba con un asesino en serie, pero se trataba del puñetero Chad Gamble..., y ella era Bridget Rodgers, pesaba diez kilos más que una supermodelo y apenas era capaz de mantenerse a flote económicamente. Él, en cambio, era el *playboy* más famoso de la ciudad y le salía el dinero por las orejas.

Bridget se sentía fuera de su elemento.

Y, por el amor de Dios, ¿qué clase de bragas llevaba esa noche? ¿Las negras de satén o las de abuela? Como no tenía pensado irse a casa con nadie, era posible que se hubiera puesto las bragas de abuela, y, si así era, se moriría de vergüenza.

Pero, entonces, el pulgar de Chad trazó otro círculo y las hormonas derrotaron a la lógica. Bridget hizo a un lado todos los motivos por los que no hacían buena pareja y se concentró en cómo su cuerpo florecía bajo aquellas leves caricias.

Menos de veinte minutos después, Chad entró en otro aparcamiento y a ella se le aceleró el corazón.

Chad apagó el motor, luego la miró y esbozó una ligera sonrisa enigmática.

—¿Lista?

Ella asintió con la cabeza, a pesar de que se debatía entre la sensación de que nunca había estado más lista en toda su vida y el impulso de salir huyendo.

—No te muevas —le ordenó Chad, y bajó del *jeep* con una agilidad que envidió.

Lo vio rodear la parte delantera del vehículo al trote, luego llegó a su lado y abrió la puerta. Chad alargó un brazo y agitó los dedos con aire juguetón.

Bridget tomó su mano y permitió que la ayudara a bajar del *jeep*. Chad le rodeó la cintura con un brazo mientras la conducía hacia la puerta. Era tan alto y corpulento que, acurrucada contra él, se sintió pequeña y menuda por primera vez en su vida.

Entraron en un pasillo amplio y cálido con suelos de madera. Las puertas, que tenían números plateados, eran de un oscuro tono rojo cereza. En el pasillo se percibía un aroma a manzanas y especias; todo lo contrario del misterioso olor que se adhería a los suelos y a las paredes de hormigón del edificio de apartamentos en el que vivía Bridget, que siempre le había parecido un lugar bastante decente.

Cuando se detuvieron frente al número 3307, Chad se sacó las llaves del bolsillo y abrió la puerta. Luego se adentró en la oscuridad, encendió la luz del recibidor y desactivó rápidamente la alarma. Bridget se quedó donde estaba, aferrando el bolso con los dedos.

Cuanto más avanzaba Chad, más luces se encendían. La palabra «opulento» se quedaría corta para describir aquel piso. Para empezar, era más grande que la mayoría de las casas de la ciudad. El piso, tipo *loft*, debía medir casi trescientos metros cuadrados y el inmueble era de primera.

El recibidor conducía a una espaciosa cocina: una maravilla de granito pulido y acero inoxidable, con un horno doble y numerosos armarios. ¿Chad sabía cocinar? Bridget lo miró con disimulo mientras él dejaba las llaves en la isla de la cocina, debajo de un estante de ollas, y se lo imaginó con un delantal... y nada más.

Chad notó su interés y se le dibujó una sonrisa relajada en los labios.

—¿Te enseño el resto del piso?

—Creo que me pondré celosa si veo más —admitió.

Él soltó una risita.

—Pero quiero que veas más.

Sus palabras escondían algo, un mensaje implícito que hizo que a Bridget se le tensaran los músculos del vientre. Entonces, avanzó y lo siguió desde la cocina hasta un elegante comedor.

La mesa, larga y estrecha, rodeada de sillas con respaldo alto, era minimalista y preciosa. En el centro había un jarrón negro lleno de flores blancas.

—Nunca como aquí. —Chad hizo una pausa—. Vale, eso no es verdad. La usé una vez, cuando convencí a mis hermanos para cenar aquí en Navidad.

Bridget estuvo a punto de pronunciar los nombres de sus hermanos, pero se contuvo a tiempo. Imaginárselo desnudo con el delantal la ayudó.

—¿Cocinaste para ellos?

Él arqueó una ceja.

—Tengo la impresión de que te sorprendería que respondiera que sí.

—No pareces de esos hombres aficionados a la cocina.

Chad se dirigió hacia la salida en forma de arco del comedor.

—¿Y qué clase de hombre parezco, Bridget?

La clase de hombre al que resultaría difícil, por no decir imposible, olvidar después de pasar una noche con él. Aunque Bridget no dijo nada, sino que se limitó a encogerse de hombros e hizo caso omiso de la expresión de complicidad que se reflejó en las atractivas facciones de Chad.

El televisor de la sala de estar era enorme y ocupaba casi toda la pared. Un sofá modular de cuero y varios sillones reclinables formaban un círculo alrededor de una mesa de centro de cristal cubierta de revistas deportivas.

Chad abrió una puerta situada bajo una escalera de caracol de madera que conducía a la planta superior.

—Aquí está la biblioteca, aunque no suelo leer, sino que la mayoría de las veces juego a Angry Birds en el ordenador.

Bridget se rio y aferró el bolso de mano con fuerza mientras echaba un vistazo dentro. Vio estanterías repletas de libros, lo que le hizo dudar del comentario sobre que no leía, a menos que los libros solo estuvieran allí para aparentar. También había varias pelotas y guantes firmados en vitrinas sujetas a las paredes, junto con fotografías autografiadas enmarcadas. Aquella habitación parecía un salón de la fama del béisbol.

Tras cerrar la puerta, Chad señaló con la cabeza dos puertas situadas más allá de la escalera.

—Ahí hay una habitación de invitados y un cuarto de baño. ¿Subimos?

Bridget notó que el estómago le daba un vuelco, como si volviera a tener dieciséis años, pero asintió con la cabeza y subieron la escalera. Arriba había otra habitación de invitados, a la que ella apodó la «habitación blanca», ya que las paredes, el techo, la cama y la alfombra eran completamente blancos. Le dio un poco de miedo entrar allí.

Pero entonces Chad pasó a su lado, la rozó y le deslizó una mano por la espalda mientras avanzaba por el pasillo, lo que le provocó un ardiente hormigueo. Desde ahí arriba se veía la sala de estar, pero, como a Bridget le daban mucho miedo las alturas, se apartó de la barandilla.

Chad abrió la puerta de su dormitorio con la cadera y pulsó un interruptor. Una suave luz amarilla iluminó el suelo pulido. En medio de la habitación había una cama del tamaño de una piscina. Chad se sacó el móvil del bolsillo y lo lanzó de forma despreocupada sobre la mesita de noche, como si no costara lo mismo que tres meses de alquiler del piso de Bridget.

En la pared opuesta había una cómoda a juego con el cabecero y las mesitas de noche situadas a ambos lados de la cama. Un televisor colgaba de la pared frente a la cama y una puerta daba a un vestidor que casi hizo que Bridget cayera de rodillas.

—Creo que tu vestidor es del mismo tamaño que mi dormitorio —comentó mientras se acercaba.

—Al principio, todo formaba parte de una habitación grande, pero el interiorista la dividió para añadir el vestidor y el cuarto de baño.

¿La habitación era aún más grande? Madre mía. Bridget recorrió con la mirada las hileras de trajes oscuros y camisas de polo, todos ordenados por colores. En los estantes de arriba, había pilas de vaqueros (de marca, sin duda). En el piso de Bridget, el vestidor consistía en otro dormitorio en el que había colocado unos cuantos percheros baratos. No le importaría quedarse a vivir en el vestidor de Chad.

Como sabía que, cuanto más tiempo mirara ese vestidor, más envidia sentiría, se giró. Entonces, él se le acercó por la espalda y le rodeó la cintura con un brazo.

—Me alegra que hayas dicho que sí. —El cálido aliento de Chad le acarició una mejilla—. En realidad, me entusiasma que hayas aceptado.

Bridget se tensó cuando el calor de su cuerpo le cubrió toda la espalda. Giró la cabeza hacia él y se mordió el labio inferior cuando su mejilla rozó la de ella. La pregunta brotó de su boca sin que pudiera contenerse.

—¿Por qué yo?

—¿Por qué tú? —Chad se apartó un poco y la hizo girarse para que estuvieran cara a cara. Tenía el ceño fruncido—. Creo que no entiendo la pregunta.

Bridget se sonrojó e intentó apartar la mirada, pero él la agarró con suavidad por la barbilla. Maldita sea, ¿por qué nunca pensaba antes de hablar? Carraspeó y luego añadió:

—¿Por qué me pediste que viniera contigo a tu casa?

Él ladeó la cabeza.

—Me parece que es evidente. —Le deslizó la otra mano hasta la curva de la cadera y la atrajo contra él. Bridget notó su pene, caliente y duro, contra su vientre—. Puedo explicártelo con más detalles si quieres.

—Ya..., ya lo veo, pero podrías haber elegido a cualquier chica del club. Algunas...

—Sé perfectamente que puedo elegir a cualquier mujer de allí.

Vaya, estaba claro que no le faltaba autoestima.

—Lo que intento decir es que, de todas esas mujeres, podrías haberte llevado a casa a una de esas que parecían modelos de pasarela.

Chad volvió a fruncir el ceño.

—Me he llevado a casa a la que me gustó.

—Pero...

—Aquí no hay peros que valgan. —Le cubrió la mejilla con la mano y le hizo inclinar la cabeza hacia atrás. Cuando habló, sus labios rozaron los de ella—. Te deseo. Muchísimo. Ahora mismo. Contra la pared. Sobre mi cama. En el suelo, y puede que luego en el baño. Tengo una cabina de ducha y un *jacuzzi* que podríamos aprovechar. Estoy seguro de que te gustaría.

Santo cielo...

Su sonrisa era puro sexo.

—Me da igual dónde. Quiero follarte en todos esos sitios. —Deslizó los labios sobre los de ella, aunque apenas la rozó, y luego le susurró con voz sensual—: Y lo haré.

Bridget abrió los ojos de par en par, asombrada ante lo mucho que le gustaba que empleara ese lenguaje vulgar. Sin embargo, antes de que pudiera responder, Chad se apoderó de su boca con un beso profundo y apasionado que encendió un fuego en su interior. La empujó hacia atrás y apretó su duro cuerpo contra el de ella. Apartó la mano de su mejilla, la deslizó por su hombro y luego la posó en la curva de su cintura. Y, mientras tanto, siguió besándola. La besó como ningún hombre lo había hecho nunca, como si bebiera de ella, dando tragos largos y profundos, y su cuerpo se derritió contra el de Chad. Movió entonces las caderas hacia él y obtuvo como recompensa un gruñido profundo y gutural.

Chad levantó la cabeza solo lo suficiente para que sus labios se separaran y le preguntó:

—¿Todavía tienes dudas sobre por qué te he traído a mi piso?

—No —murmuró ella, aturdida.

—Porque puedo seguir demostrándotelo... En realidad, quiero demostrártelo. —Le mordisqueó el labio inferior, lo que hizo que el pecho de Bridget se elevara y se apretara contra el de Chad—. Aunque debo admitir que esto me tiene un poco desconcertado.

¿Le habían entrado dudas? Mierda.

—Ah, ¿sí?

Chad asintió con la cabeza mientras le apoyaba ambas manos en las caderas.

—En general voy directo al grano y hago que nos corramos a la vez, como nos gusta.

Bridget no tenía ni idea de a qué se refería ni de cómo sabía de qué forma «nos gusta». Lo único que tenía claro era que las manos de Chad le estaban bajando por los muslos y se acercaban poco a poco al dobladillo del vestido. Echó la cabeza hacia atrás, contra la pared, mientras él le rozaba al fin la piel desnuda con las puntas de los dedos.

—Dios mío, qué sexi eres.

Bridget cerró los ojos y arqueó la espalda. Él le besó el cuello expuesto mientras volvía a subir las manos por su cuerpo, hasta detenerse justo debajo de sus pechos. Entonces, posó de nuevo los labios sobre los de ella y deslizó la lengua dentro de su boca.

—Quiero hundirme dentro de ti. Toda la noche. Pero, primero, necesito tocarte, y luego saborearte.

Capítulo cuatro

Bridget abrió los ojos de golpe y se dispuso a protestar, pero, entonces, las manos de Chad le tocaron los pechos, pesados y doloridos, y sus hábiles dedos se movieron sobre la tela del vestido y frotaron los pezones firmes. Bridget pronunció el nombre de Chad con un gemido, incapaz ya de pensar con claridad, y él posó la boca sobre su pecho, caliente y exigente bajo el vestido y el fino encaje del sujetador. Un intenso hormigueo le recorrió todo el cuerpo.

Chad alzó la cabeza y le cubrió de nuevo los labios hinchados con los suyos mientras le acariciaba el pecho con una mano y, por fin..., *por fin*, deslizaba la otra mano debajo del vestido. Entonces, introdujo una pierna fuerte entre las de ella para que las separara y luego le apoyó la mano en la cara interna del muslo. Bridget jadeó cuando la rozó entre las piernas con los nudillos.

—Joder —gimió Chad—. Qué mojada estás.

Era cierto. Lo deseaba con todo su ser.

Un dedo se deslizó a lo largo de su entrepierna y la acarició despacio.

—¿Alguna vez te habías excitado tanto?

Bridget apoyó las manos sobre sus anchos hombros y hundió los dedos en la suave tela del jersey. Se dejó llevar por aquellas sensaciones cada vez más intensas y arqueó el cuerpo contra los dedos de Chad, que seguían torturándola con sus movimientos.

—Contesta —le exigió él con voz ronca.

¿Qué le había preguntado? Cuando recordó la pregunta, no se vio capaz de responder a algo así; pero, entonces, él dejó de mover los dedos. Cabrón.

—Apuesto a que no. —Los labios de Chad le recorrieron las mejillas acaloradas y luego le bajaron por el cuello mientras sus dedos empezaban a moverse de nuevo con calma adelante y atrás—. Sobre todo, si solo has estado con hombres que no saben dónde meter los dedos, y mucho menos la polla.

A Bridget la inquietó un poco que esa forma de hablarle la excitara. No estaba acostumbrada a que le dijeran guarradas. Hasta ahora, lo único que le habían dicho en la cama eran cosas como «qué bien, nena», pero las palabras groseras que salían de la boca de Chad le provocaban pensamientos y deseos alocados y deliciosos.

—¿Y tú? —le preguntó Bridget.

Chad soltó una risita contra su garganta.

—Yo sé exactamente dónde meter los dedos y la polla.

—Me alegra oírlo.

Él respondió con una carcajada que la hizo estremecer.

—¿Y bien? —Su voz se había vuelto más brusca—. ¿Esos otros hombres sabían usar los dedos y la polla?

Por el amor de Dios, no se podía creer que él le estuviera haciendo esa pregunta y que ella fuera a contestar. Las palabras brotaron con torpeza de sus labios y cayeron de ellos como gotas de lluvia.

—Estuvieron bien.

—*Bien* —repitió él, y pronunció esa palabra con desprecio—. ¿Consiguieron que te corrieras?

Eso era el colmo. Bridget abrió los ojos de golpe y la sonrisa arrogante de Chad la hizo enfurecer.

—¿Vas a conseguirlo tú?

La pregunta salió de su boca sin que fuera capaz de contenerse.

La mirada de Chad se volvió más ardiente.

—Eres un poco exigente, ¿no?

Bridget no respondió. En realidad, no pudo, porque aquellos dedos ágiles se deslizaron bajo las bragas de satén. Su cuerpo dio un respingo y, entonces, la sonrisa de Chad se volvió astuta. Un brillo de desafío había aparecido en sus ojos azules, y era evidente que ese hombre nunca rechazaba un desafío. La excitación palpitaba por las venas de Bridget como una canción tecno.

—¿Por qué no contestas? —insistió él mientras la rozaba con las yemas de los dedos de una forma que la hizo estremecer de nuevo.

No contestaba porque le costaba respirar.

—Es una pregunta personal.

—¿Una pregunta personal? ¿Lo que estamos haciendo ahora no es personal?

En eso tenía razón. Como seguía sin responder, Chad presionó el núcleo de terminaciones nerviosas con el pulgar, lo que hizo que ella soltara un grito y empujara las caderas contra su mano.

—Te he besado aquí —dijo Chad, y le dio un beso rápido y apasionado en los labios—. También te he besado aquí. —Deslizó los labios por su cuello mientras le acariciaba un pezón dolorido con la otra mano—. Te he tocado aquí..., y ahora te estoy tocando más abajo.

Para demostrarlo, introdujo un dedo dentro de Bridget y ella se aferró a sus hombros.

—Chad...

—Pero ¿todo esto no te parece lo bastante personal? —le preguntó con una amplia sonrisa mientras movía el dedo dentro y fuera, una y otra vez, hasta que ella empezó a jadear—. ¿Bridget?

La facilidad con la que Chad se había hecho con el control de su cuerpo la dejó asombrada y, cuando él le cubrió el sexo con la mano, sin dejar de deslizar el dedo dentro y fuera de ella, Bridget sintió el inicio de un orgasmo en el fondo del vientre.

Chad pareció darse cuenta, porque aumentó el ritmo a la vez que inclinaba la cabeza. Las suaves puntas de su pelo le rozaron una mejilla cuando le susurró al oído:

—No pasa nada. No hace falta que respondas, porque lo que sea que te hicieron sentir no será nada en comparación con lo que te voy a hacer sentir yo. Y te prometo que estará mucho mejor que *bien*.

Aquella lujuriosa promesa la afectó e hizo que los latidos de su corazón se desbocaran. Ah, sí, estaba segura de que todo esto iba a estar mejor que bien.

Chad no dijo nada cuando deslizó otro dedo dentro de Bridget, sino que se limitó a observarla. Mantuvo los ojos clavados en los de ella mientras la tocaba, sin permitirle apartar la mirada para intentar escapar de la enloquecedora oleada de sensaciones que le estaba provocando.

Se le dibujó una sonrisa de suficiencia en los labios mientras le rozaba la parte más sensible de su cuerpo con el pulgar y le brillaron los ojos cuando ella inhaló bruscamente. Chad empezó a trazar círculos lentos alrededor del tenso botón carnoso, casi tocándolo, pero alejándose siempre en el último momento. Después de unos cuantos círculos, Bridget jadeaba. Jadeaba sin control.

Y Chad lo estaba disfrutando.

—Me encanta el aspecto que tienes en este momento.

—Ah, ¿sí? —dijo ella mientras empujaba las caderas hacia delante, pero Chad ejerció presión para mantenerla inmóvil.

—No te muevas —le ordenó con tono brusco. Trazó otro círculo con el pulgar, tentadoramente cerca de su objetivo—. Tienes las mejillas sonrojadas y los labios hinchados y separados. Estás preciosa.

Bridget tenía la sensación de que estaba ardiendo por dentro, como si se estuviera convirtiendo en un charco de agua hirviendo. Deslizó las manos por el pecho de Chad y le impresionó notar los fuertes latidos de su corazón contra las palmas. Anhelaba apretarse contra aquellas traviesas caricias, pero estaba atrapada entre el cuerpo de él y la pared. La prueba de la excitación de Chad, que ahora le presionaba la cadera, acentuó el ansia que la invadía.

Y, cuando él hizo algo realmente astuto con los dedos, a Bridget se le escapó un grito. Sus propios gemidos suaves y el lento y sensual asalto la estaban llevando al límite. Arqueó la espalda todo lo que él le permitió y lo sintió sonreír contra su piel sonrojada.

Los labios de Chad estaban lo bastante cerca de los suyos como para besarla cuando le soltó:

—Voy a hacer que te corras en menos de un minuto.

A Bridget se le cortó la respiración.

—¿Menos de un minuto?

—Menos de un puto minuto —respondió Chad con una sonrisa..., una sonrisa muy amplia. No se trataba de una sonrisita de suficiencia, sino de una sonrisa juguetona que hizo que el corazón de Bridget diera un brinco, aunque no debía, no podía, porque eso no tenía nada que ver con temas del corazón y, en realidad, no conocía a ese hombre—. Así es. Y será impresionante.

Aquel engreído hijo de puta..., *realmente* tenía manos mágicas. Los juegos se habían acabado. Su dedo continuó moviéndose dentro y fuera, cada vez más rápido. En cuestión de segundos, Bridget empezó a retorcerse, con la respiración entrecortada.

—Faltan cuarenta segundos... —anunció Chad, que tenía los labios entreabiertos.

El siguiente roce de su pulgar creó una fricción insoportable. Bridget empujó las caderas para notarlo más cerca, más hondo.

Un gruñido brotó del fondo de la garganta de Chad.

—Me gusta eso..., la forma en la que tu cuerpo responde ante mí. Es perfecto.

Una dulce agonía invadió a Bridget, que notó que se le agarrotaban las piernas.

Oh, Dios...

—Treinta segundos... —Chad bajó la boca hasta la de ella y la besó, imitando el movimiento de sus dedos más abajo. Luego se apartó y murmuró—: Veinte segundos...

Por el amor de Dios, ¿de verdad iba a llevar la cuenta atrás? Estaba rematadamente loco.

Y, entonces, le mordisqueó los labios y tiró de ellos al mismo tiempo que hundía los dedos y los retorcía. Bridget no era capaz de controlar su cuerpo, que se restregaba contra la mano de Chad buscando más caricias. Los músculos se le contrajeron y se le tensaron. Un relámpago le recorrió la columna vertebral y golpeó cada vértebra. Los dedos de los pies se le enroscaron dentro de las botas mientras apartaba las caderas de la pared. Jadeó. Todas sus terminaciones nerviosas estaban a punto de estallar.

—Córrete para mí —le ordenó Chad.

Y entonces su mano se movió: le frotó el núcleo de nervios con los dedos y luego lo pellizcó.

El orgasmo se apoderó de Bridget, rápido y potente, la elevó y la hizo girar en el aire mientras unas dulces oleadas de placer le recorrían todo el cuerpo. Sus pensamientos se desvanecieron a la vez que su ser se hacía pedazos y luego volvía a recomponerse de una forma lenta y deliciosa.

Se apoyó contra Chad, sin fuerzas, satisfecha y *asombrada*, e intentó recobrar la respiración mientras las secuelas del orgasmo la recorrían y la dejaban aún más aturdida. Abrió los párpados y se encontró con unos magníficos ojos azules.

—Me han sobrado cinco segundos —murmuró Chad, que aún tenía la mano entre sus piernas.

Santo cielo...

Una comisura de sus labios se inclinó hacia arriba cuando añadió:

—Y todavía quiero saborearte.

Bridget se desplomó contra la pared. El corazón le latía tan rápido que parecía intentar salírsele del pecho. Sublimemente aturdida, observó a Chad con los párpados entornados.

Él retiró la mano despacio y retrocedió un paso. Entonces, mientras la miraba fijamente a los ojos, se llevó un dedo a la boca y chupó el húmedo rastro de la excitación de Bridget.

Nunca había visto a nadie hacer eso. Lo había leído en libros, sí, pero nunca lo había presenciado en la vida real. Ese acto sensual y lascivo la impactó, aunque también la excitó, y la sedujo por completo.

—Quiero más —aseguró Chad con una amplia sonrisa.

Bridget sintió que el corazón le empezaba a latir a un ritmo irregular.

Chad le apoyó las manos en las caderas, inclinó la cabeza y la besó de forma apasionada. Luego desplazó las manos hacia abajo y las introdujo bajo la falda del vestido. Deslizó los dedos de nuevo bajo el borde de las bragas. Se quedó inmóvil un momento y luego le mordisqueó el labio inferior mientras se apartaba de ella. Entonces, se agachó y le bajó las bragas al mismo tiempo.

Aturdida, Bridget apoyó las manos en los anchos hombros de Chad y levantó un pie y luego el otro para que él le quitara las bragas. Pensó que Chad le sacaría el vestido después o, al menos, las botas, pero él se puso de rodillas y la observó a través de sus densas pestañas. En esa posición, arrodillado ante ella, parecía una especie de dios que hubiera cobrado vida.

Estaba guapísimo.

Chad le levantó el vestido poco a poco. Cuando la tela se amontonó alrededor de sus caderas, sus miradas se encontraron por fin. Estaba desnuda ante él, sus partes más íntimas expuestas. Durante un instante, Bridget se preguntó si debería sentirse cohibida, pero la promesa casi salvaje que reflejaba la lánguida mirada de Chad la dejó acalorada y temblorosa.

Aunque le parecía imposible, la invadió aún más calor y una necesidad arraigó en el fondo de su ser. Observó, incapaz de apartar los ojos, cómo Chad le depositaba un beso en la cara interna de un muslo y luego en el otro. La barba incipiente de su mejilla le raspó la piel y la hizo estremecer.

Bridget nunca se había sentido tan cautivada por nadie en toda su vida. En ese momento, sintió que Chad se había adueñado de ella, como si la hubiera marcado a fuego. No fue capaz de comprender esa sensación; estaba demasiado excitada para cuestionar de qué se trataba, pero una punzada de inquietud brotó en su pecho. Le resultaría muy difícil olvidarse de un hombre como él y pasar página.

La respiración de Chad le abrasó la piel y, entonces, Bridget notó su boca contra la parte más íntima de su cuerpo y dejó de pensar, solo fue capaz de sentir.

A continuación, Chad *se dio un festín* con ella.

La devoró con la lengua y los labios hasta que Bridget arqueó la espalda y la apartó de la pared a la vez que le hundía los dedos en el pelo revuelto.

Bridget gimió entre dientes mientras balanceaba el cuerpo sin pudor contra él. Chad la acarició, la lamió y la provocó, hasta que ella se mareó y estuvo convencida de que se le iban a doblar las piernas. La tensión se propagó por sus entrañas tan hondo, tan fuerte y tan rápido que soltó un grito.

—No puedo soportarlo —protestó mientras le tiraba a Chad del pelo.

Él le agarró los brazos por las muñecas y se los apretó contra la pared. Con Chad entre sus muslos y las manos inmóviles, Bridget no pudo detenerlo.

—Puedes soportarlo —afirmó él contra su carne caliente.

Sin darle otra opción, procedió a demostrárselo. Siguió acariciándola hasta que Bridget estalló, gritando el nombre de Chad mientras el orgasmo se apoderaba de ella, más potente que el primero. El placer era tan intenso que le costaba respirar, ni siquiera era capaz de formar un pensamiento coherente. Cuando dejó de temblar, le sorprendió haber sobrevivido a aquello.

—Ha... ha sido increíble —murmuró con voz entrecortada—. No, ha sido más que increíble. No puedo explicarlo con palabras.

Chad se levantó con rapidez y le cubrió las mejillas con las manos. La besó apasionadamente y Bridget gimió al notar el sabor de ambos en sus labios y su lengua. Cuando Chad se apartó, el abrumador deseo que se reflejaba en su mirada la dejó sin aliento.

—Sí, ha sido increíble. —La besó de nuevo—. Has estado increíble.

¿En serio? Lo único que había hecho era derretirse bajo sus manos... y su boca. Bueno, al menos se había mantenido en pie. Eso también había sido increíble.

Chad la besó una vez más, luego la soltó y retrocedió un paso con movimientos rígidos.

—Necesito... un minuto.

Bridget se mordió el labio para contener la risita que amenazaba con escapar de su garganta. Ella necesitaba una siesta y más de él..., mucho más de él.

—Aquí estaré.

—Solo será un minuto.

De camino al cuarto de baño, lo vio sacarse bruscamente el jersey y la sencilla camiseta blanca que llevaba debajo.

Unos gruesos músculos se movieron bajo la tensa piel de su espalda y atrajeron la atención de Bridget de forma inevitable. Al llegar a la puerta, se detuvo y se giró hacia ella.

La tableta de chocolate de aquel hombre era de formato familiar. Madre mía...

—No te vayas de ahí —le dijo Chad.

Bridget no se movió, ni siquiera estaba segura de poder hacerlo, hasta que él cerró la puerta a su espalda. Entonces, se acercó a la cama y se sentó en el borde, tenía las rodillas débiles y temblorosas. Chad había acertado. Ni siquiera se habían acostado y, sin embargo, ella nunca se había sentido así. Una parte de su ser estaba increíblemente entusiasmada, mientras que la otra... Sí, Bridget sabía que, cuando acabara la noche, no querría dejar marchar a Chad.

Y eso era algo malo.

Oyó el agua corriendo en el baño, pero un repentino zumbido casi ahogó ese sonido. Bajó la vista y vio que se iluminaba la pantalla del móvil de Chad. Se quedó sin aliento y luego el corazón le dio un vuelco.

En la pantalla apareció el nombre «STELLA», junto con una pequeña foto de una mujer que cualquiera que comprara en Victoria's Secret reconocería.

A Bridget se le cayó el alma a los pies.

Sabía que no debía leer el mensaje que apareció en la pantalla de vista previa. Estaba mal, suponía una invasión de la privacidad y blablablá, pero lo leyó porque era humana, aunque de inmediato deseó no haberlo hecho.

«Stoy n la ciudad sta noxe y kiero vert para rpetir lo dl ultimo finde».

No hacía falta ser muy inteligente para imaginarse lo que había pasado el fin de semana anterior, aunque aquella tía escribía mensajes como si fuera una adolescente de dieciséis años con TDA. Por cierto, ¿cuántos años tenía Stella? Si Bridget no recordaba mal, tenía unos veintidós años y era modelo desde los quince. Se había hecho famosa gracias al sujetador *push-up* o algo así.

Antes de que el mensaje desapareciera y lo sustituyera la pantalla negra, le echó un buen vistazo a la foto en miniatura de la modelo. Tenía el pelo de color rubio platino y era tan alta como Bridget, aunque era probable que pesara menos de cincuenta kilos. Era preciosa, y sus ojos entornados y maquillados con tonos ahumados desbordaban atractivo sexual.

Y Chad había estado con *ella* el fin de semana anterior.

Cuando Bridget se dio cuenta de ello, cuando asimiló con quién había estado hacía apenas siete días, fue como si le arrojaran un jarro de agua fría. Sus bragas, dondequiera que estuvieran, probablemente le servirían de vestido a aquella modelo de origen ruso.

Miró por encima del hombro, hacia la cama cuidadosamente hecha y el edredón de color negro azabache. Ahora ya no podía imaginarse allí tumbada, desnuda ante Chad, ante un hombre que llevaba a *supermodelos* a casa.

Supermodelos...

¿Qué hacía ella ahí? Aparte de haber tenido los dos mejores orgasmos de su vida (debía admitirlo), se sintió tan fuera de su elemento que le dio vergüenza. El saldo de su cuenta bancaria era minúsculo, a diferencia de sus muslos.

Seguro que los muslos de Stella eran del tamaño de los brazos de Bridget.

Se puso de pie y se rodeó el torso con los brazos mientras clavaba la mirada en la puerta cerrada del baño. Por alguna razón absolutamente retorcida, su autoestima se fue a la mierda y no dejó de caer en picado.

Se quedó paralizada a los pies de la cama y se preguntó si Chad se arrepentiría de su elección por la mañana. Entonces, les hablaría a sus hermanos de la chica a la que se había llevado a casa por error. Ay, Dios mío. Chase sin duda reconocería su nombre y ella se moriría de vergüenza.

Bridget notó que se le formaba una bola de emociones desagradables en el vientre. No se sentía así desde el día en que intentó probarse el vestido de graduación para el que su madre había estado ahorrando y rompió la cremallera después de que la dieta exprés que había probado hubiera fracasado. Bueno, quizá también se sentía así cuando su último novio (una relación que había terminado hacía más de dos años) sacaba el tema de la nueva dieta de moda de la que todo el mundo hablaba. Esa era la forma en la que ese tío le insinuaba que necesitaba perder algunos kilos. Menudo imbécil.

Por el amor de Dios, ¿por qué se había puesto a pensar en *eso* precisamente ahora? Bridget había aprendido a amar su cuerpo y a sentirse orgullosa de ser una mujer con curvas.

La única explicación lógica era que Chad estaba como una cuba, aunque había sido capaz de conducir hasta su casa sin problemas y parecía sobrio.

Dio media vuelta y vio su bolso en el suelo, cerca del armario. Su instinto de supervivencia se activó en cuanto oyó cerrarse el grifo, y notó una opresión en el pecho.

En su mente, ya se había marchado de allí. Ahora solo tenía que llevar esos pensamientos a la práctica antes de que la echara el propio Chad.

Había muchas posibilidades de que Chad se corriera antes incluso de quitarse los pantalones, lo cual le daría mucha vergüenza.

Joder, necesitaba un minuto..., varios minutos.

Cerró la puerta del baño tras de sí y abrió el grifo del agua fría. El deseo se había apoderado de él de una forma casi insoportable. No recordaba la última vez que había deseado a una mujer tanto como deseaba hundirse dentro de Bridget. Era la clase de mujer en la que podría perderse toda la noche, incluso todo el fin de semana.

¿Protestaría si le pedía que se quedara para otra ronda de sexo después del desayuno?

Le temblaron los labios mientras se miraba en el espejo. Tenía el pelo revuelto debido a las manos de Bridget y todavía notaba su cuerpo palpitando contra su boca. Su aroma femenino estaba por todas partes y hacía que se le agitara el pene.

Mierda.

Se echó agua fría en la cara, cogió una toalla y se secó. Estaba deseando quitarle el vestido, situarse entre aquellos muslos maravillosos y oírla gritar su nombre otra vez.

Chad gimió.

Si seguía pensando en esas cosas, no aguantaría el tiempo suficiente para salir del baño.

Después de cerrar el grifo, dio media vuelta y se pasó ambas manos por el pelo. Lo que había hecho esa noche, al traerse a Bridget a casa, era justo lo que su equipo le había advertido que no hiciera; aunque, de todos modos, tampoco había paparazis escondidos en el bar. Y, aunque irrumpieran en su dormitorio ahora mismo, eso no le impediría acostarse con Bridget.

Joder, ni un apocalipsis lo detendría.

Pero esa ansia, la necesidad de estar dentro de ella, le provocó una extraña inseguridad. Lo que sabía de Bridget (que era más de lo que sabía de la mayoría de las mujeres que se llevaba a la cama) lo tenía fascinado. Tremendamente *fascinado*, en realidad.

La palabra «fascinante» nunca había formado parte de su vocabulario; al menos, no para definir a las mujeres a las que acababa de conocer. Varias de ellas le caían muy bien, claro. Incluso habían surgido algunas amistades de sus aventuras amorosas, pero a Chad nunca le había interesado conocer más a fondo a esas mujeres. Así que ¿cómo era posible que estuviera tan fascinado después de hablar con Bridget durante un par de horas mientras tomaban unas copas?

Maldita sea, le estaba dando demasiadas vueltas a ese tema, y todavía tenía el pene duro como una roca.

Y tenía que salir del baño de una vez.

Puso los ojos en blanco, luego abrió la puerta, salió con aire confiado y... se detuvo en seco al llegar al dormitorio *vacío*. Miró hacia la cama, suponiendo que vería a Bridget acurrucada allí, esperándolo. Pero, igual que en el resto del dormitorio, no había ni rastro de aquella mujer increíblemente sexi en la cama.

—¿Bridget?

No hubo respuesta.

Se giró, confundido. El dormitorio era grande, pero no tanto para que una mujer se perdiera allí. En todo caso, sería la primera.

Su mirada se posó en el vestidor. Al recordar cuánto le había encantado a Bridget, se acercó con paso decidido y abrió la puerta del todo. Menos mal que no estaba allí, porque eso lo habría inquietado un poco. Retrocedió y volvió a mirar hacia la cama. El bolso de Bridget ya no estaba.

La incredulidad se fue propagando poco a poco por sus venas mientras salía del dormitorio dando zancadas y se dirigía al pasillo. Se detuvo ante la barandilla, apoyó las manos en ella y se inclinó hacia delante para observar la sala de estar vacía.

—Tiene que ser una broma —dijo mientras se apartaba de la barandilla.

Bajó la escalera a toda prisa, saltando los peldaños de dos en dos, y entró en la cocina. Volvió a llamarla por su nombre, pero no obtuvo respuesta.

Se quedó de pie frente al botellero vacío, con las manos en las caderas. No se lo podía creer, estaba absolutamente atónito, joder. Bridget lo había dejado plantado... mientras él estaba en el *baño*.

Una parte de su ser le exigió que fuera a buscarla. No podía haber ido muy lejos, ya que no tenía medio de transporte para volver a su casa. Antes de darse cuenta de lo que estaba haciendo, Chad se encontró en la puerta de su piso. El pestillo no estaba echado, como si la hubieran cerrado a toda prisa.

Como si Bridget hubiera *huido* de él.

¿De pronto estaba en un universo alternativo en el que las mujeres lo abandonaban sin mediar palabra? Tal vez se había caído en el baño y se había golpeado la cabeza.

Sin embargo, mientras permanecía allí, la rabia reemplazó a la incredulidad. Dio media vuelta, se obligó a alejarse de la puerta y volvió a subir la escalera. Se acercó a la cama y cogió el móvil. Pero, cuando deslizó el pulgar sobre la pantalla, cayó en la cuenta de que no tenía el número de teléfono de Bridget. Ni siquiera sabía dónde trabajaba ni dónde vivía.

Lanzó el móvil sobre la cama, se sentó y luego se tumbó de espaldas.

—Mierda.

Capítulo cinco

A Bridget siempre le habían encantado los domingos. Un día para no hacer nada, en el que se quedaba en pijama la mayor parte del tiempo, pedía comida a domicilio y se comportaba como un perezoso.

Y, además, los cobradores no llamaban los domingos.

Se recogió el pelo en una coleta suelta y recorrió el pasillo corto y estrecho arrastrando los pies. Mientras se restregaba los ojos adormilados, tropezó con la mesita auxiliar que había junto al sofá, que necesitaba con urgencia un nuevo tapizado. Un dolor agudo le subió por la pierna.

—¡Por los clavos de Cristo!

Se movió cojeando hacia un lado y chocó contra la estantería abarrotada, de la que cayeron varios libros. Bridget se estremeció con cada uno que se estrelló contra el suelo.

Pepsi, que estaba estirado en el respaldo del sofá, se sobresaltó al oír su voz. Se bajó del sofá con el pelaje anaranjado del lomo erizado, golpeó la lámpara que había sobre la mesita auxiliar y salió disparado hacia el sillón reclinable que había pertenecido a los padres de Bridget. La lámpara, que pesaba lo bastante para dejar una abolladura en el suelo, se inclinó.

Bridget soltó una palabrota, se lanzó hacia delante y agarró la pantalla de la lámpara. Se levantó una nube de polvo que se le metió en la nariz y que la hizo estornudar.

Y sus estornudos no fueron de esos delicados que parecían un suspiro. El pobre Pepsi se volvió loco al oír esa explosión nasal y se escabulló bajo la mesa de centro. Desde allí, dos ojos de color dorado verdoso la observaron.

En cuanto enderezó la lámpara, Bridget retrocedió despacio para que no la atacaran más muebles. Estando ahí de pie, no pudo evitar recorrer con la mirada su diminuta sala de estar y pensar en lo espaciosa que era la de Chad.

Soltó otra palabrota.

«No voy a pensar en él ni en su maravilloso piso, donde sí que había sitio para moverse. Y, desde luego, no voy a pensar en esa boca y esa lengua mágicas». Desde el viernes por la noche, ese mantra parecía no haber funcionado en absoluto. Durante todo el día anterior, Bridget había evitado las llamadas de Shell para no caer en la tentación de contarle lo que había ocurrido entre el *playboy* más famoso de la ciudad y ella.

Pero, en cuanto su mente regresaba a esos momentos, no había escapatoria. Los recuerdos de las miradas de Chad, la sensación de sus labios y de sus dedos acariciándole la piel la atormentaban a cada instante.

Se detuvo frente a la puerta, cerró los ojos con fuerza y apretó los puños. ¿Le temblaban las piernas? Pues sí, así era. Dios mío. Por enésima vez durante las últimas treinta horas aproximadamente, se repitió a sí misma que huir de Chad había sido la decisión correcta. A la mañana siguiente, él sin duda se habría arrepentido de haberla llevado a su casa y, para ser sincera, durante esas pocas horas él ya había empezado a despertar demasiados sentimientos en ella.

Demasiados, desde luego.

El amor a primera vista no existía, pero sí el deseo a primera vista. Y un deseo intenso podía convertirse rápidamente en algo más. Solo le faltaba acabar con el corazón roto, además de tener la cartera vacía.

Bridget abrió la puerta y sacó rápidamente la pierna. Como era de esperar, Pepsi se lanzó hacia la puerta. Cuando se encontró con el obstáculo a cuadros rosados y azules, se sentó y echó las orejas hacia atrás.

—Lo siento, colega, pero es por tu bien.

Bridget se agachó y cogió el periódico dominical al mismo tiempo que se abría la puerta de enfrente.

Todd Newton estaba haciendo lo mismo que ella, salvo que Bridget llevaba mucha más ropa que él. Su vecino, que solo iba vestido con unos calzoncillos a rayas rojas y azules, tenía el cuerpo perfecto para ir por ahí prácticamente en cueros. Por lo general, a ella le encantaba echarle un vistazo; sin embargo, tras haber visto los increíbles abdominales de Chad, apenas se inmutó ni sintió ningún tipo de emoción ni interés.

Todd alzó la mirada mientras se levantaba y le dedicó una cálida sonrisa a Bridget.

—Hola, señorita Rodgers.

—Buenos días, Todd —contestó ella con una sonrisa.

Todd bajó la vista hacia Pepsi, que estaba fulminando la pierna de Bridget con la mirada. Ella le dirigió otra sonrisa a su vecino mientras apartaba la pierna con cuidado y cerró la puerta al mismo tiempo que Pepsi saltaba. El puñetero gato se estampó contra la puerta con un ruido sordo.

Bridget sacudió la cabeza con un suspiro y se agachó para coger a Pepsi.

—Si no te andas con cuidado, acabarás con daños cerebrales, además de con problemas de peso.

El gato emitió un maullido lastimero.

A Bridget le gustaba decir que Pepsi estaba rellenito, pero en realidad era del tamaño de un perro salchicha, y probablemente pesara más que uno. Cabría esperar que aquel gato no fuera tan rápido; pero, cuando se trataba de intentar escapar, se convertía en un *ninja*.

Entró en la pequeña cocina con Pepsi debajo de un brazo y el periódico debajo del otro. Los dejó a ambos sobre la mesa, encendió la cafetera y luego abrió una lata de comida para gatos.

A la madre de Bridget le daría un soponcio si descubriera que dejaba que Pepsi se subiera a la mesa de la cocina; pero, a fin de cuentas, ella era la única que comía allí. Aunque eso también había supuesto un grave problema para su último novio serio.

Para su ex, muchas cosas suponían un problema.

Bridget llevó la taza de café (que contenía sobre todo azúcar) y el cuenco de comida hasta la mesita redonda, se sentó y miró al gato.

—¿Tienes hambre?

Pepsi se sentó y luego levantó una pata muy despacio, como si dijera: «Dame eso, humana. Trabajas para mí».

Bridget suspiró y se inclinó para depositar el cuenco delante del gato. Luego tomó un sorbo de café mientras abría el periódico y ojeó los titulares. Encontró lo mismo de todos los días: la economía estaba hecha una mierda, los candidatos presidenciales prometían la Luna y habían asesinado a algún desdichado la noche anterior. ¿Era de extrañar que saltara a la sección de cotilleos?

No debería leer eso, sobre todo después de lo que había pasado el viernes, pero sus dedos parecían tener voluntad propia y pasaron las secciones de economía y deportes.

Bridget soltó una exclamación ahogada y casi se le cayó la taza, así que la dejó sobre la mesa con una mano temblorosa.

«¡GAMBLE, EL LANZADOR ESTRELLA, ANOTA UN TRIPLE!».

El titular por sí solo ya era bastante malo, pero la foto (por el amor de Dios, ¿había una foto?) le provocó un irracional ataque de celos.

En todo su granulado esplendor en blanco y negro, en medio de tres mujeres con poca ropa tumbadas en una cama, se encontraba nada más y nada menos que Chad Gamble con una amplia sonrisa en la cara, como si le hubiera tocado el premio gordo de las chicas semidesnudas.

—Joder.

Bridget agarró el periódico y se lo acercó más a la cara. Ninguna de las mujeres era Stella, la modelo que, al parecer, quería repetir lo que había ocurrido el fin de semana anterior, pero cualquiera de ellas podría posar perfectamente en ropa interior..., y eso estaban haciendo ante todo el mundo, en una cama con Chad.

Una rubia tenía una mano apoyada sobre el pecho de Chad. Otra había colocado una pierna sobre la de él. La tercera le había hundido las manos en el pelo, maravillosamente revuelto.

El artículo no decía gran cosa aparte de «el indomable *playboy* de los Nationals ataca de nuevo». Habían sacado la foto en un hotel de Nueva York en algún momento de la semana anterior.

Bridget no tenía ni idea de cuánto tiempo llevaba mirando la foto, pero los rostros eufóricos de las mujeres empezaron a volverse borrosos. La verdad era que Chad también parecía muy contento y sonreía de oreja a oreja. ¿Qué hombre no sentiría lo mismo?

Al cerrar los párpados, Bridget vio de nuevo la mirada ardiente y devoradora de los ojos de color azul cerúleo de Chad. ¿Había mirado de la misma forma a esas mujeres? Por supuesto que sí. Pensar lo contrario era ser una auténtica idiota. Además, ¿qué más daba? Apenas lo conocía y, después de todo, ya sabía la reputación que tenía.

Pero, maldita sea, ese sentimiento desagradable que notaba en su interior era más que simples celos. Era probable que hubiera incluso un poco de decepción, porque, aunque era consciente de que lo que había pasado entre ellos no volvería a repetirse, había momentos en los que su imaginación se desbocaba. Como cuando fantaseaba que Chad aparecía de pronto en su puerta tras haber estado buscándola porque ya no podía vivir sin ella.

Idiota.

Menos mal que no se había acostado con él y había evitado convertirse en otra muesca en un cinturón del tamaño de Texas.

Bridget se puso de pie y fue rápidamente hacia la cocina. A continuación, tiró el periódico a la basura con un suspiro de fastidio.

Dios, cómo odiaba los domingos.

—Joder, esto es una broma, ¿no? —soltó Chad.

En la silla de al lado, la señorita «palo en el culo» le lanzó una mirada de reproche.

—Veo que también vamos a tener que mejorar su forma de hablar.

Chad inhaló despacio y... «A la mierda», pensó.

—Esto es absurdo. No necesito a una niñera.

—La señorita Gore no es una niñera —contestó Jack Stein con aire apesadumbrado. El mánager de Chad se había quitado la chaqueta y llevaba la camisa remangada. Tenía gotas de sudor en la frente y daba la impresión de que se había pasado muchas veces los dedos por el pelo oscuro—. Es una publicista que el equipo exige que...

—¿Exigir? —Chad plantó las manos sobre la mesa de su mánager y se inclinó hacia delante—. ¿Desde cuándo exigen algo así?

Jack señaló el contrato.

—Los Nationals están dispuestos a renovarte el contrato, Chad. Están dispuestos a pagarte más dinero...

—¿Pero...?

La señorita Gore carraspeó y luego dijo:

—Pero, si quiere seguir jugando para los Nationals, aceptará comportarse como es debido..., bajo mi supervisión.

Jack cerró los ojos y dejó escapar un largo suspiro.

Chad se giró muy despacio hacia aquella mujer y se obligó a hablar con ella por primera vez desde que se había enterado de quién era y de por qué estaba allí. Tras unas gafas cuadradas, sus ojos de color marrón oscuro se encontraron con los suyos. Esa mirada fija le hizo sentir el impulso de protegerse las pelotas. En serio.

La señorita Alana Gore era el puñetero paradigma de una persona remilgada. Llevaba el pelo oscuro recogido en un moño austero y el traje pantalón que llevaba era de un apagado tono barro y le sentaba mal. Sus zapatos se parecían a los que usaría una monja para darles patadas a los niños. Tampoco llevaba ni una pizca de maquillaje en el rostro. En realidad, podría haber sido una mujer atractiva si supiera sonreír.

Pero en ese momento no sonreía en absoluto.

Chad se cruzó de brazos.

—¿Y qué implica exactamente comportarme como es debido?

—Bueno, para empezar, intente mantener la polla dentro de los pantalones más de veinticuatro horas seguidas.

Jack emitió un sonido estrangulado, pero Chad se limitó a mirar a la mujer y le espetó:

—¿Cómo dice?

La señorita Gore sonrió y, mierda, eso la hizo parecer aún más aterradora.

—Déjeme hacerle una pregunta, señor Gamble. ¿Quiere jugar para los Nationals?

Qué pregunta tan estúpida.

—¿Usted qué cree?

Ella siguió sonriendo.

—Y no quiere marcharse de la ciudad, ¿verdad? —Cuando él entornó los ojos, añadió—: Lo he investigado, Chad. Tiene dos hermanos que viven en esta ciudad. Está muy unido a ellos. Los tres son prácticamente inseparables. No tienen más familia aparte de los Daniels.

—La señorita Gore hizo una pausa y arrugó la nariz—. Tienen una tienda sobre el apocalipsis, ¿no?

—No es una tienda sobre el apocalipsis. —Estaba acostumbrado a defenderlos—. Es una tienda para prepararse para...

—Da igual —lo interrumpió ella con un tono demasiado amable.

A Chad empezó a picarle la piel.

—En muchas entrevistas, ha dejado muy claro que no quiere abandonar la ciudad ni a sus seres queridos. —La señorita Gore, que tenía las piernas cruzadas, se inclinó hacia delante y apoyó las manos sobre una rodilla—. Así que, si quiere quedarse aquí y que le sigan pagando por jugar al béisbol, va a hacer exactamente lo que yo le diga.

—Esto es demasiado drástico —protestó Chad, y miró a su mánager.

—¿Drástico? —La señorita Gore se agachó y sacó un periódico de su enorme bolso negro. Chad soltó una palabrota—. Lo fotografiaron en la cama con *tres* mujeres.

—¡No me acosté con ellas!

Jack y la señorita Gore se miraron con cara de no creérselo.

—¿Y qué hay de la modelo de Victoria's Secret con la que lo vieron el fin de semana anterior?

—¡Tampoco me acosté con ella! —Chad respiró hondo—. Vale, me acosté con ella hace unos ocho meses, pero últimamente no. Somos amigos.

La expresión de la publicista indicaba que no estaba de acuerdo con su definición de amistad.

—¿Y las gemelas de hace cuatro semanas?

Dios mío, ¿esa mujer era una acosadora?

—Las gemelas *solían* salir con uno de mis hermanos. Solo...

—Solo son amigos, ¿no? —La sonrisa de la señorita Gore se volvió tensa. Chad le lanzó una mirada inexpresiva, pero ella lo ignoró—. Y luego está ese club al que le gusta ir. ¿Cuero y Encaje? A ver si lo adivino: va allí a buscar nuevas *amigas*.

Chad la fulminó con la mirada.

—Qué graciosa.

La señorita Gore parecía muy orgullosa de sí misma. Lo más retorcido de todo era que Chad no se había acostado con nadie desde hacía tres meses. Eso no suponía un período de sequía sexual astronómico, claro; pero para él era algo épico. Por el amor de Dios, no le había interesado ninguna mujer hasta que se topó con Bridget.

Joder.

Ella era la última mujer en la que quería pensar. Seguía cabreado y confundido por el hecho de que se hubiera largado mientras él estaba en el puñetero baño, y ahora tenía que lidiar con esa mierda.

La señorita Gore dejó caer el periódico sobre la mesa.

—Probablemente usted no sepa quién soy, pero le aseguro que no hay nada más importante para mí que mi trabajo, y su equipo me ha contratado para reparar su imagen.

—Mi imagen no necesita que la reparen. —Chad se giró hacia Jack—. No me acosté con esas mujeres.

—Escucha lo que tiene que decir —le sugirió Jack con tono de cansancio.

—Da igual que se haya acostado o no con una planta entera de una residencia de universitarias —afirmó la señorita Gore—. Todo depende de las apariencias y, ahora mismo, todo Washington opina que es un pichabrava.

Chad se giró hacia ella con los ojos muy abiertos.

—Caray.

—Es la verdad. —La publicista le restó importancia con un gesto de la mano—. He representado a atletas profesionales, a músicos y a famosos mucho peores que usted.

—Vaya, usted sí que sabe reforzar la autoestima de la gente.

La señorita Gore se recostó en la silla y unió aquellas manos tan formales.

—Dudo que tenga usted problemas de autoestima. En el pasado, he tratado con adicciones, problemas de ira y correrías sexuales que harían que las suyas parecieran sacadas de una película de Disney. La imagen de todos y cada uno de mis clientes estaba sumamente dañada cuando entré en escena. ¿Se acuerda de cierta estrella infantil aficionada a la cocaína y a las inyecciones de bótox? Ya no se la ve por los bares y ahora ha vuelto a trabajar en Hollywood. Así que tengo experiencia con niños grandes a los que no les importa cómo afectan sus actos a otras personas. Me he forjado una carrera reparando la imagen de personas en el candelero. Nunca he fracasado, y su caso no será diferente.

Oh, claro que iba a ser diferente.

—Mire, estoy seguro de que es genial en lo suyo, pero no la necesito.

—Y, por desgracia, ahí es donde se equivoca —contestó la señorita Gore, que lo miraba fijamente.

Chad se echó hacia atrás y aferró los bordes de la silla. Nunca había insultado a una mujer, pero estaba a punto de hacerlo.

Jack carraspeó y luego intervino:

—Ya sé que crees que no necesitas esto, Chad, pero no tienes elección.

—Y una mierda.

Como si hubiera previsto esa clase de respuesta, Jack abrió una carpeta y le entregó varios papeles grapados. Cuando Chad los cogió, se dio cuenta enseguida de que era su contrato, y que estaba abierto por la página de las cláusulas.

Les echó un vistazo y murmuró:

—Mierda.

—Lo siento —dijo Jack mientras se rascaba la barbilla—. Si no aceptas trabajar con la señorita Gore y hacer lo que te diga, los Nationals no te renovarán el contrato..., e incluso podrían rescindirte el contrato actual antes de tiempo.

Se quedó completamente atónito.

—*Esto* es lo mejor para ti si quieres seguir jugando al béisbol aquí —sentenció Jack.

Chad no sabía qué decir. La rabia y la incredulidad se abalanzaron sobre él con la fuerza de un camión, que lo atropelló, retrocedió y luego volvió a pasarle por encima. Mierda.

—Me tomaré su silencio como una señal de que acepta —dijo la señorita Gore—. Empezaremos a trabajar juntos de inmediato.

—¿De verdad? —refunfuñó Chad.

—De verdad. —La publicista volvió a introducir la mano en el bolso y luego dejó caer una carpeta del tamaño de una puñetera enciclopedia en el regazo de Chad, lo que hizo que soltara un gruñido—. Este es mi contrato.

—Madre mía.

—Y verá que, en su contrato con los Nationals, se le exige que firme este. —La señorita Gore se inclinó hacia delante y abrió el tocho por la página veinte—. Esta es la lista de reglas de su nuevo estilo de vida.

¿Nuevo estilo de vida? Chad sintió ganas de reírse, pero nada de eso tenía gracia. Leyó rápidamente la lista y por poco no se atragantó.

—Santo...

Se quedó mudo de asombro. Completamente mudo.

Nada de beber en público. Nada de salir hasta altas horas de la madrugada. Nada de ir a bares ni a clubes de dudosa reputación. Nada de mujeres. Resopló al leer eso. Mujeres, en plural, porque era un pichabrava, según la señorita «palo en el culo».

Bueno, y también según sus hermanos, pero qué más daba.

—Esto es ridículo —dijo por fin, sacudiendo la cabeza—. No soy un adolescente de diecisiete años. Soy un adulto.

—Bien. Estoy de acuerdo en eso. —La señorita Gore volvió a sonreír—. Y ya es hora de que empiece a comportarse como tal. Espero que revise todo esto, porque va a seguir estas reglas. Mi reputación depende de ello y, a diferencia de usted, a mí sí que me importa lo que la gente opine de mí.

Esa mujer le caía fatal.

—Tienes que hacerlo, Chad. Sé lo mucho que este equipo significa para ti, además de esta ciudad..., y tus hermanos —dijo Jack, que cogió un bolígrafo y se lo ofreció—. Tienes que firmar y apechugar. Dentro de unos meses, cuando las cosas se calmen, todo mejorará.

Chad miró a su mánager con la sensación de que acababa de traicionarlo. Luego bajó la vista hacia los dos contratos que tenía en el regazo. La cuestión era que podía mandarlo todo al carajo y dejar el equipo. Los Yankees lo contratarían en un santiamén, pero la publicista tenía razón. Marcharse de esa ciudad y alejarse de sus hermanos era lo último que quería. Sus hermanos y él habían tenido una infancia de mierda en su casa fría y estéril. Si no hubiera sido por la familia de Maddie, quién sabe dónde estarían ahora. Joder, el padre de Maddie era quien solía ir a sus partidos de béisbol de la liga infantil.

Maldita sea. Esa ciudad le traía un montón de malos recuerdos, pero los buenos... Sí, los buenos recuerdos pesaban más que toda la mierda por la que sus padres les habían hecho pasar a los tres. Chad necesitaba estar cerca de sus hermanos o, de lo contrario, lo que estaba pasando ahora parecería un juego de niños. Marcharse de la ciudad no era una opción. ¿A quién pretendía engañar al planteárselo siquiera? Pero nunca había pensado que acabaría en una situación así, con una niñera. El equipo lo tenía agarrado por las pelotas.

Chad echó la cabeza hacia atrás y gimió.

—Joder, esto es una broma.

Capítulo seis

Cada vez que Chase Gamble visitaba a Madison en el trabajo (lo cual ocurría todos los puñeteros días desde que habían decidido admitir que se querían y se habían jurado amor eterno el pasado mes de mayo), Bridget sentía el impulso de quitarse los zapatos multicolores de tacón y esconderse debajo de la mesa. Aunque dudaba que su culo cupiera allí. No porque ella fuera demasiado grande, sino porque su mesa era *demasiado* pequeña. Después de todo, era la ayudante de Madison, lo que significaba que le habían dado una mesa sobrante que llevaba años olvidada en algún rincón. Probablemente debería dejar de quejarse, porque tenía suerte de que aquel trasto tuviera cuatro patas y todavía no se le hubiera derrumbado encima.

Bridget divisó antes que Madison al alto y moreno dueño de varios clubes que se abría paso por el laberinto de cubículos situado fuera de su oficina. Tras echar un rápido vistazo a su izquierda, comprobó que Madison estaba enfrascada en los preparativos para la gala de invierno para recaudar fondos.

La gala...

Bridget suspiró.

Todavía estaba a tiempo de meterse debajo de la mesa o, al menos, fingir que estaba hablando por teléfono, pero, antes de poder coger el auricular, la puerta se abrió y los anchos hombros de Chase llenaron la entrada. Unos hombros enormes que podrían echar una puerta abajo... y que le recordaron los de otra persona, alguien con una lengua y unos dedos maravillosos.

Aquel no era en absoluto el momento adecuado para pensar en eso.

—Hola, Chase —lo saludó Bridget con una amplia sonrisa.

En la otra mesa, su jefa levantó la cabeza de golpe y se le dibujó una sonrisa radiante al ver al recién llegado.

—Hola. —Se puso de pie a toda prisa—. ¿Ya es hora de comer?

Chase saludó a Bridget con un rápido gesto de la cabeza antes de centrar toda su atención en Madison.

—Sí. ¿Estás lista?

Bridget fingió reorganizar los bolígrafos de su mesa mientras intentaba con desesperación ignorar el apasionado y larguísimo saludo que tenía lugar a menos de dos metros de ella.

Pero alzó la vista.

Siempre lo hacía, y ahora más aún, porque, en lugar de a Chase y a Madison, vio a Chad... y a sí misma. Qué patético.

Notó una dolorosa punzada en el pecho que volvió a abrir una herida reciente que ni siquiera debería existir. Inspiró en silencio mientras observaba cómo Chase besaba a Madison como si fuera el mismísimo aire que necesitaba respirar..., y entonces apartó la mirada, parpadeando para contener las lágrimas.

No era por Chase..., por supuesto que no. Ni tampoco por Madison. Aunque al principio Chase no le había caído demasiado bien, Bridget se alegraba por ellos. No había dos personas más enamoradas que ellos, y se merecían ser felices. Estar enamorado no era lo mismo que querer a alguien (eran cosas completamente distintas), y Bridget creía con cada fibra de su ser que esa era la clave.

Pero el problema era que, a partir de ahora, Chase siempre iba a recordarle a otra persona.

Bridget cogió un bolígrafo rojo que hacía juego con su rebeca y lo colocó en el lapicero que contenía los bolígrafos de colores. Luego puso un bolígrafo negro con los que no eran de colores. Sí, puede que fuera un poquito maniática ordenando sus bolígrafos.

—Bridget. —Madison soltó una risita suave—. Deja los dichosos bolígrafos en paz y ven a comer con nosotros.

Bridget levantó la cabeza y se colocó un mechón rebelde detrás de la oreja. Por mucho que se recogiera el pelo, siempre conseguía escaparse algún mechón.

—Ah, no, disfrutad un rato a solas, tortolitos.

Madison hizo una mueca mientras se daba la vuelta y cogía la chaqueta y el bolso.

—No quiero pasar más tiempo a solas con él. Por eso te he invitado.

—Vaya, gracias. —Chase se giró hacia ella despacio—. Mi autoestima acaba de ponerse por las nubes.

Ese comentario hizo que Bridget esbozara una sonrisa.

—En serio, acompáñanos. —Chase rodeó los delgados hombros de Madison con un brazo—. Vamos a ir al nuevo restaurante que hay en esta calle.

—¿The Cove? —preguntó Bridget.

Su estómago ya estaba convencido.

—Sí —contestó Madison con una sonrisa—. Querías comprobar qué tal está, ¿no? Se jactan de que sirven las mejores hamburguesas de la ciudad.

Chase apretó a Madison contra él. Como se acercaran más, acabarían fundiéndose el uno contra el otro.

—Ya he comido allí, y las hamburguesas son la bomba.

Aunque la irritó un poco que supieran que las hamburguesas eran su debilidad, Bridget se levantó de la silla y cogió su bolso del carrito que había junto a la mesa.

—Bueno, ¿cómo voy a resistirme a semejante recomendación?

Chase dio media vuelta con una sonrisa. Luego la miró por encima del hombro y le preguntó:

—¿No llevas chaqueta?

Bridget se alisó la rebeca para que la flor bordada no acabara posada sobre su pecho izquierdo como si fuera una especie de pezón raro.

—No me gustan las chaquetas.

—Opina que abultan demasiado —intervino Madison mientras Chase les abría la puerta—. Aunque nieve fuera, Bridget no se pondrá una chaqueta, pero llevará una bufanda.

Era cierto.

Chase echó a andar y se situó entre ambas.

—¿Una bufanda, pero sin chaqueta?

Bridget se encogió de hombros.

—Eso me mantiene el cuello caliente y, además, a diferencia de Maddie, yo cuento con unas capas extra de protección.

Su amiga resopló mientras se ponía un chaquetón negro.

—No tienes capas extra de protección, Bridget.

—No tengo ni idea de lo que estáis hablando —dijo Chase con cara de confusión, y Bridget reprimió una risita.

—Es mejor así —contestó ella, y le dirigió una sonrisa a Madison—. Créeme.

Mientras recorrían el grupo principal de cubículos, ignoró en vano el hecho de que su amiga aminorara la velocidad hasta ir prácticamente a paso de tortuga cuando pasaron junto a la mesa de Robert McDowell. Todos sabían que el tío de contabilidad estaba colado por Bridget. Era simpático y guapo, pero a ella la excitaba más su vibrador de lunares que Robert.

Y Chad también... Él la había excitado muchísimo, lo que demostraba que, aunque carecía de sentido común, al menos su vagina seguía funcionando perfectamente.

A Robert le faltaba algo. Algo que Bridget no sabría definir, pero estaba segura de que le llamaría la atención en cuanto lo viera. Por desgracia, cuando conoció a Chad en aquel maldito club hacía un mes, fue como si se hubiera topado con un letrero luminoso gigante.

Bridget apenas había dado dos pasos cuando la cabeza de Robert asomó por detrás de las paredes de su cubículo, que eran de un tono gris apagado. Su pelo rubio, que estaba un poco desgreñado, enmarcaba un rostro juvenil.

—Hola, señorita Rodgers... —Bajó la mirada—. ¿Zapatos nuevos?

Si se hubiera sentido atraída por él, Robert habría sido el hombre perfecto. Incluso se fijaba en cosas como los zapatos.

—Sí, así es. Me los compré la semana pasada.

—Son muy bonitos —dijo él mientras se echaba hacia atrás—. ¿Vais a salir a comer?

Bridget comprendió que tal vez pretendía que lo invitaran. Madison también se dio cuenta, y ya había abierto la boca para entrometerse.

—Gracias —se apresuró a responder—. Nos vemos luego.

Siguió andando a toda prisa; se sentía una auténtica zorra por comportarse así, pero prefería eso a darle falsas esperanzas a aquel tío o a verse en la incómoda situación de que él la invitara a salir y ella tuviera que inventarse alguna excusa patética, como que esa noche le tocaba bañar al gato.

En el ascensor, Madison la miró con los ojos entornados.

—Podrías haberlo invitado a venir.

—Ya lo sé —contestó Bridget, que se cruzó de brazos.

—¿Por qué no lo has hecho? —le preguntó Chase, que se había apoyado en la pared con la cabeza echada hacia atrás.

—Porque...

—Porque a Robert le gusta Bridget —le explicó Madison mientras terminaba de abotonarse el chaquetón—. Y a Bridget le gustan los bolígrafos.

—¿Los bolígrafos? —repitió Chase.

Bridget puso los ojos en blanco.

—Los bolígrafos son mucho más excitantes que la mayoría de la gente.

—Me pregunto qué haces con esos bolígrafos —comentó Chase.

Madison arrugó la nariz.

—No pienses en guarrerías.

—Siempre pienso en guarrerías cuando estás cerca.

Y empezaron otra vez: se fueron acercando poco a poco, se abrazaron y empezaron a oírse sonidos de besuqueos. Bridget cerró los ojos y suspiró. Estar cerca de ellos era como estar junto a dos adolescentes cachondos.

Maldita sea, estaba celosa.

El ascensor tardó una eternidad, y a Bridget le asombró que Chase y Madison no acabaran echando un polvo allí mismo. Aunque las paredes de cristal se empañaron un poco.

El fresco viento de noviembre refrescó las mejillas de Bridget mientras esquivaban hombres de negocios con maletines y turistas con riñoneras. A lo lejos, el monumento a Washington se alzaba como un gigantesco... símbolo fálico.

Los hombres y sus juguetes arquitectónicos.

Recibieron miradas de sorpresa a su paso que tanto Madison como Chase ignoraron o no notaron, pero Bridget se fijó en cada una de ellas. Por lo general, una rebeca roja no combinaba bien con una falda de rayas rosadas y blancas, zapatos multicolores de tacón y medias blancas, pero el excéntrico sentido de la moda de Bridget no era nada nuevo. Concretamente, su estilo recordaba a los años ochenta, pero ella siempre había sido así: le gustaba combinar prendas y mezclar diseños, como si fuera una moderna diseñadora de moda *eurotrash*.

Su madre creía que se trataba de algún tipo de estrategia psicológica que le permitía protegerse para no salir herida. Venga ya. Simplemente le gustaban los colores y le habría encantado que su madre se dedicara a cualquier otra cosa, incluso a ser estríper, en lugar de a la psicología.

No hay nada peor que el hecho de que te psicoanalicen durante la cena de Acción de Gracias.

A medio camino, Chase se sacó el móvil del bolsillo y soltó una risita, lo que atrajo la atención de ambas. Escribió un mensaje de respuesta y luego se inclinó hacia Maddie y le rozó la frente con los labios.

A dos manzanas de la Explanada Nacional, entraron en el nuevo restaurante de moda. Los recibió un aire cálido y un ligero aroma a grasa y a comida cara. El local estaba abarrotado, por lo que resultaba difícil pasar entre las mesas redondas.

—¿Vamos a conseguir sitio? —preguntó Bridget, con la esperanza de que la ampolla que le estaba saliendo en el talón no fuera en vano.

Chase asintió con la cabeza.

—Llamé antes de venir. Tenemos un reservado en la parte de atrás.

Madison frunció el ceño.

—Creía que este sitio no aceptaba reservas.

Él se limitó a sonreír.

Bridget comprendió que, por supuesto, ningún negocio de la ciudad le diría que no a Chase ni a ninguno de los hermanos Gamble. Aparte de los políticos y los traficantes de drogas, los hermanos Gamble dirigían la ciudad.

El espacioso reservado situado al fondo (en diagonal a una barra que, como era de esperar, estaba muy concurrida) era lo bastante grande para que seis personas se sentaran cómodamente. Madison y Chase ocuparon un lado y Bridget se sentó en el asiento opuesto. Se alegró de odiar las chaquetas al ver que Madison murmuraba algo entre dientes, se levantaba de nuevo y luego se quitaba el chaquetón. Una camarera se acercó a la mesa, les entregó unas cartas plastificadas y tomó nota de lo que querían beber.

—¿Puede traernos otro vaso de agua? —le pidió Chase mientras extendía un brazo sobre el respaldo del reservado—. Nos acompañará otra persona más.

—Por supuesto —contestó la camarera con una sonrisa.

—¿Quién va a venir? —le preguntó Madison cuando la camarera se marchó a toda prisa a buscar lo que habían pedido.

De pronto, Bridget experimentó una sensación muy extraña. Se sintió como si alguien le hubiera dado varios puñetazos en el estómago mientras miraba fijamente a Chase, y les rogó a todos los dioses que conocía que no fuera a decir lo que temía.

Chase le dio la vuelta a la carta y contestó:

—Menos mal que no invitaste a Richard...

—Robert —lo corrigió Madison.

—Porque Chad me envió un mensaje de camino hacia aquí. Está a una manzana y viene a comer con nosotros.

Bridget se quedó sin respiración. Y luego perdió el apetito, así sin más. Su apetito se esfumó y el estómago se le retorció de forma más intrincada que un nudo celta.

Oh, no, no, no... Eso no podía estar pasando.

Después de huir del lujoso piso de Chad, sin bragas, supuso que no volvería a verlo en persona. Después de todo, no se movían en los mismos círculos y ella había decidido mantenerse alejada de los bares sexis de ese momento en adelante.

Sintió náuseas.

—Genial —dijo Madison, que se recostó en el asiento—. A ver cuánto tarda alguien en sacarle una foto o en pedirle un autógrafo.

La sonrisa que se dibujó en el rostro de Chase estaba llena de orgullo.

—Oye, es una estrella. Hay que aceptarlo.

Bridget dejó de escucharlos mientras dirigía la mirada hacia el otro extremo del restaurante y la clavaba en la puerta. Tenía que marcharse de ahí. De ninguna manera podría comer con Chad. Una oleada de pánico brotó en su vientre y le subió por la garganta. Santo cielo, ni siquiera le había contado a Shell lo que había pasado, y mucho menos a Maddie.

Estaba a punto de vomitar.

¿Y si Chad la reconocía?

¿Y si *no* la reconocía?

No estaba segura de qué sería peor.

—¿Estás bien, Bridget? —le preguntó Madison con tono de preocupación.

Ella asintió con aire distraído y cogió su bolso.

—Sí, pero acabo de recordar que tengo que hacer una llamada desde la oficina. Creo que... será mejor que vuelva.

Madison frunció el ceño.

—¿Qué llamada?

Efectivamente, ¿qué llamada?

—Tengo que hablar con la empresa de *catering* de los postres para la gala.

Madison entornó los ojos.

—Creía que estábamos esperando a que nos llamaran ellos.

Bridget empezó a levantarse.

—Pues sí, pero quería llamarlos para...

Se interrumpió. La cara de su jefa parecía decir: «Siéntate y deja de comportarte de forma tan rara». Además, marcharse corriendo en medio del almuerzo la haría parecer una loca.

—Da igual. —Bridget se obligó a sonreír—. Puede esperar.

Madison se la quedó mirando un momento más y luego se puso a charlar de nuevo con Chase.

La vida podía ser increíblemente cruel.

Durante el último mes, Bridget no había dejado de darle vueltas a lo que había hecho y lo que no había hecho con Chad. Una parte de ella se alegraba de haberse marchado antes de que él recobrara la sensatez y se arrepintiera de haberla llevado a su piso, pero la otra parte, la que se centraba solo en los recuerdos, evocaba una y otra vez la forma en la que Chad la había besado y acariciado. Llevaba un mes entero reviviéndolo, incapaz de deshacerse de los sentimientos que Chad había despertado en ella y deseando tener más recuerdos con los que deleitarse.

Dios mío, no podía pensar en eso ahora.

Cuando llegaron las bebidas, Bridget tomó un buen trago de la suya y deseó que su refresco *light* incluyera un poco de vodka. Tenía que volver a intentar escapar. No había más remedio.

—Madison, se me había olvidado que...

Se quedó callada al oír un ligero murmullo en la parte delantera del restaurante y toda esperanza de huir se desvaneció. No le hizo falta mirar para saber que Chad había llegado. Todo el alboroto era por él. Los jugadores de béisbol eran como dioses en sus ciudades.

Dejó caer las manos sobre el regazo y mantuvo la mirada clavada en la carta; sin embargo, cuando Chase saludó a su hermano, no pudo contenerse. No mirar sería algo antinatural.

Unos vaqueros desgastados le colgaban bajos de la estrecha cintura y la camiseta de manga larga que llevaba se tensaba sobre un vientre que ella sabía que parecía una tabla de lavar sobre la que se podría hacer la colada de un país entero. Al igual que los otros dos hermanos Gamble, Chad tenía unos hombros perfectos para que una mujer se aferrara a ellos. Esos hombros podrían soportar cualquier cosa que le pusieran por delante. Y su cuerpo estaba hecho para el sexo.

Ese no era el momento adecuado para pensar en sexo.

La atención de Chad estaba centrada en lo que fuera que Chase le estuviera diciendo y Bridget estaba segura de que ni siquiera se había fijado todavía en ella. ¿Por qué iba a hacerlo si la camarera apareció de repente de la nada, apoyó una mano en una cadera casi inexistente y se lo quedó mirando como si fuera un plato de aperitivos? Aunque Bridget no podía culparla. La sonrisa relajada de Chad le provocó un revoloteo en el estómago incluso *a ella* cuando él cogió la carta que le ofrecía la camarera, que le rozó la mano con sus largos dedos.

—Ya tiene un vaso de agua —le dijo la camarera, con las mejillas sonrojadas y los ojos brillantes—. ¿Quiere algo más?

Chad negó con la cabeza.

—No, así está perfecto. Gracias.

Bridget se mordió el labio inferior al oír su voz profunda y melodiosa y se recordó que debía apartar la mirada, pero no fue capaz. Se quedó mirándolo como si estuviera completamente loca, deseando con todas sus fuerzas que él apartara la mirada y, al mismo tiempo, esperando que se esfumara.

—¿Está seguro? —le preguntó la camarera mientras agitaba las pestañas como si le estuviera dando un ataque—. Le conseguiré encantada algo un poco más sabroso.

Madison se atragantó con su bebida.

—El agua será suficiente, gracias —contestó Chad, tan educado como siempre. Y luego añadió—: Pero tendré en cuenta la oferta.

Bridget suspiró. Era muy probable que más tarde se dieran los números de teléfono.

Por fin, la camarera desapareció, balanceando mucho las caderas, con la promesa de volver para tomar nota de lo que querían.

—No puedo llevarte a ningún sitio —comentó Chase con una sonrisa.

Chad soltó una risita.

—Qué se le va a hacer.

Y entonces alargó la mano hacia Madison, sin duda con la intención de alborotarle el pelo, pero ella se echó hacia atrás y lo fulminó con la mirada.

—Como hagas eso, no podrás hacer realidad los sueños de la camarera en un futuro próximo.

No obstante, esa advertencia no lo disuadió y Chad consiguió despeinarla antes de que Chase interviniera y lo amenazara con provocarle daños físicos.

Bridget se fue hundiendo poco a poco en el cojín del asiento y se apretó las manos con fuerza. Tal vez Chad ni siquiera se diera cuenta de su presencia. Parecía posible, ya que no había mirado hacia ella ni una sola vez; pero, entonces, Chase tuvo que abrir la boca.

—Ah, por cierto, no conoces a Bridget, ¿verdad? —Chase la señaló con un gesto de la cabeza y ella abrió los ojos como platos—. Trabaja con Madison.

«Ay, Dios. Ay, Dios. Ay, Dios...».

Bridget tuvo la sensación de que el tiempo se detenía, como si estuviera atrapada en una película cursi, cuando Chad se giró despacio. Se le dibujó una amplia sonrisa cordial en los labios mientras dirigía la mirada hacia ella. Empezó a inclinarse y le tendió una mano.

Sus miradas se encontraron.

A Chad se le borró la sonrisa de la cara al mismo tiempo que se echaba hacia atrás y ensanchaba ligeramente los ojos al reconocerla.

Ay, mierda.

Se la quedó mirando tanto rato que Bridget se ruborizó, y luego pronunció una única palabra o, más bien, la musitó:

—*Tú*.

Capítulo siete

Joder, era *ella*.

Ahí, con su hermano y Maddie. Apenas podía creerlo. Chad seguía bastante cabreado por el hecho de que hubiera huido de él aquel fin de semana, aunque había acabado aceptando que era poco probable que volviera a verla. Pero ahí estaba de pronto, un mes después, en un restaurante en pleno día con *su* hermano, lo que significaba que era imposible que Bridget no supiera con quién estaba emparentado cuando se conocieron esa noche. En primer lugar, se parecía mucho a su hermano y, en segundo lugar, todo el mundo conocía a los hermanos Gamble. *Todo el mundo*.

Chad se había quedado pasmado.

Ese día había empezado como cualquier otro fuera de temporada. Primero, cuatro horas de entrenamiento por la mañana. Así era. El entrenamiento y el ejercicio fuera de temporada eran cruciales para los jugadores. Luego, había logrado darle esquinazo a su niñera durante el resto de la mañana. La señorita Gore tenía el palo todavía más metido en el culo de lo normal desde que habían pillado a Chad saliendo del bar de su hermano con Tony. Vale, estaba un poco borracho, pero, joder, no iba con ninguna mujer y se había portado bien. La mayor parte del tiempo. Pero, según la publicista, tomarse unas copas equivalía a darle una patada a un bebé.

Chad había evitado llamar la atención durante el último mes, pero ella no estaba impresionada y le seguía la pista cada vez que salía de su piso. Así que, cuando Chase le envió un mensaje para invitarlo a comer, aprovechó de inmediato la oportunidad de salir y tocarle las narices a la señorita Gore al mismo tiempo. Pero lo último que esperaba era volver a verla a *ella*.

Santo cielo.

Tenía el mismo aspecto que recordaba, pero mejor. Llevaba el pelo de un intenso tono castaño rojizo recogido en un moño bajo; pero él sabía que, cuando se lo soltaba, era largo y unas ondas suaves le enmarcaban el rostro con forma de corazón. Su tez, que normalmente parecía de porcelana, ahora estaba ruborizada y tenía los carnosos labios entreabiertos.

Chase carraspeó y luego preguntó:

—¿Os conocéis?

Chad no conseguía dejar de mirar a Bridget.

Ella también lo estaba mirando, con sus ojos de color verde claro muy abiertos, sin duda recordando lo bien que se conocían. No tan bien como a Chad le habría gustado, pero casi. Como estaba sentada, no pudo contemplar sus voluptuosas curvas. Sintió ganas de quitarle aquella puñetera rebeca porque la tapaba demasiado.

Bridget tragó saliva, desvió la mirada hacia Chase y Maddie y contestó:

—Pues... nos conocimos brevemente.

¿Que se habían conocido brevemente?

Maddie se quedó boquiabierta.

—¿Cómo es posible que no hayas mencionado que conocías a Chad?

Sí, exactamente. ¿Cómo era posible? Chad sintió muchísima curiosidad, aunque también estaba un poco ofendido. ¿Por qué Bridget no había dicho que lo conocía? Por otro lado, teniendo en cuenta *dónde* se habían conocido..., la mayoría de la gente no mencionaba ese club en las conversaciones cotidianas.

Chad se sentó junto a ella y se recostó en el asiento con los brazos cruzados. Y esperó.

—No fue nada especial —contestó Bridget, que lo miró con nerviosismo.

A Chad no le cabía ninguna duda de que había sido muy especial.

—Y, sinceramente, se me había olvidado —añadió ella, riéndose, mientras jugueteaba con el papel en el que había venido envuelta la pajita de su bebida.

¿Se había olvidado tan rápido de lo que había ocurrido entre ellos? Y una mierda. Eso supuso un golpe bastante duro para el ego de Chad, que estuvo a punto de explicarles lo bien que se conocían, pero se contuvo. Ella no quería que nadie supiera lo que había pasado y estaba dispuesto a respetar esa decisión; sin embargo, sin duda más tarde Bridget iba a tener que reconsiderar esa afirmación de que no había sido «nada especial».

Chad sonrió y le siguió la corriente, aunque decidió que donde las dan las toman.

—Fue hace tiempo... en un partido, ¿no? Creo que me pediste un autógrafo.

Bridget frunció sus delicadas cejas.

—No. No fue en un partido ni te pedí un autógrafo.

—¿Estás segura? —Chad le echó un vistazo a su hermano, que los miraba con las cejas levantadas—. Vaya, me acuerdo de tu cara, pero vas a tener que refrescarme la memoria sobre el resto.

—No hace falta. Como dije, solo fue un breve encuentro. —Bridget se retorció un poco en el asiento, lo que atrajo la atención de Chad hacia abajo. La curva de su cadera y su muslo hicieron que se le hinchara el pene—. Seguro que hay muchas caras que no recuerdas.

Chad, que captó la pulla sutil, ladeó la cabeza.

—Supongo que se podría decir lo mismo de ti —contestó.

Bridget giró la cabeza bruscamente hacia él y los ojos de color verde botella le brillaron con más intensidad. Estaba enfadada. Bien. Él tampoco estaba de humor para mimos precisamente.

Al otro lado de la mesa, Maddie los observaba fascinada por completo.

—Vale, ¿y dónde os conocisteis si no fue en un partido?

—Buena pregunta —murmuró Chad, que esperaba ansioso la respuesta de Bridget.

Ella se retorció aún más en el asiento, tanto que su muslo rozó el de él.

—Pareces inquieta —señaló—. Y estamos esperando.

—No estoy inquieta.

Chad le apoyó una mano en el muslo, justo por encima de la rodilla, y ella casi se levantó del reservado de un salto.

—Sí que estás inquieta.

Bridget bajó la mirada hasta su mano y se sonrojó todavía más. Chad la sintió estremecerse y un impulso casi salvaje se apoderó de él. El instinto le exigió que dejara la mano justo donde estaba o que la bajara unos centímetros y luego la deslizara bajo la falda. Aquella falda, por otro lado, le recordaba a un bastón de caramelo, y le apetecía lamer esas rayas, pero supuso que ni a su hermano ni a Maddie les interesaría presenciar esa clase de espectáculo.

Chad le dedicó una sonrisa a Bridget y levantó la mano despacio, apartando los dedos de uno en uno.

Su hermano y Maddie se miraron el uno al otro un buen rato. Por suerte para Bridget, la camarera llegó para tomar nota de lo que querían. Aunque todos pidieron hamburguesas, la camarera se entretuvo en su mesa más de lo necesario, algo que normalmente no habría molestado a Chad, pero en ese momento su atención estaba centrada en otra parte, en concreto en la mentirosilla sentada a su lado.

—Bueno, ¿y dónde nos conocimos? —le preguntó a Bridget, y se le dibujó una amplia sonrisa cuando se puso tensa.

Si creía que se había librado con tanta facilidad, estaba muy equivocada. Chad llevaba un mes preguntándose qué diablos había pasado, y esa vez no la dejaría escapar.

Bridget lo miró y alzó la barbilla con gesto obstinado.

—Fue en un bar. Estabas con un amigo.

—Hum..., no me acuerdo de qué bar era.

Cuando ella lo fulminó con la mirada, la sonrisa de Chad se ensanchó. Entonces, vio en sus ojos que Bridget se había dado cuenta de a qué estaba jugando. Luego, ella apartó la mirada y dijo:

—En fin, Madison ya casi ha terminado el presupuesto para la gala de invierno.

Maddie parpadeó, confundida.

—Ah, sí, con las donaciones previstas, esperamos recaudar bastante dinero este año para el programa de aprendizaje extendido del Smithsonian.

—Esa es mi chica —respondió Chase, que inclinó la cabeza y le dio un beso en la mejilla.

Joder, su hermano parecía un perrito faldero.

A veces, le resultaba extraño verlos así; sobre todo, a Chase. Aunque formaban una pareja perfecta, Chad no era capaz de imaginarse a sí mismo en el lugar de su hermano menor, tan enamorado de una mujer como para dejar atrás el pasado y volver todo tu mundo del revés por ella.

—Solo nos queda un mes para prepararlo todo —siguió parloteando Bridget—, pero ya hemos vendido todas las entradas.

—Qué buena noticia —comentó Chase—. ¿Lo tendréis todo listo para entonces?

Maddie asintió con la cabeza.

—Sí, el único detalle de última hora será cosa de Bridget.

—¿Por qué? —preguntó Chad, intrigado.

A su lado, Bridget se quedó completamente inmóvil y fulminó con la mirada a Maddie, que la ignoró sin más.

—Bridget siempre espera hasta el último momento para decidir quién será su acompañante.

—Ah, ¿sí? —preguntó Chad mientras extendía un brazo sobre el respaldo del reservado y abría las piernas, ocupando todo el espacio posible.

Bridget se apartó un poco, de modo que acabó pegada a la pared de estilo *art déco*.

—Me gusta tener varias opciones disponibles.

Por algún motivo, esa respuesta lo irritó. ¿Por eso se había esfumado de su piso? ¿Había visto a alguien en el club que le había parecido mejor opción que él? No era probable.

—Bueno —dijo Chase—, volviendo a vosotros dos. Así que os conocisteis en un bar. ¿Y luego...?

Bridget encorvó los hombros con aire abatido.

Chad se apiadó de ella, aunque no se lo merecía, y comentó:

—¿Sabes?, creo que ya me acuerdo. Estuvimos hablando de béisbol.

—Vale —contestó Chase, aunque no parecía muy convencido.

—¿Estuvisteis hablando de béisbol, Bridget? —le preguntó Maddie, que tenía la misma expresión de incredulidad en la cara—. Pero si tú no sabes nada de béisbol.

—Claro que sí —refunfuñó ella.

—¿Cómo qué? —la retó su amiga.

Bridget apretó esos labios carnosos para los que Chad tenía muchos planes aquella noche.

—Los jugadores lanzan pelotas e intentan golpearlas con un bate, y les pagan demasiado por ello. ¿Qué más hace falta saber?

Chad echó la cabeza hacia atrás y soltó una carcajada. Se había olvidado de lo ingeniosa que era. Eso no había sido lo primero que lo había atraído de ella (había sido su culo redondeado), pero, sin duda, esa cualidad lo había seducido y había desatado su necesidad de controlar y dominar.

—Eso lo resume bastante bien —coincidió Chad. Después miró a su hermano y añadió—: Creo que Chase ha dicho lo mismo un par de veces.

Su hermano asintió con la cabeza.

Entonces, llegó la comida y el tema quedó aparcado por el momento. Todos se pusieron a comer..., menos Bridget, que se pasó más tiempo desmenuzando su hamburguesa que comiéndosela.

Chad se inclinó hacia ella y se acercó lo suficiente para oler su champú. Jazmín. Tal como lo recordaba. Bridget no usaba perfumes fuertes, simplemente la envolvía un suave y almizclado aroma a jazmín. Joder, no había conseguido sacarse a esa mujer de la cabeza.

—¿Siempre juegas con la comida?

Bridget giró la cabeza bruscamente hacia él y, como Chad se había acercado tanto, sus mejillas se rozaron. Ella soltó una exclamación ahogada y se apartó de golpe.

—No estoy jugando con la comida.

Chad sabía que debía retroceder, porque estaba invadiendo su espacio personal, pero no lo hizo. Algunos dirían que se estaba comportando como un cretino, pero se estaba divirtiendo, y le gustaba provocarla.

De todas las formas posibles.

—En realidad, estoy esperando a que empieces a tallar una carita sonriente en el bollo.

—Puedo tallar una en tu cara si quieres —contestó ella con tono dulce.

Chad se echó hacia atrás y se rio entre dientes.

—No puedo dejarte hacer eso. Me han dicho que mi cara vale un millón de dólares.

—No vas a olvidarte nunca de toda esa mierda de los hombres más sexis del mundo según la revista *People*, ¿verdad? —gimió su hermano.

—Jamás —afirmó Chad con tono decidido.

—¿Eso no fue el año pasado? —terció Bridget.

—Así es —contestó Maddie con una risita.

—Pero todavía no han publicado la lista de este año, así que todavía tengo tiempo —comentó Chad, y le guiñó un ojo a Bridget, que puso los ojos en blanco. Entonces, le dio un codazo tan fuerte en el brazo que a ella se le cayó el tenedor sobre el plato—. Apuesto a que comprarás ese número de la revista. Varios ejemplares, probablemente.

Bridget se lo quedó mirando fijamente.

—Tu ego es asombroso.

Chad volvió a acortar la distancia que los separaba y susurró para que solo ella lo oyera:

—Eso no es lo único asombroso de mí, pero eso ya lo sabes.

—Vale —dijo Maddie alargando la palabra, y miró a Chase como si esperara algún tipo de explicación, pero su hermano se limitó a encogerse de hombros.

Un cliente del restaurante, que tiraba de un niño con una gorra de los Nationals, se detuvo junto a su mesa. A Chad le sorprendió ver al crío, ya que los niños de esa edad deberían estar en el colegio a esas horas.

—Siento interrumpir, pero somos grandes fans. —El padre apoyó una mano en el huesudo hombro de su hijo—. A Steven le encantaría que le firmara la gorra.

A algunos jugadores les molestaban ese tipo de cosas o pedían dinero a cambio, pero Chad opinaba que eran unos gilipollas. Así que asintió, sonriendo.

—Por supuesto. Pero no tengo nada con lo que escribir.

La camarera apareció de la nada y le ofreció un rotulador permanente.

—Yo también soy una gran fan —le susurró mientras le guiñaba un ojo.

Chad estaba seguro de que ella era una fan completamente diferente.

Cogió el rotulador y esperó a que el niño se quitara la gorra. Lo vio vacilar y, cuando por fin lo hizo, comprendió por qué no estaba en el colegio. Se hizo el silencio en la mesa. La guapa camarera bajó la mirada hacia el suelo mientras Steven se acercaba despacio a la mesa. Tenía la cabeza completamente calva y de un tono blanco pálido: era evidente que se trataba de un efecto secundario de la quimioterapia.

Mierda.

Firmar la gorra de béisbol era lo mínimo que podía hacer por él, así que le dio la vuelta y garabateó su nombre en la parte de atrás. Mientras intentaba hacer una firma decente, notó que Bridget se inclinaba hacia delante y levantó la vista.

—¿Eres fan de Batman? —le preguntó al niño mientras señalaba su camiseta con una mano.

Steven asintió con timidez.

Bridget sonrió y, santo cielo, había algo especial en su sonrisa, algo que no recordaba o en lo que no se había fijado cuando se habían conocido en el club, quizá porque estaba demasiado cachondo, pero que lo dejó impresionado. Esa sonrisa le iluminó los ojos color jade y le dibujó dos hoyuelos en las mejillas.

Era una mujer preciosa.

—Batman también es mi favorito —añadió Bridget—. Es mucho más guay que Superman.

El niño se animó y sonrió un poco.

—Batman no puede volar, pero tiene mejores armas.

—¡Desde luego! —exclamó ella, con un brillo en los ojos—. ¿Cómics o películas?

—Películas —respondió el niño.

—No sé yo —dijo Bridget con expresión seria—. Los cómics son mucho mejores.

—¡Ni hablar!

Durante la conversación, Chad la estuvo observando, asombrado. Nadie en la mesa, tampoco él, había sabido qué decir ni qué hacer. Joder, la camarera *seguía* con la mirada clavada en el suelo, como si la cura para el cáncer se ocultara allí, pero Bridget había intervenido de inmediato y había conseguido que el niño se sintiera a gusto. Chad también se preguntó si ella de verdad leía cómics. Fascinante. Un momento. Ahí estaba esa dichosa palabra otra vez. Por supuesto que no la encontraba fascinante. Vale, se sentía atraído por ella a un nivel casi animal. La había deseado desde que la había conocido (todavía la deseaba), pero él nunca se involucraba más allá de ahí con las mujeres. Eso era lo que su equipo quería: que sentara la cabeza o que se sintiera *fascinado*, pero no era lo que él quería.

Chad le devolvió la gorra al niño con una sonrisa.

—Aquí tienes, chaval.

—G-gracias, señor Gamble.

Steven volvió a ponerse la gorra, bien calada.

—No hay de qué. Espero verte en algún partido en primavera.

—¡Claro que sí! —exclamó Steven, y luego tiró de la mano de su padre—. ¿Podemos ir? ¿Por favor?

—Iremos al primer partido de la temporada —respondió el padre, que le dirigió una sonrisa de agradecimiento a Chad antes de llevarse al niño de vuelta a su mesa.

Después de que padre e hijo se marcharan, la camarera dejó las cuentas sobre la mesa. Como era de esperar, cuando les trajo los recibos, había un número de teléfono anotado en el de Chad.

Bridget esbozó una sonrisita burlona al verlo y él entornó los ojos.

Cuando los cuatro salieron del restaurante, Chad tiró discretamente el recibo a la basura.

Se habían formado unas nubes densas y oscuras que sin duda traerían lluvia fría. Maldita sea, cómo odiaba noviembre. Prefería la nieve o el sol.

—¿Sigue en pie lo de esta noche? —le preguntó Chase mientras rodeaba a Maddie con el brazo.

Siempre jugaban al póker el miércoles por la noche. Chad mantuvo la mirada clavada en Bridget, que intentaba desaparecer en vano detrás de la pareja.

—Estaré allí a las siete —contestó.

Maddie se soltó y le dio un abrazo rápido a Chad.

—Déjate ver más, estrella.

Él le devolvió el abrazo y luego le dio una palmadita en la cabeza, pues sabía que ella lo detestaba.

—Hasta pronto, enana.

Mientras se despedían, Chad no apartó los ojos de Bridget. La vio alejarse poco a poco, con una amplia sonrisa falsa en la cara y el bolso aferrado delante de ella, como si fuera una especie de escudo.

Cuando Chase y Maddie se giraron para dirigirse de nuevo hacia la Explanada Nacional, Chad se situó detrás de Bridget y le rodeó un brazo con una mano; sin apretar, pero con firmeza. Ella se detuvo y abrió los ojos como platos. Chad no le dio tiempo ni de abrir la boca.

—Oye, Maddie, voy a hablar con tu amiga unos minutos, ¿vale?

Maddie los miró por encima del hombro con el ceño fruncido.

—No sé si debería dejarla sola contigo.

Chad se lo tomó con humor y sonrió.

—Te prometo que te la devolveré en perfecto estado.

Maddie miró a Bridget (que dejó escapar un suspiro de resignación y asintió con la cabeza) y luego sonrió. Chad conocía a la perfección esa sonrisa: la pobre Bridget se lo iba a pasar en grande cuando regresara a la oficina.

—Tomaos todo el tiempo que necesitéis —añadió Maddie, después se dio la vuelta y entrelazó un brazo con el de Chase.

Chad los vio alejarse por la avenida de la Constitución, que siempre estaba muy concurrida, y comentó:

—Forman una pareja encantadora, ¿verdad?

Bridget retrocedió hasta situarse bajo el toldo de una galería de arte cerrada y él la siguió, sin soltarle el brazo. Ella parpadeó varias veces y sus larguísimas pestañas le abanicaron las mejillas sonrojadas. Maldita sea. Había seguido pensando en ella, porque no conseguía olvidarla, pero sus recuerdos no le habían hecho justicia.

Bridget respiró hondo y luego dijo:

—Mira, tengo que...

Chad inclinó la cabeza de modo que sus rostros quedaron a escasos centímetros de distancia y disfrutó al verla inhalar con suavidad.

—¿De verdad creías que podrías huir de mí dos veces, Bridget?

Capítulo ocho

Bridget nunca había tenido que soportar en toda su vida un almuerzo tan incómodo, y la desagradable experiencia todavía no había terminado. ¿Tenía pensado huir de Chad otra vez? Pues sí. ¿Y estaba funcionando?

Bajó la mirada hacia donde aquella mano enorme prácticamente le envolvía el brazo. Notaba el calor que brotaba del cuerpo tenso y musculoso de Chad, como si la rodeara el calor del sol en lugar del viento frío.

No. Sus planes de huida no estaban funcionando en absoluto.

—¿Bridget?

Alzó la vista y se encontró con unos ojos de color azul intenso. La mirada salvaje y posesiva que le dirigió Chad la enardeció y la hizo estremecer. Se humedeció los labios, pues ya había visto esa mirada en sus ojos antes.

—¿Así que te acuerdas de mí?

—¿Acordarme de ti? —repitió Chad, que frunció el ceño. Dios, qué guapo era. Por mucho que Bridget odiara admitirlo, no le cabía ninguna duda de que él aparecería otra vez en la lista de *People* de ese año—. ¿Cómo podría olvidarte?

A Bridget se le aceleró el corazón y se le secó la boca.

—Entonces, ¿por qué fingiste no saber quién era? —lo acusó.

—¿Por qué dijiste que solo nos conocimos brevemente y que no había sido nada especial?

Eso la irritó.

—¿Qué esperabas que dijera? «Oh, lo conocí en un bar del que se rumorea que es un *club sexual*». Eso es un tema privado. De todas formas, estoy segura de que has conocido a muchas mujeres en ese club, así que ¿por qué iba a pensar que yo te habría resultado memorable?

Chad le soltó el brazo, pero no se apartó, sino que apoyó una mano en la pared de ladrillo, junto a la cabeza de Bridget. Ella se preguntó qué opinarían los transeúntes al verlos. Solo era cuestión de tiempo que alguien lo reconociera.

—Eres la primera que ha huido de mí antes de que empezara la verdadera diversión.

Se puso colorada. ¿La verdadera diversión? Dios santo...

Chad ladeó la cabeza y entornó los ojos.

—Llevo un mes deseando saber por qué te fuiste. —Hizo una pausa y esperó a que respondiera—. ¿No te acuerdas de los detalles?

Bridget cerró los ojos. Por mucho que lo intentara, no conseguía olvidar los detalles de aquella noche. Todavía le resultaba inexplicable por qué alguien como él, un auténtico dios entre los hombres, se había interesado por ella, así como por qué quería saber el motivo por el que se había ido.

—Será un placer refrescarte la memoria —le ofreció Chad—. Te marchaste mientras yo estaba en el cuarto de baño. Cuando salí, ya te habías ido. Sin dejar una nota ni despedirte. Nada.

—Es que...

—Y, si no recuerdo mal —añadió, bajando la voz hasta convertirla en un susurro suave y sexi—, conseguí que te corrieras dos veces antes de que huyeras, así que no se trató de que no lo estuvieras pasando bien.

Ay, Dios. Notó calor por todo el cuerpo, pero no debido a la vergüenza. El calor provenía de los recuerdos que le evocaron esas palabras. Los dedos de ese hombre no solo sabían manejar una pelota de béisbol, y su boca...

Bridget se estremeció.

—Así que te lo vuelvo a preguntar: ¿por qué te marchaste?

¿Por qué había huido como si la persiguiera el mismísimo diablo? No se debió a la promesa misteriosa y sensual que había percibido en sus ojos de color azul cerúleo. Ni a las cosas que le había dicho. Fue por la advertencia en forma de mensaje de texto procedente de una supermodelo rusa increíblemente guapa.

Bridget había aceptado hacía tiempo que ella nunca sería una mujer menuda. Y, por lo general, la confianza en sí misma no flaqueaba, pero Chad seguramente estaría acostumbrado a los cuerpos firmes y esbeltos. Y, al ver la sección de cotilleos el domingo siguiente y aquella foto de él con esas tres mujeres, supo que salir pitando de su piso había sido la decisión correcta. Tal vez a Chad le había apetecido probar algo diferente ese fin de semana, y a ella no le hacía ninguna gracia formar parte de su experimento con mujeres pechugonas.

Bridget apartó la mirada y respiró hondo mientras unos cuantos taxis pasaban a toda velocidad tocando el claxon.

—Vale, tal vez no debería haberme marchado sin decir nada —admitió—. Pero es que nunca había hecho algo así.

—¿El qué? ¿Tener un orgasmo arrollador?

Caray. En parte, eso era cierto; pero, Dios mío, la arrogancia de ese hombre no tenía límites. Bridget negó con la cabeza.

—No. Me refiero a que nunca me había ido a casa con un tío...

—¿Un lío de una noche? —la interrumpió. Su tono indicaba que no se lo creía—. ¿Nunca has tenido un lío de una noche?

Al mirarlo, Bridget se dio cuenta de lo cerca que estaban sus labios de los de Chad.

—Eso no es asunto tuyo.

—Estoy a punto de convertirlo en asunto mío —contestó él.

La asombró encontrarse en esa situación, discutiendo con él sobre su historial sexual. Entonces, dio un paso a un lado y dijo:

—Tengo que volver al trabajo. Ha estado bien...

Chad colocó la mano libre al otro lado de su cabeza, de modo que la atrapó. Bridget supuso que no podría escabullirse por debajo de sus brazos. La mirada de Chad le indicó que le gustaría que lo intentara.

—Quiero saber por qué huiste —le exigió de nuevo.

Bridget sintió que la frustración se apoderaba de ella y alzó la barbilla con actitud desafiante.

—Tal vez no me gustó que me dieras órdenes, que me dijeras cuándo correrme, por ejemplo.

—Lo disfrutaste. No te atrevas a negarlo. —Chad esbozó una media sonrisa—. Me gusta ser dominante, Bridget. No debería sorprenderte, teniendo en cuenta dónde nos conocimos.

No podía creer que estuvieran teniendo esa conversación a un lado de la calle, a plena vista de todos.

—La gente que va a ese bar... ya sabe qué clase de personas frecuentan ese sitio. —Chad hizo una pausa—. Mierda. ¿De verdad no tienes ni idea de lo que es Cuero y Encaje?

A Bridget se le sonrojaron las mejillas.

—Solo es un bar...

—No. Es un bar para *swingers*, dominantes y sumisos.

Madre mía. Se quedó mirándolo. Hasta ese momento, no se había creído los rumores; pero, aunque ese tema era bastante escabroso, no era el motivo por el que se había marchado de forma tan repentina. Pero preferiría lanzarse delante de un taxi en marcha que admitir por qué había huido en realidad.

—¿Fui a un club de *ese* tipo?

Él asintió con la cabeza.

—¿*Tú* estabas en un club de ese tipo? —añadió, atónita.

Madre mía, de pronto se imaginó a Chad atándola..., y tuvo que esforzarse por mantener su imaginación a raya.

—No me van demasiado esas cosas —admitió él con una sonrisa de suficiencia en los labios—, pero me gusta dominar en la cama.

La imaginación de Bridget se desbocó por completo y dejó un rastro de cuerdas de seda, vendas y cera de velas. Todas esas cosas sobre las que había leído en novelas eróticas.

—Vale, aunque ahora sé que no tenías ni idea de en qué te estabas metiendo (lo cual me parece adorable, por cierto), eso sigue sin explicar nada. Después de todo, no te esposé a la cama ni te asusté.

¿Esposarla? Santo cielo. Bridget notó una oleada de calor en el vientre, aunque se preguntó si debería excitarla tanto esa idea.

—Y no tenías nada que temer de mí —continuó Chad con voz baja y seductora—. Tu placer habría sido lo primero, todas las veces.

Dios mío, ojalá no hubiera dicho eso.

—Da igual. No estoy interesada...

—Y una mierda. Estabas interesada. Y sigues interesada *ahora*. —Chad se acercó tanto a ella que, cuando habló, le rozó una mejilla con los labios, lo que le provocó un hormigueo en las entrañas—. Puede que no supieras lo que era Cuero y Encaje, pero te fuiste a casa conmigo porque me deseabas. No tengo ni idea de por qué huiste, pero, aun así, estás *muy* interesada.

—No estoy...

Chad soltó una palabrota entre dientes y le colocó las manos en las mejillas. Tenía las palmas ásperas tras años jugando al béisbol, pero a ella le gustó esa sensación. Entonces, Chad le hizo inclinar la cabeza hacia atrás y, sin previo aviso, unió sus bocas y la besó para interrumpir sus protestas y negativas. Su lengua atravesó los labios de Bridget y se entrelazó con la de ella.

Fue un beso de puro dominio y control. La forma que él tenía de demostrarle que se sentía atraída por él y que seguía muy interesada. Y a esas alturas no tenía sentido mentir ni emplear protestas falsas. Su cuerpo se rindió al beso. Se aferró a la parte delantera del jersey de Chad, se pegó a su cuerpo duro y le devolvió el beso con pasión.

Después de lo que le pareció una eternidad, él levantó la cabeza, con la respiración tan acelerada como ella. Chad la miró fijamente, tragó saliva con dificultad y luego le apartó las manos despacio de las mejillas.

—Como dije: sigues muy pero que *muy* interesada.

* * *

Bridget no recordaba el trayecto de regreso al Smithsonian. Le temblaban las piernas y estaba aturdida. ¿Chad la había besado solo para demostrarle que lo deseaba? Si era así, había conseguido lo que se proponía; porque, en cuanto los labios de Chad tocaron los suyos, se derritió.

Y entonces Chad se marchó. Dio media vuelta y la dejó allí plantada, a un lado de la calle.

Aunque supuso que se lo merecía, teniendo en cuenta que la última vez ella se había marchado sin volver la vista atrás.

Nunca, ni en un millón de años, se habría imaginado que volvería a encontrarse con Chad ni que él la besaría otra vez.

En cuanto cerró la puerta de la oficina tras de sí, Bridget se giró y vio a Maddie en su mesa, con la barbilla apoyada en las manos.

—¿Bridget?

Suspiró.

—¿Madison?

Su amiga ladeó la cabeza mientras se daba golpecitos en una mejilla con sus dedos largos y cuidados.

—Así que ¿Chad y tú...?

Bridget se dirigió a su mesa arrastrando los pies, se dejó caer en la silla y luego se empujó hasta el carrito. Lanzó el bolso encima antes de decir:

—¿Qué?

Silencio.

Le echó un vistazo a su jefa con cautela.

—¿Qué pasa?

—¿Os conocisteis en un bar?

Al menos, esa parte era cierta. Bridget asintió con la cabeza.

—¿Y no se te ocurrió contármelo? —Maddie entornó los ojos—. Después de todo, sabías perfectamente *quién* era y *con quién* estaba emparentado.

—No fue gran cosa, en serio —contestó mientras observaba con el ceño fruncido el grupo de bolígrafos que había en un lapicero. Alguien había puesto uno negro con los de colores. Qué imbécil—. Sinceramente, lo había olvidado.

Madison resopló.

—No me lo creo.

Cogió el bolígrafo negro y lo colocó con los azules.

—Solo estuvimos hablando. No fue nada.

—Nada... Ya, claro. —Maddie se sentó derecha, se cruzó de brazos y la miró con cara de no tragarse esa sarta de tonterías—. Conozco a Chad de toda la vida.

—Ya lo sé.

Bridget imitó la postura de su amiga, salvo porque la estúpida flor se le clavó en el pecho.

Madison le dedicó una sonrisa demasiado radiante.

—Chad siempre ha sido muy... extrovertido. En general, siempre está tramando algo, aunque de una forma...

divertida. Cuando era más joven, solía gastar bromas constantemente, y ahora sigue siendo muy sociable.

Ah, sí, desde luego que Chad era *muy* sociable. Bridget procuró controlar su expresión, aunque la cara de Madison le indicó que no había conseguido engañarla.

—Pero nunca lo había visto comportarse como lo ha hecho hoy contigo.

Bridget se esforzó por mantener el rostro inexpresivo mientras, por dentro, sentía tanta curiosidad como Pepsi con un subidón de hierba gatera.

—¿A qué te refieres?

—Bueno, como acabo de decir, Chad siempre ha sido una persona sociable, pero hoy invadió tanto tu espacio personal que pensé que iba a meterte la lengua hasta la garganta en cualquier momento.

Bridget se puso colorada.

—¿Y te agarró el muslo en cierto momento? —le preguntó Madison con los ojos entornados.

—Pues... creo que sí. —Bridget carraspeó y se giró otra vez hacia su mesa. Bolígrafos. Tenía que ordenar los bolígrafos—. ¿No suele hacer eso?

—Solo con las mujeres con las que se ha acostado —bromeó Madison.

A Bridget se le cayeron tres bolígrafos rojos al suelo.

—¿Te has acostado con Chad? —le preguntó Madison.

La pregunta quedó flotando en la oficina como una nube de gas venenoso. Bridget se agachó, recogió los bolígrafos y luego miró de nuevo a su amiga.

—No. No me he acostado con Chad.

Madison se la quedó mirando un buen rato y luego respondió:

—*Esa* parte de la historia sí que me la creo.

—*Maddie* —dijo Bridget, y usó el apodo que prefería Chase.

—Déjalo. No me vengas con «Maddie». Estoy ofendida. Sé que no estás siendo sincera conmigo. Es evidente que ha pasado algo entre vosotros. —El enfado le duró poco. Luego se puso de pie y añadió—: Te das cuenta de que es muy probable que Chase le saque la verdad a Chad, ¿no?

Mierda.

A su amiga se le iluminaron los ojos mientras se situaba delante de su amplia y bonita mesa y apoyaba una esbelta cadera contra ella.

—Y, si me entero de que ha habido algún tipo de intercambio de fluidos entre vosotros (cualquier tipo de fluido), le diré a Robert que estás locamente enamorada de él.

—¡Ni se te ocurra!

Madison se encogió de hombros.

Bridget cogió un bloc de pósits y se lo lanzó. El tiro le salió muy desviado. Maldita sea. Era prácticamente imposible que consiguiera salir de esa situación sin que Madison ni Chase se enterasen de la verdad.

Y, lo que era todavía peor, le iba a costar aún más olvidarse de Chad después de aquel último beso ardiente.

Capítulo nueve

La señorita Gore estaba de mal humor.

—Deberías estar en casa —le reprochó.

Chad puso los ojos en blanco mientras pulsaba el botón del altavoz del móvil.

—Estoy en casa de mi hermano. ¿No es algo bueno que pase tiempo con mi familia?

La publicista soltó un resoplido audible.

—Conociéndote, probablemente habrá alcohol y *strippers* de por medio.

Póker y cerveza: había pocas cosas mejores en la vida que esa combinación. Pero, desde luego, en esa reunión no habría mujeres desnudas. Sacó la llave del contacto y se planteó lanzar el móvil hacia unos arbustos cercanos.

—Solo vamos a jugar al póker.

—Igual que se suponía que solo ibas a ir a cenar con tu compañero de equipo cuando en realidad te fuiste de fiesta y acabaste emborrachándote —replicó la señorita Gore.

Chad esbozó una sonrisa irónica.

—Mira, si me emborracho y no puedo conducir, me quedaré a dormir en casa de mi hermano Chandler. No es para tanto. Relájate.

—Esto no me gusta.

—Me importa un bledo. Buenas noches, señorita Gore.

Chad interrumpió las protestas de la publicista al presionar el botón para terminar la llamada y luego apagó el móvil.

Si no fuera por aquella maldita cláusula de su contrato...

Bajó del *jeep* sacudiendo la cabeza y se dirigió hacia los escalones. Resopló al ver las plantas bien cuidadas que bordeaban la acera. Chandler, el mayor de los hermanos Gamble, a veces tenía la personalidad de un buey, pero contaba con un don para la jardinería.

¿Eso que había junto al porche era un rosal de floración tardía? Qué nenaza.

Una hora después, Chad estaba recostado en su silla frente a la mesa de juego observando cómo Chandler repartía las cartas. Frente a Chase se encontraba Mitch (un buen amigo de los Gamble y el hermano mayor de Maddie), que bebía despacio una cerveza caliente.

—Desde que te casaste, bebes como un abuelo —lo acusó Chad mientras rascaba la etiqueta de su botella de cerveza.

Mitch resopló.

—Lissa suele tener antojos en plena noche, así que tengo que mantenerme sobrio. En cualquier momento, puede apetecerle comer garbanzos fritos.

Chad se estremeció.

—Bebés, qué horror...

Chandler estudió sus cartas con el ceño fruncido y luego levantó la vista. Tenía el pelo más largo que sus hermanos y lo llevaba recogido en una coleta corta.

—¿Garbanzos fritos? —preguntó.

Mitch asintió con la cabeza.

—Los moja en una mezcla de kétchup y mostaza.

—Qué asco —murmuró Chase mientras ordenaba sus cartas.

Chad le dirigió una mirada traviesa a su hermano menor y sonrió.

—Antes de que te des cuenta, estarás meciendo a los bebés de Maddie en tu regazo.

—¿Podemos hablar de otra cosa? —gimió Mitch—. ¿Por favor?

—Yo también prefiero no hablar de bebés ni de mecerlos en el regazo de nadie —intervino Chandler mientras descartaba algunas cartas—. Últimamente, esto es como jugar a las cartas con un grupo de ancianas.

Chad resopló mientras observaba sus cartas. La mano que le había tocado era una birria.

—Un día de estos, los dos os encontraréis en la misma situación que Chase y yo —dijo Mitch, y luego tomó un trago de cerveza.

—¿Cómo? ¿Convertidos en perros falderos? —preguntó Chad con tono inocente.

Chandler soltó una carcajada.

Chase alzó la vista y enarcó las cejas.

—Hablando de perros falderos...

—¿Te refieres a ti? —sugirió Chad.

Su hermano puso los ojos en blanco.

—¿Qué rayos ha pasado hoy entre Bridget y tú?

—¿Bridget? —Mitch frunció el ceño—. Trabaja con Maddie, ¿no?

Cuando Chase asintió y Chad no dijo nada, Chandler se giró hacia él.

—Por favor, dime que no te estás tirando a la amiga de Maddie. Tiene que haber al menos una mujer en esta ciudad con la que no te hayas acostado o pretendas hacerlo.

—No me he acostado con ella. —Aunque no había sido por falta de ganas ni de intentarlo—. Y, para que conste, hay muchas mujeres con las que no me he acostado. —Varios pares de ojos lo miraron con incredulidad. Caray—. ¿Habéis visto esa foto que me sacaron con tres mujeres?

Chandler alzó las cejas con expresión de interés.

—Creo que toda la ciudad ha visto esa foto.

—Pues tampoco me acosté con ellas.

—Ya, claro —dijo Chase mientras descartaba una carta.

—Lo digo en serio —contestó Chad, riéndose—. Ahora casi preferiría haberlo hecho, ya que todo el mundo piensa que pasó, pero, joder, ya no tengo diecisiete años.

—Bueno, ¿qué hay entre vosotros? —insistió Chase.

En general, a Chad no le importaba charlar sobre sus pasatiempos (que, por lo visto, eran muy abundantes), pero, por algún motivo, no quería hablar de Bridget con sus hermanos ni con Mitch, y no se debía a que no se hubiera acostado con ella. Quería mantener lo que había entre ellos, fuera lo que fuera, en privado. Bridget no era como las demás mujeres, en absoluto. Lo cual resultaba bastante gracioso teniendo en cuenta cómo la había conocido, pero ella era diferente. No le había parecido pretenciosa ni insensible y, probablemente, le importaba una mierda que él fuera un jugador de béisbol profesional.

No recordaba la última vez que había estado con una mujer a la que no le importara eso. Y... sus hermanos y Mitch lo estaban mirando fijamente.

—No hay nada entre nosotros —gruñó mientras estampaba las cartas sobre la mesa.

—No me lo trago. —Chase le dirigió una mirada astuta—. Hoy estabas prácticamente pegado a ella.

—Chad siempre está pegado a alguna mujer —comentó Mitch.

—Ja, ja.

Chandler esbozó una sonrisa burlona.

La mano terminó con unas cuantas palabrotas entre dientes y luego se volvieron a repartir las cartas. Chase retomó la conversación.

—Bridget es una buena chica, ¿sabes?

Chad ordenó sus cartas. Genial, tenía un *full*.

—Ya lo sé.

—Ah, ¿sí? ¿La conoces tanto? —replicó Chase.

Chad soltó un suspiro.

—No me refería a eso.

—Ajá. —Chase hizo una pausa, miró a Chandler y luego se giró de nuevo hacia Chad—. ¿Te has acostado con ella?

Chad bajó las cartas y clavó la mirada en su hermano menor.

—Aunque no es asunto tuyo, no, no me he acostado con ella. Ya os lo he dicho.

—Nos cuesta...

—... creerlo. —Chad interrumpió a Chandler, y notó un hormigueo de irritación en la nuca—. Lo entiendo. Pero, en serio, no quiero hablar de Bridget. Cambiad de tema.

Tres pares de ojos lo observaron con curiosidad. Entre ellos, Chandler era el que parecía menos sorprendido. Su hermano mayor colocó dos cartas sobre la mesa y se recostó en la silla, sonriendo. Chad entornó los ojos.

—Vale —aceptó Chase, y luego hizo una pausa—. Pero ¿puedo darte un consejo?

—No.

Chase sonrió y añadió:

—Si haces que Bridget no esté contenta, harás que Maddie no esté contenta. Y eso hará que *yo* no esté nada contento.

* * *

Chad no quería despertar del sueño en el que se encontraba. Ni hablar. Había una mujer cálida debajo de él, con curvas voluptuosas y el pelo del color del vino tinto. La mujer, con la cabeza echada hacia atrás, se arqueaba contra él mientras la penetraba tan rápido y tan fuerte que la cama golpeaba la pared. Chad no quería parar nunca.

Los golpes se volvieron más fuertes, hasta que una voz muy alta y muy masculina soltó una palabrota en algún lugar de la planta de arriba y unos pies bajaron la escalera dando fuertes pisotones, que despertaron a Chad y pusieron fin a aquel sueño magnífico.

Alguien estaba llamando a la puerta de su hermano y, teniendo en cuenta a qué se dedicaba Chandler (dirigía una prestigiosa empresa de seguridad personal), a saber de quién podía tratarse.

Chad estaba deseando volver a dormirse y retomar el sueño donde lo había dejado, pero alguien aporreó la puerta otra vez. Abrió un ojo con cautela e hizo una mueca al ver el brillante resplandor de la luz matutina que entraba por las ventanas situadas detrás del sofá. Mierda. Se había quedado ciego y tenía una erección dura como el mármol.

Percibió movimiento por el rabillo del ojo y se tumbó de costado. Chandler, vestido solo con unos calzoncillos, pasó con aire enfadado por delante del sofá.

—Buenos días, encanto —lo saludó Chad mientras se sentaba.

Su hermano le lanzó una mirada hostil mientras se dirigía a la puerta principal y la abrió de forma tan brusca que Chad se asombró de que no la hubiera arrancado de los goznes.

—¿Y tú quién coño eres? —soltó Chandler.

Chad enarcó las cejas y se frotó la frente. Caray, anoche no había bebido tanto, pero se sentía como si se hubiera dado un cabezazo contra una pared de ladrillos. Mierda. Se estaba haciendo viejo.

—Necesito hablar con su hermano de inmediato.

Chad notó una intensa punzada en la sien izquierda y le empezó a temblar el ojo derecho. Antes de poder gritarle a su hermano que no la dejara entrar, la señorita Gore pasó rozando a Chandler (que parecía muy cabreado), tras detenerse apenas un segundo para dirigirle una mirada rápida. A continuación, posó sus ojos oscuros, malvados y despiadados en Chad. Este cogió la manta que había en el respaldo del sofá y se la colocó sobre el regazo, aunque el simple hecho de oír la voz de aquella mujer había aniquilado todo rastro de excitación.

La señorita Gore llevaba un periódico en la mano. No podía haber ninguna noticia sobre él, ya que no solían publicar los cotilleos hasta el domingo, así que se relajó un poco.

Chandler se cruzó de brazos.

—Repito: ¿quién coño eres?

—Es la niñera de la que os hablé —refunfuñó Chad.

Ella frunció los labios y lo corrigió:

—Soy su publicista.

—Me importa un carajo —contestó Chandler, que se encaminó hacia la escalera—. Me vuelvo a la cama. Es demasiado temprano para esta mierda.

Chad observó cómo su niñera intentaba, *sin éxito*, no darle un buen repaso a su hermano con la mirada. Eso le hizo esbozar una sonrisa burlona. Estaba convencido de que la señorita Gore era asexual. Un momento después, una puerta se cerró de golpe y la publicista volvió a poner cara de pocos amigos.

—¿A qué debo este placer? —le preguntó Chad mientras se recostaba contra el sofá.

Sin mediar palabra, la señorita Gore le lanzó el periódico, que le dio en el pecho. Chad puso los ojos en blanco, cogió el periódico y le dio la vuelta. Entonces, se quedó boquiabierto.

—Oh, mierda.

—Esas no fueron las palabras que usé yo —contestó la publicista, que se situó de pie frente a él. Ese día llevaba un holgado traje negro con falda que todavía la hacía parecer más una puñetera monja—. Se te pidió que te mantuvieras alejado de las mujeres. ¿No has podido aguantar ni un mes?

Chad no era capaz de apartar la mirada del titular de la sección de deportes: «EL LANZADOR *PLAYBOY*

DE LOS NATIONALS DEMUESTRA SU TA-
LENTO EN LA AVENIDA DE LA CONSTITU-
CIÓN». Debajo había una foto de Bridget y él besándose ayer bajo aquel toldo. Alguien había usado una
cámara muy buena, porque se trataba de un primer pla-
no de sus caras.

—El director de tu equipo está muy decepcionado contigo, *y también* conmigo. Eso no me pone nada contenta
—espetó la señorita Gore, que se cruzó de brazos.

—¿Hay algo que te ponga contenta?

Ella ignoró ese comentario.

—El hecho de que hayan publicado esto en la sección
de deportes es aún peor, Chad. Creo que no te das cuenta
de la gravedad de la situación.

Chad estaba demasiado ocupado mirando la foto para
prestarle atención a lo que estaba diciendo la publicista.
Joder. Prácticamente podía sentir a Bridget apretada contra él en ese preciso momento, y el sueño que acababa de
tener empeoraba las cosas. No pudo evitar preguntarse
qué opinaría ella cuando viera el periódico. ¿O ya lo había
visto?

¿Y a él qué más le daba eso?

—Chad —le espetó la señorita Gore.

—¿Qué? —contestó, y levantó la cabeza con expresión
de confusión, pues se había olvidado de que la niñera seguía ahí.

La señorita Gore tenía el ceño tan fruncido que Chad
se preguntó si se le quedaría marcado para siempre.

—¿Por qué ha ocurrido esto? Ya lo hemos hablado
cientos de veces. No puedo reparar tu imagen si sigues
metiendo la pata.

¿Que por qué lo había hecho?

—Me apetecía besarla.

La señorita Gore se lo quedó mirando y luego se irguió cuan alta era (aunque solo medía un metro setenta).

—Así que te apetecía besarla. ¿Normalmente vas por ahí besando a la gente cuando te apetece?

—Ni que fuera una mujer cualquiera que me hubiera cruzado por la calle.

—Bueno, ¿y quién es esta puta?

Chad se puso de pie antes de darse cuenta.

—A mí puedes insultarme si crees que me lo merezco, pero a ella no la llames así. No es una puta.

La señorita Gore lo observó con curiosidad y luego esbozó una sonrisa tensa.

—Qué interesante.

Chad lanzó el periódico sobre el sofá, se dio la vuelta y se pasó los dedos por el pelo.

—Antes de que se te ocurra acusarme de eso, te aseguro que no me he acostado con ella.

La publicista se quedó callada un momento y luego dijo:

—No se parece a las mujeres que suelen interesarte.

Si Chad no estaba dispuesto a hablar con sus hermanos de Bridget, ni de coña iba a hacerlo con la personificación del diablo.

—Mira, esto no tiene impor...

—Tiene mucha importancia —lo interrumpió la señorita Gore mientras se sentaba en el otro extremo del sofá. Era evidente que no pensaba marcharse pronto. Genial—. La llamada que me despertó esta mañana no fue nada divertida. Después de que el director de tu equipo dejara claro que estaba muy decepcionado, me dio un ultimátum.

A Chad se le formó un nudo de inquietud en el estómago.

—¿Van a rescindir mi contrato?

La expresión de la publicista se tornó adusta.

—Se mencionó esa posibilidad, sí. Y también se habló de despedirme.

A pesar de lo mal que le caía aquella mujer, Chad percibió una punzada de culpa en medio de la inquietud.

—Solo besé a una mujer. Eso es todo. Ni siquiera saben quién es. ¿Y si fuera mi novia? ¿También les molestaría eso?

Un brillo de interés iluminó los ojos oscuros de la señorita Gore.

—¿Es tu novia?

A Chad se le escapó una carcajada de sorpresa.

—No. No me van las citas.

—Y ahí radica el problema. Lo que te va es follar. Si esa mujer fuera tu novia, al equipo no le molestaría. El problema es que, durante los últimos seis meses, te han fotografiado con diez mujeres diferentes, o más, en situaciones muy comprometedoras. Y, cuando no te fotografían con una mujer, es saliendo de fiesta. Estás dañando la reputación de todo el equipo.

Chad hundió la cabeza entre las manos y soltó un profundo suspiro. Luego se frotó las sienes y cerró los ojos.

—No tengo problemas con la bebida.

—Estoy de acuerdo —contestó la publicista. Eso lo sorprendió, ya que parecía pensar lo peor de él respecto a todo lo demás—. Pero tu padre sí.

Chad levantó la cabeza de golpe y entornó los ojos.

—No menciones ese tema.

Ella ni siquiera se inmutó.

—Solo digo que es comprensible que la gente saque conclusiones precipitadas. Tus... antecedentes familiares influyen en ello.

Por supuesto que sí. Incluso desde la tumba, su padre conseguía joderle la vida. Aunque, en realidad, no era justo culpar de todo a su querido papá. Chad era un hombre adulto y, por lo tanto, era responsable de sus propios actos. Y, para ser sincero, tenía que agradecerle a su padre una cosa. Al observarlo, había aprendido lo que no debía hacer con las mujeres: sentar la cabeza.

En cuanto hacías eso, todo se iba a la mierda. Y, aunque Chad no había adoptado los malos hábitos de su padre con la bebida, era evidente que era tan mujeriego como él.

—¿En qué consiste ese ultimátum? —preguntó, harto de esa conversación.

—Me han dado un mes de plazo para limpiar tu imagen o rescindirán tu contrato y me despedirán. —La señorita Gore, que tenía el ceño fruncido, hizo una pausa—. Nunca me han despedido de ningún trabajo.

—Mierda. —Chad se pasó los dedos por el pelo con gesto brusco—. No me he acostado con...

—El periódico dice lo contrario, Chad. Todo depende de las apariencias. Y, para serte sincera, no creo que haya forma de arreglar esto. El equipo prácticamente ha tirado la toalla. Quieren que sigas con ellos, pero no quieren la mala prensa que te rodea.

Chad se recostó contra el cojín y sacudió la cabeza con incredulidad. No tenía ni idea de lo que haría si le rescindían el contrato. El dinero le duraría un tiempo, pero no para siempre. Y le encantaba jugar al béisbol. Su vida estaría vacía sin eso. Y no le apetecía nada tener que alejarse de su familia para ir a Nueva York a ganarse un sueldo.

—Hay algo que debería funcionar —dijo la señorita Gore en voz baja.

Teniendo en cuenta que Chad no había hecho nada malo desde que habían contratado a su niñera (ni antes, en realidad), no estaba seguro de qué más podría hacer aparte de encerrarse en su piso hasta que empezara la temporada en marzo.

—¿Y de qué se trata?

—Tienes que convencer al equipo y a la opinión pública de que tienes novia. —La señorita Gore levantó una mano en cuanto él abrió la boca—. Esa mujer con la que te pillaron besándote... Si conseguimos que se haga pasar por tu novia, podré usar esta historia a nuestro favor. Los tabloides se volverán locos al creer que has sentado la cabeza, pero esa clase de prensa es algo bueno. Eso le demostrará al equipo que te has enmendado y ayudará a reparar tu imagen pública.

Chad se la quedó mirando fijamente.

—Estás de broma, ¿no?

Ella unió las manos sobre el regazo.

—¿Te parece que estoy de broma? Y es una pregunta retórica, así que no te molestes en contestar. Es la mujer perfecta para este plan.

Bridget sería la mujer perfecta para muchas cosas.

—¿Y eso por qué?

—No es como las mujeres con las que suelen verte. Es normal y corriente.

Chad frunció el ceño de golpe.

—No es normal y corriente.

Desde luego que no. Bridget era cualquier cosa menos eso. Sobre todo, cuando la recordó en Cuero y Encaje, con las mejillas sonrojadas de una forma tan atractiva y sin tener ni idea de que era una oveja en medio de una manada de lobos.

—Comparada con las mujeres con las que sueles salir, esta es muchas cosas. Pero, ante todo, es sorprendente. Es la clase de mujer con la que un hombre sentaría la cabeza.

Y ese era precisamente el motivo por el que debía mantenerse lo más lejos posible de Bridget.

—Ni hablar. No pienso hacerlo.

—En ese caso, perderás tu contrato —contestó ella simplemente—. ¿Es eso lo que quieres?

Chad apretó los dientes.

—Ya sabes la respuesta.

—Entonces, no deberías tener ningún inconveniente con este plan. —La señorita Gore se puso de pie—. Ya sé que es una idea poco convencional...

—Sí, sin duda es poco convencional. Y también es una locura. ¿Pretendes que una mujer a la que apenas conozco y yo finjamos que somos novios? —Sacudió la cabeza—. No funcionará.

—Yo creo que sí.

Chad resopló.

—Nunca conseguirás que ella acepte.

La sonrisa con la que respondió la publicista le recordó a la de un jugador que sabe que está a punto de lograr un *home run*.

—Puedo ser muy persuasiva.

Chad se preguntó si seguiría soñando, aunque el sueño se había convertido en una pesadilla. Bridget nunca aceptaría hacerse pasar por su novia y, cuando echara por tierra los planes de la señorita Gore, tendrían que idear otra cosa. Aunque no tenía ni idea de qué podrían hacer.

—Muy bien —aceptó Chad—. Inténtalo.

Capítulo diez

Había sido un día infernal.

Shell llevaba todo el día llamándola y enviándole mensajes al móvil. Madison la había interrogado como si fuera una experta detective de homicidios, y había señalado una y otra vez el artículo del periódico como si fuera una prueba. Y, bueno, en cierto modo lo era. En cuanto al artículo...

Bajo el titular había un breve texto sobre Chad Gamble y una alusión a ella que la describía como la curvilínea (¿*curvilínea*?) mujer misteriosa que se estaba besando con «el soltero más codiciado de las grandes ligas de béisbol». Y luego estaba la foto que había captado el momento con asombroso detalle. Por el amor de Dios, ¿habían usado una cámara de alta definición?

Chad se apretaba contra ella y le acunaba la cara entre las manos mientras Bridget lo agarraba del jersey como si estuviera dispuesta a echar un polvo allí mismo.

Santo cielo, nunca superaría esa humillación.

Todo el mundo se había quedado mirando a Bridget. O, al menos, eso le había parecido. Sabía perfectamente que la mitad de sus compañeros de trabajo habían visto el artículo. El pobre Robert parecía consternado. En el baño,

Betsy, de adquisiciones, había intentado que chocara la mano con ella, por el amor de Dios. Para empeorar las cosas, cuando había salido a almorzar con Madison, una rubia desconocida se le había acercado en la calle y había sentido la necesidad de advertirla de que Chad era un picaflor.

Por lo visto, esa mujer formaba parte de la legión de conquistas de Chad, aunque pertenecía al grupo de las resentidas.

Bridget se había muerto de vergüenza cuando la mitad de los clientes que esperaban fuera del local de tacos presenciaron cómo la ex lo que fuera de Chad soltaba una perorata sobre que era «el mejor en la cama, pero el peor fuera de ella» con una voz aguda y chillona que llegaba sorprendentemente lejos. Después, Bridget tuvo ganas de lavarse los oídos con lejía.

Mientras tanto, Madison parecía debatirse entre compadecerse de ella o reírse.

—Lo siento —le dijo mientras regresaban a la oficina—. Pero eso es lo que pasa cuando sales con una semicelebridad.

—No estamos saliendo ni nada por el estilo —contestó Bridget, y luego lo repitió para dejarlo claro.

Por la tarde, alguien del *Washington Post* la llamó para pedirle una entrevista. Si aparecer en una foto con Chad provocaba todo eso, Bridget no quería imaginar cómo sería salir con un hombre como él. Ese lío había monopolizado todo su tiempo durante el día, lo cual era muy apropiado, ya que Chad también ocupaba sus pensamientos por las noches.

Al llegar a su piso después del trabajo, deseaba esconderse debajo de la mesa de centro con Pepsi o darle un puñetazo a alguien. Acababa de terminarse la caja con sobras de comida china cuando alguien llamó con fuerza a su puerta. Teniendo en cuenta que no se había retrasado con el alquiler y que Shell estaba de viaje de negocios, le dio un poco de miedo comprobar quién sería.

Se apartó el pelo de la cara, se acercó a la puerta y echó un vistazo por la mirilla. Lo que vio no la tranquilizó demasiado. Un rostro muy adusto y unos ojos oscuros detrás de unas gafas le devolvieron la mirada y de pronto le trajeron a la mente una imagen del pasado. La mujer que se encontraba al otro lado de la puerta le recordó a una profesora que se pasaba más tiempo gritando a sus alumnos que enseñándoles nada.

Bridget abrió la puerta.

—¿Puedo ayudarla?

La mujer que tenía delante llevaba un traje marrón con falda muy aburrido al que Bridget le habría gustado lanzarle pintura brillante encima. La blusa que asomaba bajo la chaqueta era blanca, por supuesto. Por lo visto, esa mujer opinaba que los colores eran algo horrible. Bajó la mirada hasta los prácticos zapatos de tacón y la diosa de la moda que habitaba en su interior agachó la cabeza, avergonzada. La blusa malva y la falda turquesa que llevaba ella debían hacerla parecer un puñetero arcoíris de tonos fluorescentes al lado de esa mujer.

—¿Señorita Rodgers? —le preguntó con un tono brusco que transmitía confianza en sí misma.

También hablaba como una profesora.

—¿Sí?

—Me llamo Alana Gore. —Entonces, sujetando un bolso cuadrado bastante grande contra su estrecha cadera, entró en el piso *sin* que la hubiera invitado—. Soy la publicista de Chad Gamble.

La irritación y mil emociones más se apoderaron de Bridget mientras cerraba la puerta y se giraba hacia la mujer. Dios mío, hoy todo parecía girar en torno a Chad.

—¿Cómo ha averiguado dónde vivo?

La señorita Gore se sentó en el borde del sofá y examinó, con los labios ligeramente curvados, las mantas y los cojines de colores brillantes que había sobre el sofá y el sillón. Entonces, su mirada se posó en la bola de pelo que la observaba desde debajo de la mesa de centro. A juzgar por la expresión de su cara, no le gustaban los gatos.

Desde el primer momento, esa mujer le cayó mal.

—Cuando quiero encontrar a alguien con quien necesito hablar, tengo muchas herramientas a mi disposición. Por ejemplo, Chandler, el hermano de Chad Gamble, es probable que utilice los mismos recursos que yo, teniendo en cuenta a lo que se dedica. —La señorita Gore hizo ademán de dejar el bolso en el suelo, pero luego cambió de idea, como si el suelo estuviera sucio o algo así, y lo colocó a su lado en el sofá—. Y necesitaba hablar urgentemente con usted en privado.

Eso era lo último que Bridget quería o necesitaba en ese momento.

—¿Se trata de la foto que publicaron en el periódico esta mañana? —Cuando la publicista de Chad asintió con la cabeza, Bridget apretó tanto los dientes que fue un milagro que no se le rompieran las muelas—. Mire, solo fue algo fortuito que no volverá a repetirse...

—Y no se acuesta con él y Chad solo la besó porque le apeteció hacerlo. Ya lo sé.

—¿Él dijo eso?

La señorita Gore frunció el ceño.

—Entonces, ¿sí que se ha acostado con él?

—¿Qué? No, no me he acostado con él. Me refería a lo de que le apeteció besarme... Bueno, olvídelo, eso da igual.

Bridget sacudió la cabeza y se sentó en el sillón. Pepsi se asomó despacio por debajo de la mesa, clavando las garras en la moqueta desgastada. Luego echó las orejas hacia atrás y se quedó mirando a la desconocida. Bridget rogó que no se abalanzara sobre el bolso ni hiciera algo terriblemente vergonzoso, como toser una bola de pelo gigante.

—Le repito que no tuvo importancia. Así que no estoy segura de por qué está aquí.

La señorita Gore apartó los pies de Pepsi y cruzó los tobillos.

—¿Qué clase de relación tiene con Chad? Y, por favor, no me diga que no hay nada entre ustedes, porque, en ese caso, tendré que preguntarme por qué permite que la besen completos desconocidos.

Después del día que había tenido, Bridget no estaba de humor para esa mierda.

—Sinceramente, no creo que eso sea asunto suyo.

Sin inmutarse, la señorita Gore contestó:

—Puesto que soy la publicista de Chad, es asunto mío. Él me ha asegurado que entre ustedes no ha habido ningún tipo de... relación íntima, pero doy por hecho que esa no es toda la historia.

—Y, como le dije hace unos segundos, no creo que lo que haya o no haya entre nosotros sea asunto suyo.

Un atisbo de sonrisa se dibujó en el rostro de la otra mujer.

—¿Conoce la reputación de Chad?

Bridget resopló.

—¿Y quién no?

—El director de su equipo me ha contratado para limpiar su imagen. Como se podrá imaginar, esa tarea ha resultado casi imposible en lo que respecta a sus pasatiempos.

¿Así se refería la gente hoy en día al comportamiento de alguien muy promiscuo?

—Había conseguido mantenerlo alejado de... las mujeres durante el último mes, y entonces apareció usted.

Lo dijo como si Bridget fuera un cometa que hubiera chocado contra la Tierra.

—Lo siento, pero no entiendo qué tiene que ver la reputación de Chad conmigo.

—Tiene mucho que ver. —La señorita Gore frunció sus cejas perfectamente depiladas cuando Pepsi salió de debajo de la mesa—. La única forma que veo de reparar su imagen es que Chad tenga novia.

—Vale...

—Y, de todas las mujeres con las que suele relacionarse, usted no se gana la vida desnudándose ni le pagan por posar para que le saquen fotos, ni tampoco es una rica integrante de la alta sociedad que ni siquiera sabe hacer una multiplicación.

En otras circunstancias, eso habría hecho reír a Bridget, porque era cierto, pero empezó a notar un extraño hormigueo en la nuca.

—Sigo sin entender qué tiene que ver esto conmigo.

—Si Chad sentara la cabeza, aunque fuera de manera temporal, con alguien *normal y corriente*, eso ayudaría muchísimo a reparar su imagen. Su contrato con los Nationals está en juego —le explicó la señorita Gore, y Bridget no supo si debía ofenderse o no por el hecho de que la hubiera definido como alguien normal y corriente—. Y por eso necesito su ayuda.

Bridget se quedó boquiabierta. No tenía ni idea de que Chad estuviera a punto de perder su contrato y se preguntó si sus hermanos lo sabrían. De ser así, Madison sin duda se lo habría comentado.

—Necesito que se haga pasar por la novia de Chad, solo durante un mes. —La señorita Gore ladeó la cabeza—. Eso supondría unas cuantas apariciones en público con él. Por supuesto, usted no tendría que pagar nada.

Bridget la miró fijamente.

—¿Habla en serio?

—Sí.

Bridget volvió a abrir la boca, pero esa vez se echó a reír y soltó carcajadas profundas e incontrolables.

—Madre mía...

La señorita Gore frunció el ceño.

—Yo no le veo la gracia.

—Esto es... —Bridget agitó los brazos. El pobre Pepsi movía sin parar la cabeza de un lado a otro, observando a las dos mujeres—. Lo siento, pero es probable que esto sea la mayor locura que he oído en toda mi vida. ¿Hacerme pasar por la novia de Chad Gamble? ¿Usted se droga o qué? Nadie en esta ciudad se creería que ese hombre es capaz de tener una relación con un guante de cocina, y mucho menos con una mujer.

La publicista frunció los labios, luego se quitó las gafas y las dobló con cuidado.

—Según mis informes, debe unos cincuenta mil dólares de su préstamo de estudios, ¿verdad?

Eso captó enseguida la atención de Bridget, que dejó de reír.

—¿Qué?

—¿Recuerda que le dije que cuento con muchas herramientas a mi disposición? —La señorita Gore sostuvo las gafas en su regazo—. Estudió en la Universidad de Maryland y obtuvo una licenciatura en Historia; sin embargo, sin un doctorado en ese campo, no se puede llegar lejos. Aceptó un trabajo en el Smithsonian que le permite trabajar en lo que le gusta, pero que sin duda no le alcanza para pagar las facturas. Así que, como dije antes, debe unos cincuenta mil dólares, ¿no?

Pero ¿qué diablos...? Le resultó muy humillante saber que aquella engreída, una completa desconocida, había estado husmeando en sus asuntos personales y en sus finanzas. Y todo eso tenía que ver con Chad Gamble, nada menos. Se removió en el sillón, sumamente cabreada.

—Sí, así es.

—¿Y si le hago un cheque por esa cantidad hoy mismo y lo único que tiene que hacer a cambio es fingir ser la novia de Chad durante el próximo mes?

Bridget se inclinó hacia delante y luego se echó hacia atrás. Cerró la boca de golpe. Era imposible que la hubiera entendido bien, pero la señorita Gore la observaba con expresión serena.

—No puede estar hablando en serio —logró decir por fin, tras soltar una carcajada de sorpresa—. Es imposible que hable en serio.

La señorita Gore ni pestañeó.

—Hablo completamente en serio. Debe comprender que mi reputación y mi capacidad para hacer mi trabajo están en juego. Haré cualquier cosa para conseguir reparar la imagen de Chad. *Lo que sea*.

¿Le estaba tomando el pelo?

—¿Está dispuesta a pagarme cincuenta mil dólares para que finja ser la novia de Chad Gamble?

—Eso es.

Bridget se vio tentada de aceptar la oferta de inmediato. En parte, debido a que era incapaz de imaginarse una vida sin que la agobiaran las deudas, por lo que librarse de esa carga supondría una auténtica bendición. Con el dinero extra del que dispondría al no tener que pagar ese présta-mo demencial, podría mudarse a una zona mejor de la ciu-dad y olvidarse de la deprimente tarea de buscar otro tra-bajo. Podría dormir toda la noche sin despertarse a las cuatro de la madrugada, estresada por cómo llegar a fin de mes. Volvería a sentir que controlaba su vida y que no es-taba en manos de los cobradores de deudas. Y también había una pequeñísima parte de ella que se alegró solo por el hecho de que así podría volver a ver a Chad.

Santo cielo, no le apetecía nada analizar detenidamente esa sensación.

Pero su orgullo afloró. De ninguna manera participaría en algo así. Sus padres se revolverían en sus tumbas. Eso sería dinero sucio.

—Aunque eso sería muy útil, no soy una prostituta.

—No estaría obligada a acostarse con él. Y, para ser sin-cera, preferiría que hubiera otra mujer en esta ciudad, apar-te de mí, con la que Chad Gamble no se haya acostado.

Bridget enarcó una ceja.

—Por mucho que adorne esta oferta, no voy a aceptar dinero por ser la novia de alguien. Se mire como se mire, sería una forma de prostitución. No estoy tan desesperada.

—Me temía que diría eso.

—Entonces, ¿por qué me lo ha propuesto?

La señorita Gore suspiró mientras se volvía a poner las gafas y su expresión se volvió dura.

—Bueno, si no está dispuesta a aceptar dinero a cambio, me gustaría hacerle otra oferta.

Bridget empezó a ponerse de pie.

—No me interesa. Espero que Chad solucione este tema y se quede con los Nationals, pero esto no es...

—Siéntese, por favor —le dijo la señorita Gore con tanta diplomacia que Bridget no pudo evitar volver a sentarse—. No me ha dejado terminar. —Hizo una pausa y se le dibujó de nuevo una sonrisa tensa y rígida en los labios. Sin mostrar los dientes—. ¿Sabía que, cuando la contrataron en el Smithsonian, como ocurre con todos los trabajos financiados por el Gobierno, se llevó a cabo una comprobación de antecedentes y del historial financiero? ¿Y que, como requisito para conservar su empleo, debe evitar cualquier acto delictivo, pero también mantener una situación crediticia impecable y saneada?

Bridget notó un hormigueo de inquietud a lo largo de la espalda.

—No cumplir con los pagos de su préstamo de estudios puede suponer que pierda su empleo, aunque haya intentado pagar los atrasos y ya esté tratando con una empresa de cobros. —La señorita Gore cruzó las piernas mientras Pepsi se acercaba poco a poco a ella—. Aunque la mayoría de las empresas no mantienen al día las comprobaciones sobre el historial financiero de sus empleados, solo haría falta una llamada telefónica.

Bridget se quedó completamente atónita al mismo tiempo que la inquietud estallaba en su interior como un cañón.

—¿Lo entiende, señorita Rodgers? —le preguntó con educación.

—No..., no se atrevería. —No le cabía en la cabeza que esa mujer fuera capaz de hacer algo así—. Eso es chantaje.

—O cumplir con mi deber cívico. —La publicista se encogió de hombros con rigidez—. Tal vez debería haber aceptado el dinero.

Bridget se la quedó mirando un momento y luego se puso de pie de golpe, lo que hizo que Pepsi huyera hacia la cocina.

—¡Eres una zorra!

La señorita Gore arqueó una ceja perfecta.

—Me han llamado cosas mucho peores. No es personal. Solo hago mi trabajo.

—¿Que no es personal? —Bridget nunca le había pegado a nadie, pero en ese momento cerró los puños, a punto de estrellarlos contra la cara de esa mujer—. ¡Estás poniendo en riesgo mi trabajo! ¡Mi modo de ganarme la vida!

—Y el comportamiento de Chad pone en riesgo el mío. Así que, si quieres enfadarte con alguien... —bajó la mirada hacia las manos de Bridget—, o pegarle a alguien, desquítate con Chad. Pero no lo hagas en público, por favor.

—Largo de mi piso. Ya.

A Bridget le temblaban las manos debido al esfuerzo por contenerse.

En lugar de ponerse de pie y marcharse, como haría cualquiera que apreciara su vida, la señorita Gore introdujo la mano en el bolso y sacó un periódico. El diario estaba abierto por la sección de cotilleos y, de nuevo, ahí estaba la foto de Chad y ella en la calle, prácticamente devorándose la cara el uno al otro.

Bridget se sonrojó y empezó a notar un cosquilleo en los labios. Qué momento tan inoportuno.

—¿Te das cuenta de que tu reputación también está en juego? —preguntó la señorita Gore.

Bridget se obligó a apartar la mirada de la prueba fotográfica de su atracción hacia Chad y respiró hondo.

—No veo cómo podría afectar esto a mi reputación.

La señorita Gore cogió el periódico y enarcó las cejas.

—Lo curioso de las fotos es lo diferente que puede percibirlas cada persona. Y, a veces, basta con sugerir otra versión de la historia.

—¿Adónde quieres llegar? —le preguntó Bridget, que se cruzó de brazos.

La señorita Gore levantó la vista del periódico.

—Mi trabajo como publicista requiere reinterpretar los hechos según convenga. Y se me da muy pero que muy bien. Por ejemplo, esta foto. Parece mostrar a dos personas besándose. Algo de mutuo acuerdo.

—Fue un error, pero...

—Da igual lo que pasara en realidad. Lo único que importa es cómo lo vea la opinión pública y, ahora mismo, todos creen que solo eres otro ligue más de Chad. Pero ¿y si hubiera otra versión de la historia?

—No hay otra versión de la historia. Chad me besó. Y yo le devolví el beso. —Bridget se pasó una mano por el pelo—. Algo de lo que me arrepiento por varias razones.

—Siempre hay otra versión —afirmó la señorita Gore—. Mira la foto. Con atención. ¿Ves cómo te aferras a la parte delantera de su jersey, por los hombros?

A Bridget no le apetecía nada examinar la foto con tanta atención. Ya era bastante malo que solo tuviera que cerrar los ojos para recordar lo que sentía cuando Chad la besaba.

—También estás apretada contra él —prosiguió la señorita Gore—. Y una mujer de tu tamaño debe ser bastante fuerte.

Bridget realizó una inspiración lenta y constante. Ni que fuera del tamaño de Jabba el Hutt o algo así.

—A mí me parece que estás agarrando a Chad y obligándolo a besarte.

—¿Qué? —chilló Bridget—. Eso es...

—A los famosos como Chad se les acercan a menudo muchas mujeres. Mujeres tristes, solitarias y con algo de sobrepeso. No sería descabellado suponer que tiene una o dos acosadoras. —La señorita Gore le echó un vistazo a la foto—. A mí me parece que lo abordaste en la calle y te le echaste encima.

Una intensa furia se apoderó de Bridget.

—¡Yo nunca haría algo así! ¿Cómo te atreves a insinuar...?

—No es un farol, Bridget. Lo haré. No me quedará más remedio. Es la única forma de encubrir la última metedura de pata de Chad: es decir, *tú*. Tal vez deberías haberte resistido a sus encantos. —La señorita Gore se alisó la falda con las manos—. Es una táctica sucia y bastante cabrona. Estoy de acuerdo. Pero eso no cambia el hecho de que haré una declaración pública acusándote de acosar a Chad Gamble y de besarlo en contra de su voluntad.

—Te voy a dar una paliza..., y usaré *todo mi peso* —le espetó Bridget mientras observaba la pesada lámpara que había junto al sofá.

¿Cuánto tiempo pasaría en la cárcel si le estampaba la lámpara en la cabeza a aquella zorra?

La señorita Gore no parecía demasiado preocupada.

—Lo único que tienes que hacer es fingir que estás saliendo con Chad. Eso es todo. Conservarás tu trabajo y tu reputación. Y, afrontémoslo, salir con él sin duda incrementará tus posibilidades de ligar más adelante. Todos los hombres de la ciudad querrán saber qué tienes de especial para haber captado la atención de un *playboy* como Chad.

Si no estuviera tan cabreada, esos comentarios la habrían ofendido. Estaba deseando darle una patada tan fuerte a aquella mujer que luego un cirujano tendría que extirparle el pie del culo.

Bridget dio media vuelta, se situó con paso airado detrás del sillón en el que había estado sentada y respiró hondo varias veces. Su piso era del tamaño de una caja de zapatos, pero en ese momento fue realmente consciente de lo pequeño que era. Tuvo la sensación de que las paredes se le venían encima. Estaba atrapada. No le cabía ninguna duda de que la señorita Gore cumpliría su amenaza. Entonces, perdería su trabajo y, además, parecería una psicópata. Y, del mismo modo que el orgullo le había impedido aceptar dinero por fingir ser la novia de Chad, el orgullo también hacía que no pudiera permitir que la etiquetaran como una especie de acosadora al estilo de *Atracción fatal* pero con sobrepeso. Se imaginó lo que publicarían los tabloides, las cosas que dirían de ella...

Tragó saliva con fuerza, pero no consiguió aliviar el nudo de emociones desagradables y enrevesadas que se le había formado de repente en la garganta. Insultó mentalmente a Chad por meterla en ese lío.

Bridget se giró hacia la publicista y la fulminó con la mirada.

—Todo esto me parece repugnante, y estoy segura de que en el infierno hay un lugar de honor reservado para ti, pero no me dejas otra opción.

Un atisbo de remordimiento se reflejó en la expresión (por lo demás impasible) de la señorita Gore, pero se desvaneció tan rápido que Bridget dudó enseguida de si lo había visto siquiera. La publicista dejó una tarjeta sobre la mesa de centro mientras se ponía de pie.

—Te espero en esta dirección mañana a las siete de la tarde para repasar las reglas básicas con Chad. Ponte algo... bonito. —Volvió a esbozar una sonrisa tensa y falsa—. Después, irás a cenar con él a Jaws.

Jaws era una marisquería tan cara que Bridget ni siquiera podía permitirse pasar por delante. Dejó escapar un suspiro entrecortado mientras observaba cómo la publicista/dictadora se dirigía con tranquilidad hacia la puerta principal.

La señorita Gore se detuvo y volvió la mirada por encima del hombro. Bajo el traje, tenía la columna recta como un clavo.

—Sé puntual, Bridget.

Ella hizo lo único que podía hacer en esa situación, lo único que no haría que acabara en la cárcel de por vida: le enseñó el dedo corazón a aquella mujer.

Con ambas manos.

Capítulo once

Chad se quedó sin habla cuando la señorita Gore lo llamó para informarle de que Bridget había accedido a hacerse pasar por su novia. Estaba convencido de que ella simplemente se reiría de la publicista en su cara y, entonces, tendrían que ingeniárselas para encontrar otra forma de reparar la imagen de la que él era responsable en parte. Tal vez su primera impresión sobre Bridget había sido correcta y era como las demás mujeres, que solo querían estar con él porque era famoso.

Mierda. Era una lástima.

—Deja de caminar de acá para allá —le espetó la señorita Gore, cuya voz le crispó los nervios, ya bastante tensos de por sí.

Chad se detuvo y miró por la ventana, que daba a un cuidado parque que dividía la bulliciosa avenida.

La señorita Gore, que estaba sentada en el sofá modular, suspiró.

—Esta noticia debería entusiasmarte.

Lo único que lo entusiasmaba era el hecho de que podría volver a ver a Bridget sin tener que buscarla. Joder, estaba mal de la cabeza.

—Debo reconocer que tu piso es mucho más bonito que el de Bridget. Ella tiene debilidad por... los colores. Las paredes están pintadas de azul, rojo y amarillo. Los cojines del sofá tienen todos los colores del arcoíris. Me sentí como si estuviera en un episodio de *Barrio Sésamo*.

A Chad se le dibujó despacio una sonrisa en los labios mientras se apoyaba contra el cristal de la ventana y se cruzaba de brazos.

—Y, además, tiene un gato —añadió con un estremecimiento—. Un gato del tamaño de un perro pequeño.

A él no le iban demasiado los gatos, le gustaban más los perros; pero le resultaban más tolerables que a la señorita Gore. Alguien llamó a la puerta, con suavidad y casi de forma vacilante. Chad se apartó de la ventana y se pasó los dedos por el pelo. El reloj de la pared marcaba las siete menos un minuto.

—¿Vas a abrir? —le preguntó la señorita Gore.

—Tú la has invitado —le espetó él, que la fulminó con la mirada—. Esto es idea tuya.

—Esa actitud no ayuda. Abre la puerta.

A Chad no le gustó nada aquel tono autoritario y estuvo tentado de echarla de su piso. Lo único que se lo impidió fue el hecho de que su *vida* estaba en juego. Así que cruzó la sala de estar, pasó por delante de la cocina y llegó al recibidor. Entonces, respiró hondo y abrió la puerta.

Bridget.

Llevaba el pelo suelto, como aquella noche en el club, y le caía formando ondas alrededor de la cara. Un tenue rubor le teñía las mejillas, lo que hacía que unas pequeñas pecas, en las que él no se había fijado antes, destacaran en sus mejillas y sobre el puente de la nariz. Como se suponía que luego iban a salir, llevaba otro recatado vestido de punto de color verde oscuro. Las botas negras con puntera puntiaguda y que le llegaban hasta las rodillas parecían demasiado discretas para ella, pero estaba guapa.

Muy guapa.

Bridget apuntaba al frente con sus ojos de color verde botella, pero sin mirarlo a él.

—Lo siento si llego tarde.

—No llegas tarde. —Se hizo a un lado y, por primera vez desde hacía muchísimo tiempo, se sintió nervioso—. ¿Te apetece algo de beber?

—Lo más fuerte que tengas —contestó ella mientras pasaba junto a Chad, rozándolo, y dejaba el bolso de mano sobre la encimera de la cocina.

Él inhaló hondo y el deseo despertó en su interior al percibir aquel aroma a jazmín. Al posar la mirada en el bolso, se dio cuenta de que ahí estaba el toque de color que faltaba: el complemento era azul, rojo, morado y verde.

Chad fue hacia el mueble bar, pero la señorita Gore apareció de la nada.

—No creo que beber alcohol sea buena idea en este preciso momento.

Bridget se puso rígida y se giró hacia ella.

—Si esperas que siga adelante con esto, necesito una copa. Una copa muy fuerte.

Mientras se preguntaba si debía sentirse ofendido o no, Chad sacó un vaso y una botella de Grey Goose del mueble bar.

—La velada promete ser divertida. —Le sirvió una copa a Bridget y le pasó el vaso—. Estoy deseando empezar.

Bridget lo miró con el ceño fruncido cuando sus manos se rozaron. Entonces, se apartó con brusquedad y el licor transparente se derramó por encima del borde del vaso y le salpicó los dedos. Santo cielo, Chad sintió el impulso de lamérselos.

Pero supuso que doña remilgada no lo aprobaría.

Y, a juzgar por la forma en la que Bridget evitaba mirarlo, a ella tampoco le parecería bien.

Chad volvió a guardar el vodka y cerró la puerta del mueble bar.

—Entonces, ¿vamos a ir a cenar? —preguntó, pues quería ponerse manos a la obra de una vez.

—Primero tenemos que comentar algunas reglas básicas —contestó la señorita Gore, que señaló hacia la sala de estar como si el puñetero piso fuera suyo—. Acompañadme, por favor.

Bridget le lanzó una mirada tan gélida a la otra mujer al pasar junto a ella que Chad habría jurado que la temperatura de la habitación había descendido. Al menos, tenían en común la aversión que ambos sentían por su publicista.

Chad observó cómo Bridget se sentaba en el borde del sofá y mantuvo la mirada clavada en su bonito culo. Decidió situarse junto la ventana, aunque en ese momento las vistas eran mucho más interesantes en el interior del piso.

—Antes de empezar —dijo Bridget, que se giró hacia la señorita Gore con una mano levantada—, quiero que me prometas que esto solo durará un mes.

Chad enarcó las cejas de golpe.

Antes de que él pudiera abrir la boca, la publicista asintió con la cabeza y contestó:

—Durará poco más de un mes, apenas unos días más. Hasta el día de Año Nuevo.

Bridget bajó la mano y tomó un buen trago de vodka. Un trago bastante largo. Ahora fue él quien la miró con el ceño fruncido.

—¿Crees que podrás aguantar tanto tiempo? —le preguntó Chad con tono sarcástico.

—Me parece que voy a tener que empezar a tomar drogas para superar esto —contestó ella con una sonrisa dulce.

La señorita Gore dio un paso al frente y dijo:

—Te aconsejaría que no hicieras eso.

Bridget alzó las cejas mientras bebía otro trago de vodka.

—Lo siento, pero todo esto es nuevo para mí.

—Bueno, nadie había tenido que hacerse pasar nunca por mi novia, así que estoy en la misma situación que tú.

Bridget lo miró, pero apartó la vista enseguida.

—¿Cuáles son esas reglas básicas?

La mirada de la señorita Gore pasó de uno al otro, y los observó con atención.

—Nada de embriaguez en público ni de consumo de drogas.

Chad se cruzó de brazos, exasperado.

—Yo no tomo drogas.

—Esa última parte iba dirigida a ella.

Ahora le tocó a Bridget poner cara de cabreo.

—Intentaré abstenerme de tomar mi dosis diaria de *crack*.

Chad soltó una breve carcajada, pero a la señorita Gore no le había hecho ninguna gracia.

—Los dos tendréis que ser creíbles. Os sugiero que no le habléis de este acuerdo a ninguno de vuestros amigos ni familiares. Si la prensa se enterase de esto, todos quedaríamos como idiotas.

—Entonces, tal vez deberíamos buscar otra solución —sugirió Chad.

—Estoy de acuerdo —añadió Bridget, que tenía la mirada clavada en el vaso medio lleno.

—No hay otra solución. Te metiste en este lío con Bridget y ahora debes apechugar con las consecuencias. Sigamos adelante. —La señorita Gore se recolocó las gafas—. Debéis resultar convincentes para la opinión pública. Nada de discutir. Tendréis que comportaros como si os gustarais y, teniendo en cuenta que os besasteis en plena calle, eso no debería ser muy difícil.

Un bonito rubor se extendió por las mejillas de Bridget.

—¿Podemos no mencionar eso?

Chad, que había empezado a fantasear con seguir aquel rubor con los dedos, la boca y la lengua, soltó:

—Vaya, ¿vas a empezar otra vez con eso de «no me atraes»?

—Que me besaras no significa que me atraigas —replicó ella.

«Joder, ya estamos otra vez».

—Me devolviste el beso.

—No tuve elección. —Se le había tensado la mano alrededor del vaso—. Igual que no tengo elección en este preciso momento.

Lo había dicho como si estuviera a punto de aceptar un trabajo recogiendo mierda de cerdo con una pala.

—Podría ser peor. Tengo entendido que soy un buen partido.

—Sí, *el año pasado*, cuando te nombraron el lo que sea más sexi y todavía eras alguien relevante.

—¡Qué cruel! —Chad enarcó las cejas y soltó una carcajada de diversión—. Espero una disculpa por escrito cuando me elijan otra vez este año.

Bridget lo miró por encima del borde del vaso.

—Si pasa eso, tendré que poner en duda el gusto de las mujeres estadounidenses.

Chad recordó sin problemas cómo sabía Bridget. Tenía un sabor maravilloso.

—Si no recuerdo mal, tú...

—Niños —les espetó la señorita Gore—. Ya ha quedado claro que os besasteis. ¿De acuerdo? Es evidente que existe algún tipo de atracción entre vosotros, pero no puedo permitir que os peleéis como críos en público.

Bridget le echó un vistazo a su vaso.

—Necesito más vodka.

—Oh, venga ya —soltó Chad alargando las palabras.

El suspiro de la señorita Gore fue una obra de arte, y consiguió silenciarlos a ambos.

—¿Cómo os conocisteis?

Como Bridget no dijo nada, Chad decidió que le tocaba a él confesar la verdad.

—Nos conocimos en un bar hace cosa de un mes. Evidentemente, ella sabía quién era yo y también conocía a mi familia, ya que trabaja con la novia de mi hermano. Yo no sabía nada de eso. —Y, a decir verdad, no estaba seguro de si haberlo sabido habría supuesto algún cambio aquella noche—. En fin, pasamos unas horas juntos.

Bridget se había quedado muy callada mientras él hablaba y pareció sentirse aliviada cuando no dio más detalles. Chad no iba a hacerlo, por muchas preguntas que le hiciera la señorita Gore. Por suerte, la publicista asintió con la cabeza y prosiguió.

—Tendréis que comportaros como si estuvierais enamorados. —La señorita Gore se balanceó sobre los talones—. Chad, como es evidente, deberías cogerla de la mano cuando salgáis juntos. Y... ¿Qué pasa? —Frunció el ceño cuando él puso cara de sorpresa—. Ya sabes, colocar tu mano en la de ella.

—Ya sé cómo se hace —gruñó Chad, y Bridget soltó una risita. Cuando la fulminó con la mirada, ella puso los ojos en blanco—. Y, en contra de la creencia generalizada, sé cómo comportarme en una cita.

—Qué sorpresa —contestó Bridget, y luego tomó otro trago—. Creía que solo sabías cómo... ¡Eh!

Chad se lanzó hacia delante, moviéndose tan rápido que la sobresaltó, y le quitó el vaso de la mano con cuidado.

—Creo que ya has bebido suficiente.

Ella le lanzó una mirada hostil y contestó:

—Ni por asomo.

Aunque a Chad esas respuestas ingeniosas le parecían muy monas (y no sabría decir cuándo el adjetivo «mono» había empezado a formar parte de su vocabulario), su ego estaba empezando a resentirse un poco.

La señorita Gore se pasó una mano por el pelo, que llevaba recogido muy tirante.

—Creo que deberíamos programar tres apariciones en público durante la semana, además de otra el sábado por la noche. Si la prensa pica el anzuelo, tal vez tengas que pasar la noche aquí, Bridget, para que parezca creíble.

—¿Qué? —exclamó ella, que abrió los ojos como platos—. No accedí a eso.

La publicista apretó los labios.

—En este piso hay varias habitaciones de invitados y los dos sois adultos. Así que empezad a comportaros como tales.

—Me caes fatal —dijo Bridget con las mejillas sonrojadas.

Chad reprimió una sonrisa.

—No tengo que caerte bien —contestó la señorita Gore con tono frío—. También hay una fiesta de Navidad que organizan los Nationals a la que se espera que asistáis juntos. Entre las citas en lugares muy públicos y esa fiesta, debería bastar para calmar a la prensa o, al menos, para que empiecen a escribir cosas más apropiadas sobre tu vida privada, Chad.

—¿Y qué pasará después de Año Nuevo? —preguntó Bridget—. Si «rompemos» después, ¿eso no causará mala prensa para él?

A Chad le sorprendió un poco que a Bridget le importara eso; aunque, en realidad, ni siquiera sabía por qué había accedido a participar en todo ese montaje. Había estado convencido de que mandaría a la mierda a la señorita Gore y le cerraría la puerta en las narices. Solo una auténtica chalada que ansiara atención querría participar en ese circo de locos. Esa idea le hizo fruncir el ceño.

—No habrá ninguna declaración pública al respecto, pero, al cabo de un tiempo, la prensa se dará cuenta de que ya no estáis juntos. En ese momento, publicaré una declaración diciendo que seguís siendo buenos amigos. —Los ojos oscuros de la publicista se posaron en él—. Cuando pase este mes, no significa que puedas volver a las andadas.

—Ya lo suponía —contestó él con tono seco mientras se preguntaba si aquella mujer creía que era un idiota obsesionado con el sexo.

—Si a finales de año el equipo está satisfecho con los cambios en tu comportamiento, no te rescindirán el contrato. —Cuando hizo una pausa, Chad comprendió que estaba pensando en su propia reputación, aunque era comprensible—. Y, con suerte, esto te servirá de lección.

La única lección que Chad había aprendido hasta ese momento era que la prensa exageraba muchísimo la verdad y que, en general, era un asco.

La señorita Gore repasó unas cuantas reglas básicas más (todas eran cosas de sentido común) y les detalló cómo debes comportarte cuando te gusta alguien. Chad se habría reído si no fuera por el hecho de que ella debía creer que era un imbécil en lo que respectaba a las mujeres.

Cuando la publicista terminó por fin de hablar, él tenía ganas de darse cabezazos contra la pared.

—Bueno, ¿ya estamos listos?

La señorita Gore asintió con la cabeza, aunque a Chad le daba igual lo que ella opinara. Bridget estaba sentada en el sofá, pálida y rígida, con los dedos apretados en el regazo. Al mirarla, Chad sintió una punzada de culpa. No tenía ni idea de por qué Bridget había accedido, pero era evidente que no quería hacerlo. Por muy retorcido que fuera, cuanto más disgustada parecía ella, más se alegraba él. No le había gustado la idea de que Bridget solo buscara llamar la atención. Pero en ese momento sintió el impulso de cancelar todo ese asunto. No estaba bien. Su carrera no debería ser más importante que el bienestar de Bridget.

Pero, entonces, ella se puso de pie y lo miró, y aquellos ojos verdísimos lo cautivaron de inmediato. Todo en lo que había estado pensando un momento antes salió volando por la puñetera ventana y lo sustituyó la necesidad de ver cómo esos ojos se enardecían hasta parecer esmeraldas brillantes.

—¿Estás listo? —le preguntó Bridget con una voz sorprendentemente firme.

Joder, claro que estaba listo, en más de un sentido, pero también quería salir huyendo. Y él nunca había querido huir de nada.

Capítulo doce

Bridget casi esperaba que la señorita Gore les hiciera de carabina en su primera «cita»; así que, cuando se dio cuenta de que iban a pasar la velada solos, se sintió aliviada y nerviosa al mismo tiempo. Se arrepentía de la mala leche con la que había tratado a Chad y se avergonzaba de su comportamiento, aunque todo fuera culpa *suya*.

El trayecto hasta el restaurante de lujo transcurrió en silencio. El ambiente no era incómodo, sino más bien tenso. Ninguno de los dos sabía qué decir. ¿Cómo se rompía el hielo cuando dos personas fingían estar saliendo?

A Bridget nunca se le había dado bien fingir nada. Una vez, cuando estaba en el instituto, hizo una audición para la obra anual y le salió tan mal que acabó huyendo del escenario. Seguro que tenía que haber otra mujer en la larga lista de candidatas con las que habían visto a Chad últimamente que fuera más adecuada para ese papel.

Cuando se detuvieron junto al aparcacoches, que le abrió la puerta, Bridget no pudo evitar fijarse en lo diferentes que eran. En primer lugar, ella ni siquiera intentaría que un aparcacoches se ocupara de su destartalado Toyota Camry. En segundo lugar, ella nunca comía en sitios como ese. Si se suponía que debía saber cuál era el tenedor adecuado para la ensalada o cuál era la cuchara para la sopa, estaba jodida.

Chad apareció delante de ella y le ofreció una mano como un novio solícito. Tenía una media sonrisa en la cara que resultaba a la vez seductora y arrogante. Al mirarlo, la tercera razón por la que ella no debería haber formado parte de esa lista fue más que evidente.

Vestido con unos vaqueros oscuros y un jersey de cuello en pico que le ceñía los costados esbeltos y el vientre duro, Chad parecía haber salido directamente de las páginas de un ejemplar de la revista *GQ*. Incluso su pelo, hábilmente revuelto, parecía peinado por un profesional para esa velada.

Bridget echó la cabeza hacia atrás y observó aquellos ojos increíblemente azules. Se sentía como un trol junto a él. No porque se considerase demasiado fea o demasiado gorda. Su autoestima no estaba completamente por los suelos, pero era una persona realista. Los tíos como él no salían con chicas como ella.

Todo este asunto acabaría suponiendo una humillación para ella.

Chad tomó la iniciativa y entrelazó los dedos de ambos.

—Aunque me gusta que te quedes embobada mirándome, deberíamos entrar. No llevas abrigo.

Bridget se sonrojó e intentó liberar la mano, pero él no se lo permitió.

—No hagas eso —le susurró con tono despreocupado y juguetón—. La señorita Gore dijo que debíamos cogernos de la mano, así que estoy siguiendo las reglas.

Ella lo miró con los ojos entornados.

—¿Desde cuándo le haces caso?

Una expresión de absoluta inocencia se reflejó en la cara de Chad.

—He decidido portarme bien..., por ahora.

Bridget se sonrojó todavía más, aunque no tuvo nada que ver con el hecho de que la hubiera sorprendido mirándolo fijamente. Lo que había visto hasta ese momento de Chad «portándose mal» probablemente no fuera sino una pequeña muestra de lo que ese hombre era capaz de hacer.

No ocurrió nada fuera de lo común al entrar en Jaws, pero a Bridget le sorprendió que el restaurante no oliera a marisco. Los sentaron de inmediato al fondo del local, en una mesa iluminada con una vela.

La gente se volvió a mirarlos, como en las películas, mientras Chad le apartaba la silla para que se sentara. Bridget, que era muy consciente de lo que ocurría a su alrededor, se obligó a no mirar y a comportarse como si todo fuera completamente normal. Sin embargo, al echarle un vistazo rápido al restaurante, descubrió que la mitad de los clientes los estaban observando. Las expresiones de algunos tan solo reflejaban curiosidad, mientras que otros miraban abiertamente a Chad con asombro y admiración. Y también vio entre ellos caras de confusión mientras los miraban, primero a uno y luego al otro, como si no entendieran por qué estaban cenando juntos.

Bridget respiró hondo y dijo:

—Todo el mundo nos está mirando.

—Ya te acostumbrarás. —Chad se sentó frente a ella y le dirigió una pequeña sonrisa. Fue una sonrisa tensa, que no mostró los dientes ni hizo aparecer sus hoyuelos—. O ya encontrarán otra cosa que mirar.

Bridget esperó que encontraran algo pronto, porque la cara se le había puesto muy colorada.

—¿Llamaste antes de venir?

Chad desdobló su servilleta.

—No. Pero siempre se aseguran de darme una buena mesa.

Bridget enarcó las cejas. El restaurante estaba bastante lleno, así que debían tener ciertas mesas reservadas para los clientes «especiales». No recordaba la última vez que ella había conseguido mesa de inmediato en un buen restaurante.

Un camarero, vestido con camisa blanca y pantalones negros, apareció junto a la mesa.

—¿Te apetece un Chardonnay? —le preguntó Chad.

Bridget hizo un gesto afirmativo, aunque habría preferido algo más fuerte. Cuando el camarero inclinó la cabeza y se marchó a toda prisa a buscar lo que habían pedido, se esforzó por pensar en algo que decir, lo que fuera, pero tenía la mente en blanco. Se quedó mirando la vela sin saber qué hacer, hasta que debió poner los ojos bizcos, porque Chad soltó una risita ronca.

—¿Qué pasa? —le preguntó, y se obligó a levantar la vista.

—Nada —contestó él con una leve sonrisa—. Es solo que, antes de esto, estuvimos hablando tres horas seguidas sin sentirnos incómodos ni un momento.

Bridget se mordió el labio inferior.

—Es verdad.

—Entonces, ¿qué ha cambiado?

Chad se recostó en la silla y el jersey se le tensó sobre los anchos hombros.

—Bueno, el hecho de que estemos fingiendo que salimos juntos hace que sea diferente. —Bridget miró a su alrededor y vio que, a unas mesas de distancia, una persona sostenía un móvil en alto—. Y creo que alguien nos está sacando una foto.

Chad esbozó una sonrisa burlona.

—Esa foto aparecerá en Facebook en cuestión de segundos.

—¿En serio?

Él asintió con la cabeza.

—¿Siempre te pasa esto?

—Sí.

Santo cielo, Bridget no se imaginaba cómo sería vivir así. Aunque, bien pensado, ahora ella estaba viviendo así. Rogó que su pelo tuviera buen aspecto y que no se le formara papada por mantener la cabeza gacha. Cuando el camarero reapareció, le echó un vistazo rápido a la carta mientras Chad pedía un plato de mar y tierra.

—Tomaré las vieiras —decidió, y luego dobló la carta y la devolvió.

El camarero inclinó la cabeza otra vez y volvió a alejarse a toda velocidad. Bridget lo observó y se preguntó si siempre se movía tan rápido.

—¿Eso es lo único que vas a comer? —le preguntó Chad.

Al mirarlo, deseó que no fuera tan increíblemente guapo. ¿No podía tener al menos un diente torcido? ¿Eso era pedir demasiado?

—Es suficiente.

Chad no pareció opinar lo mismo, pero tuvo la sensatez de no adentrarse en ese terreno pantanoso.

—Bueno, estoy deseando saber algo.

—No me atrevo a preguntar de qué se trata —dijo Bridget, que cogió su copa y tomó un sorbo de vino.

—Cuando nos conocimos en el club, ¿por qué no me dijiste que conocías a Maddie y a Chase?

Bridget deseó que se la tragara la tierra.

—Pues... en ese momento no le di importancia.

—A mí me parece que esa es una de las primeras cosas que diría cualquiera. —Mientras hablaba, deslizó la yema de un dedo por el borde de su copa de vino, trazando un círculo despacio y con calma, lo que captó la atención de Bridget—. Sobre todo, teniendo en cuenta que es imposible que Maddie no te haya hablado de mí.

—Tal vez no me haya hablado de ti. —Se obligó a apartar la mirada de los dedos de Chad—. ¿Se te ha ocurrido pensarlo alguna vez?

Él soltó una carcajada ronca que le provocó un escalofrío a Bridget en los brazos.

—Oh, estoy seguro de que Maddie te ha hablado de mí.

—Tu ego nunca deja de asombrarme.

Chad sonrió y ella tuvo la impresión de que estaba a punto de soltarle una respuesta genial que la habría hecho reír a su pesar, pero el camarero llegó y depositó unos platos humeantes sobre la mesa. En cuanto el camarero se marchó, Chad retomó la conversación.

—Bueno, ¿por qué no dijiste nada?

Bridget dejó caer la servilleta sobre su regazo y la colocó bien con unos movimientos rápidos. Por nada del mundo admitiría la verdadera razón.

—No me pareció importante.

—Claro, y tampoco te atraigo.

Ella suspiró.

—¿Otra vez con eso?

—No. —Chad sonrió, y el corazón de Bridget dio un brinco, porque se le dibujaron los hoyuelos—. Se te da fatal mentir.

Eso era cierto.

Chad empezó a cortar su bistec poco hecho mientras ella perseguía una vieira en salsa de mantequilla por el plato.

—La respuesta es que sí —dijo él de pronto.

El tenedor de Bridget se quedó inmóvil.

—¿La respuesta a qué?

Chad la observó a través de sus densas pestañas.

—Aunque me hubieras dicho que trabajabas con Maddie y que conocías a mi hermano, aun así te habría llevado a mi piso.

Bridget se lo quedó mirando y el corazón le dio otra voltereta. ¿Cómo había descubierto Chad la verdad? No quiso pensar demasiado en eso. Se hizo el silencio entre ellos y, mientras comían, se dio cuenta de que él apenas había probado el vino y que se había limitado a beber agua mientras devoraba su comida con un apetito que envidió.

Bridget levantó la vista cuando alguien se acercó a la mesa. Se trataba de una guapa morena de apenas unos veinte años que llevaba un bonito vestido rojo de manga corta. La joven se sonrojó cuando Chad dejó los cubiertos sobre la mesa.

—No pretendo interrumpiros a tu amiga y a ti mientras cenáis —dijo la chica—, pero he venido con una amiga... —Señaló con la cabeza hacia una mesa donde una chica rubia sonreía de oreja a oreja—. Y solo quería decirte que eres el principal motivo por el que veo los partidos de béisbol.

Bridget frunció los labios. No era de extrañar que Chad tuviera un ego gigantesco.

—Gracias —contestó él con una sonrisa—. Me alegra saber que contribuyo a extender la popularidad de este deporte.

Venga ya...

La chica se mordió el labio inferior, adornado con brillo, y apoyó una mano sobre la mesa, junto a Chad. Entonces Bridget se fijó en que tenía un trozo de papel en la mano.

—Llámame, ¿vale? Cuando quieras.

Bridget se preguntó si se habría vuelto invisible, y sintió ganas de esconderse debajo de la mesa cubierta con un mantel de lino y, a la vez, de imitar a un animal salvaje y abalanzarse sobre aquella tía, lo cual no tenía sentido.

A Chad no se le borró la sonrisa en ningún momento.

—Eres muy amable, pero tengo pareja.

Bridget se quedó inmóvil, con los ojos abiertos como platos, mientras la mirada de la morena pasaba de Chad a ella.

—Esta es Bridget —añadió Chad—. Mi novia.

La chica se quedó estupefacta, abrió la boca y después volvió a cerrarla. Luego murmuró una disculpa y regresó a su mesa, donde empezó a cuchichear de inmediato con su amiga.

Bridget cerró los ojos con fuerza.

—Bueno, es probable que eso aparezca también en Twitter —comentó Chad, y ella abrió los ojos—. ¿Qué pasa? —preguntó con tono de broma—. Por lo visto, mi situación sentimental es un tema importante.

Bridget tomó un sorbo de vino y se esforzó por mantener la boca cerrada. Pero su boca no obedeció.

—Cuando publicaron esa foto nuestra en el periódico...

—Seguro que fue un gran día para ti.

Bridget respiró hondo.

—Una mujer se me acercó en la calle cuando salí a comer y me dijo que eras bueno en la cama, pero no fuera de ella.

—Oh. —Él enarcó una ceja—. Bueno, la parte de la cama es verdad, y ha sido...

—No tiene gracia.

—Oye, ¿por qué estás enfadada conmigo?

¿Hablaba en serio? Había muchísimas razones. Bridget se inclinó hacia delante y dijo en voz baja:

—Has puesto mi vida patas arriba en cuestión de horas.

Chad frunció el ceño.

—Yo no he hecho nada.

—¿En serio? —le preguntó entre dientes—. ¿Te resbalaste y te caíste en una cama con tres mujeres y dio la casualidad de que había alguien allí para hacer una foto?

Los ojos de Chad se volvieron de un intenso tono azul oscuro.

—Esa maldita foto otra vez. No me acosté con ellas.

Bridget dudó entre soltar una carcajada o lanzarle el vino a la cara.

—Ya, no me digas.

Chad puso los ojos en blanco.

—¿Por qué nadie me cree? No lo entiendo.

¿De verdad pensaba que era tan tonta?

—Todo esto está pasando porque me besaste...

—Y te gustó.

—Esa no es la cuestión, cretino. —Bridget miró a su alrededor. Sorprendentemente, nadie les estaba prestando atención en ese momento—. Por tu culpa, ya no tengo control sobre mi vida.

Chad también se inclinó hacia delante, hasta que la vela parpadeante fue lo único que separaba sus bocas.

—Te lo vuelvo a preguntar: ¿por qué es culpa mía?

—¿Nada de lo que haces es culpa tuya?

—Lo que tú digas. Mira, no tenías por qué acceder a hacer esto.

—No tuve elección. Tu publicista salida del infierno me chantajeó. —Cuando la sorpresa se reflejó en la cara de Chad, Bridget por poco se cayó de la silla—. ¿De verdad creías que había aceptado sin más?

—Bueno, a ver, *soy* Chad Gamble —contestó él, y luego esbozó una sonrisa de suficiencia.

Bridget estaba a punto de lanzarle el plato de vieiras a la cara.

—Dios mío, a veces me dejas sin palabras. Ya sé que no soy como las mujeres con las que sueles salir, pero no estoy tan desesperada para tener que fingir que tengo novio.

Una expresión extraña sustituyó a la sorpresa en el rostro de Chad, que se echó hacia atrás y cruzó sus musculosos brazos (en los que Bridget apenas se había fijado).

—No, no eres como ellas.

De pronto, Bridget sintió una intensa punzada de dolor en el pecho. Se echó bruscamente hacia atrás e intentó tragar saliva para aliviar el nudo que se le había formado en la garganta.

—¿Podemos irnos ya? Estoy segura de que tus fans ya han visto suficiente.

Chad no soltó la respuesta arrogante que ella esperaba, sino que le hizo señas al camarero y pidió la cuenta. A continuación, se comportó como un buen novio: se puso de pie y envolvió con su cálida mano la de ella, lo que hizo que aquel maldito nudo bajara por la garganta de Bridget y acabara entre sus pechos.

Había gente esperándolos fuera. Alguien debía haber publicado algo en alguna red social o hecho una llamada telefónica. Chad se metió en su papel en cuanto se adentraron en el aire de finales de noviembre. Cuando un *flash* destelló, soltó la mano de Bridget y le rodeó los hombros con el brazo.

Chad bajó la cabeza y le rozó una mejilla con la mandíbula. Un leve estremecimiento recorrió los hombros de Bridget, que detestó el hecho de que su cuerpo sintiera el impulso de acurrucarse contra el de él, tal como todos esperaban que hiciera.

La barbilla de Chad se desplazó hasta la sien de Bridget, que inhaló con brusquedad.

—Deberías intentar relajarte —le susurró—. Porque, ahora mismo, da la impresión de que quieres salir huyendo.

—Eso es porque quiero salir huyendo —contestó ella, pero se obligó a sonreír.

Otro *flash* brilló y Chad la besó en la mejilla. Deberían darle un Oscar a este tío.

—Eso ha sido cruel.

Mientras esperaban a que el aparcacoches les trajera su vehículo, varios *flashes* más cegaron a Bridget, que contestó:

—Es la verdad.

—Ajá —murmuró Chad al mismo tiempo que le apartaba la mano del hombro y la deslizaba hasta la parte baja de su espalda, lo que hizo que diera un respingo—. ¿Con qué te está chantajeando la señorita Gore?

Bridget estuvo a punto de decirle la verdad, pero mantuvo la boca cerrada. No quería que Chad se enterara de que estaba sin blanca y de que podía perder su trabajo por culpa de eso.

—No es asunto tuyo.

—Hum, debe ser algo muy jugoso si no quieres contármelo.

Entonces, se acercó más a ella y le colocó la otra mano en la cadera. Bridget se puso tensa.

—¿Qué estás haciendo?

—Darles algo que publicar.

—No te...

Chad la besó otra vez.

Ese beso no fue como el que se habían dado en la calle ni como los que habían compartido en su dormitorio. Ese empezó con un lento y tentador roce de los labios de Chad. Bridget se obligó a cerrar los labios y mantenerse inmóvil entre sus brazos. Aunque estuvieran fingiendo que eran novios, eso (besarse) no formaba parte del plan.

En medio de una multitud de *flashes*, Chad soltó un gruñido desde el fondo de la garganta que hizo estremecer a Bridget.

—No te resistas a lo que sabes que quieres —le dijo con voz ronca y seductora.

—Tú no tienes ni idea de lo que quiero —contestó Bridget.

Aunque, maldita sea, lo que ella quería era tener a Chad entre sus muslos. Pero así no, no cuando solo estaban *fingiendo*.

Chad volvió a deslizar los labios sobre los de ella, pero esa vez le atrapó el labio inferior con los dientes y Bridget jadeó. Una oleada de calor se propagó por todas sus terminaciones nerviosas y, como ya había ocurrido antes, su cuerpo se impuso a su mente. Chad aprovechó ese momento para introducirle la lengua en la boca y se hizo con el control en cuestión de segundos. Le colocó una mano en la nuca y la mantuvo inmóvil mientras su boca ardiente y exigente la devoraba. En ese momento, Bridget no tenía intención de moverse de ahí. Oh, Dios mío, claro que no. Le temblaban las rodillas y se le tensaron los músculos del vientre.

El beso se prolongó, y fue como debía ser. No fue algo apresurado en un momento de arrebato ni un acto para demostrarle que se sentía atraída por él. Fue un seductor asalto, lento, juguetón y comedido, que alteró los sentidos de Bridget.

Chad apartó su boca de la de ella apenas unos milímetros.

—Dime cómo consiguió la señorita Gore que hicieras esto.

—No me chantajeó —contestó ella mientras jugueteaba con su brazalete.

Entonces, recordó las palabras de la publicista y algo, no sabría decir qué, la llevó a seguir hablando. Tal vez se debió a que Chad le había dicho que ella no era como las chicas que solían gustarle. O tal vez fue porque el beso la había dejado aturdida y sin aliento y estaba segura de que esa clase de respuesta solo conseguiría meterla en un lío.

—Salir contigo aumentará mucho mis opciones de conseguir citas en el futuro, ¿no crees? Los tíos querrán saber qué tengo de especial para haber conseguido captar tu interés.

Chad se la quedó mirando un buen rato y luego contestó:

—Sí, es verdad.

El aparcacoches apareció con las llaves de Chad en una mano antes de que ella pudiera retractarse de esas palabras. Santo cielo, eso había sonado tan horrible como cuando lo había dicho la señorita Gore.

Bridget apenas fue consciente de los *flashes* de las cámaras cuando alguien le abrió la puerta del lado del acompañante. Tras sentarse, se llevó los dedos a los labios, aturdida, mientras Chad rodeaba la parte delantera del *jeep* y luego se subía.

La actitud juguetona de Chad se desvaneció en cuanto se sentó en el vehículo. Tenía la mandíbula apretada con fuerza y no miró a Bridget. De hecho, no dijo nada mientras ponía el *jeep* en marcha.

Ella miró por la ventanilla, sin saber qué decir. Quiso disculparse, pero no estaba segura de si eso tendría sentido. Además, durante un momento, un instante de ceguera y estupidez, mientras sus bocas estaban unidas, se había olvidado de lo que ocurría en realidad: que ella no era la clase de mujer que Chad prefería y que él, al igual que ella, lo hacía por obligación. Pero esto estaba mal, y Bridget no tenía ni idea de cómo lograrían seguir adelante sin arrancarse la cabeza el uno al otro. Ni de cuánto tiempo resistiría ella al saber que, cada vez que se cogieran de la mano o se besaran ante las cámaras, sería mentira.

Capítulo trece

—¿Estás saliendo con Chad? —exclamó Madison con voz aguda.

Bridget odiaba tener que mentirle, pero sabía que, si le contaba la verdad, su amiga se lo diría a Chase.

—Sí, algo así.

Madison parecía un colibrí drogado mientras se movía de acá para allá entre las mesas de ambas.

—No me lo puedo creer.

—Ni yo —masculló Bridget con tono cortante.

Después de su primera cena juntos la noche anterior, Bridget había regresado a su piso de peor humor que cuando se había marchado. Y seguía muerta de hambre.

—No se trata de que no pueda imaginarte con Chad. No es eso. Pero es que no me lo imagino sentando la cabeza. —Se detuvo a medio camino entre las mesas y frunció el ceño—. Aunque tampoco me imaginaba que Chase pudiera sentar la cabeza, pero lo hizo.

—Esto no es como lo tuyo con Chase —repuso Bridget mientras empezaba a organizar por colores sus subrayadores—. En fin, ¿ya tenemos el presupuesto final para el *catering*?

Madison no permitió que la distrajera con ese tema, mucho más importante. Llevaban preparando la gala desde febrero. Esa dichosa fiesta había monopolizado las vidas de ambas, y en ese momento Chad monopolizaba la de Bridget.

—¿A qué te refieres con eso de que no es como lo mío con Chase?

Bridget colocó los subrayadores rosados junto a los verdes y suspiró.

—No es algo serio, como lo vuestro.

Madison, con las manos apoyadas en las caderas, se detuvo frente a la mesa de su amiga.

—Dime, ¿cuándo fue la última vez que tuviste novio o que saliste con alguien?

—Pues...

—Exactamente —dijo Madison, y luego continuó paseándose de un lado a otro—. Salir con Chad es algo serio. Muy serio. ¿Has visto la página web del *Washington Post* esta mañana? Hay fotos de vosotros besándoos. —Cogió un bolígrafo de su mesa y se lo lanzó a Bridget—. ¡Besándoos! Seguro que las fotos también están en CeleBuzz. ¡No puedo creerme que no me lo contaras!

Bridget recogió el bolígrafo e hizo una mueca.

—Es que no pensé que fuera a pasar nada entre nosotros.

Madison se la quedó mirando con la nariz arrugada en un gesto de concentración.

—Dios mío, Bridget, ¿estás preparada para todo esto? Va a ser una locura. La gente va a empezar a seguirte a todas partes. ¡Oh! ¡Puedo hacerme pasar por tu ayudante!

Bridget puso los ojos en blanco.

—Y podemos organizar citas dobles.

Santo cielo...

—Además, Chad siempre viene a la espectacular cena de Navidad de la familia Daniels, a la que tú nunca has venido a pesar de que te invito todos los años, zorra. —Madison unió las manos—. Ahora no podrás escaquearte.

A Bridget no le gustaba nada la Navidad y, sinceramente, le dolió ver a Madison hacer planes alegres. Se sentiría muy decepcionada cuando Chad y ella se fueran cada uno por su lado a principios de año.

Madison se calmó por fin y Bridget decidió comer en la oficina. Le daba un poco de miedo ir a cualquiera de los locales de la zona. Poco antes de las tres de la tarde, la puerta de la oficina se abrió y apareció un repartidor que sostenía con dificultad cuatro docenas de rosas rojas.

Cuatro docenas de rosas.

Caray. La noche anterior debía haber sido maravillosa para que Chase le enviara un ramo como ese a Madison.

Volvió a posar la mirada en la pantalla de su ordenador. Tendría que enviarle un correo electrónico a la empresa de *catering* si no recibían un presupuesto definitivo para...

—Busco a una tal Bridget Rodgers.

Bridget levantó la barbilla y observó al repartidor. Se quedó confundida y miró a Madison, que sonreía de oreja a oreja.

—Eh..., soy yo.

Él sonrió y se acercó a su mesa. Bridget despejó a toda prisa una pequeña sección en la esquina.

—Alguien debe quererla mucho —le dijo el hombre mientras dejaba el jarrón sobre la mesa—. Que tenga un buen día.

Bridget se quedó mirando al repartidor mientras salía de la oficina y luego volvió a posar la mirada en las rosas. Joder...

La señorita Gore debía haberlas enviado o le había ordenado a Chad que lo hiciera. Esa era la única explicación, pero... eran preciosas.

—¿Hay una tarjeta?

Bridget alzó la vista, pero apenas pudo ver a Madison tras el bosque de flores. Había una tarjeta perfectamente colocada entre un tallo verde y un ramillete de velo de novia. La sacó con mucho cuidado y abrió el sobrecito.

Dentro había un breve mensaje escrito con una bonita letra que tal vez no aclarara por qué habían enviado las flores, pero sí quién lo había hecho.

«Sigo siendo muy relevante.

Chad».

Mientras observaba la tarjetita, Bridget no pudo contener la sonrisa que se le dibujó despacio en la cara. Sí, Chad seguía siendo relevante.

* * *

Después de que Chase le echara una bronca por «salir» con una buena amiga de su novia y luego tener que aguantar los comentarios sarcásticos de Chandler sobre que había seguido el mismo camino que los demás tíos de su entorno y había sentado la cabeza, Chad estaba a punto de empezar a darse cabezazos contra la pared cuando sonó su móvil.

Cogió el móvil, que se encontraba sobre la encimera de la cocina, suponiendo que se trataría de la señorita Gore para comprobar qué estaba haciendo, como cada hora. Porque nunca se sabía en qué clase de líos podría meterse en su propio piso. El mensaje no era de su niñera. No, en realidad era de Bridget. Su publicista prácticamente les había obligado a darse los números de teléfono antes de salir a cenar.

«Gracias por las rosas. Son preciosas».

Unos dos segundos después, recibió otro mensaje.

«Pero sigues sin ser relevante».

A Chad se le dibujó una sonrisa en los labios. Menos mal que sus hermanos ya se habían marchado, porque estaba seguro de que tenía cara de idiota. Le gustó la respuesta de Bridget (le gustó mucho) y también le gustó que no escribiera mensajes como si tuviera dieciséis años. Como la mayoría de las mujeres con las que él salía.

Volvió a dejar el móvil sobre la encimera, fue hasta la nevera y sacó las pechugas de pollo que había adobado antes. Las echó sobre el asador y las movió con un tenedor hasta situarlas justo en el centro. Después cerró la tapa mientras los jugos de la carne crepitaban.

Y, entonces, dirigió la mirada hacia su móvil.

Se giró hacia la encimera y lanzó el tenedor encima. Luego se balanceó sobre los talones y clavó la mirada en el asador durante unos treinta segundos.

—A la mierda —masculló, y se volvió hacia el móvil.

Lo cogió, activó la pantalla y observó el mensaje. No tenían planes para esa noche, pero se suponía que al día siguiente iban a ir a ver una película. Él no había ido al cine desde que estaba en el instituto, sin incluir las galas de estrenos.

Estrictamente hablando, no tenía ningún motivo para ponerse en contacto con Bridget, ya que tenían el día libre, por así decirlo. Y, en realidad, tampoco había tenido ningún motivo para enviarle flores aparte de que... había querido hacerlo.

Vale, no se trataba solo de eso.

Se dio la vuelta, se apoyó contra la encimera y estiró el cuello para aliviar un tirón.

No fue por el beso que se habían dado (aunque, solo de pensar en ese beso, el pene se le puso duro como una piedra), si no por lo que Bridget había dicho, que había aceptado hacerse pasar por su novia porque eso la ayudaría a salir con más hombres después de él.

Joder...

En primer lugar, Chad dudaba de que le hiciera falta ayuda para eso. Y, en segundo lugar, no le gustaba la idea de servirle de trampolín hacia ese objetivo. Así que le envió las rosas. Había sido una reacción un poco extraña, cierto, pero supuso que Bridget no estaría pensando en ese momento en sus futuros novios.

Le escribió un mensaje de respuesta.

«Me alegro de que te gustaran las flores». Antes de dejar de nuevo el móvil sobre la encimera, sus dedos siguieron tecleando: «Y me alegro de que te gustara el beso».

Entonces, soltó el móvil y comprobó el pollo. Aproximadamente un minuto después, el teléfono sonó, pero Chad estuvo dando vueltas por la cocina durante otros tres minutos antes de comprobarlo.

«No he dicho que me gustara el beso».

Chad escribió otro mensaje con una amplia sonrisa en los labios.

«No hace falta. Sé que te gustó».

La respuesta fue inmediata.

«¿Debo recordarte que TÚ me besaste a MÍ las dos veces?».

Chad echó la cabeza hacia atrás y soltó una carcajada, pero comprobó cómo estaba el pollo antes de contestar. De lo contrario, daría la impresión de que estaba plantado en la cocina con el móvil en la mano, lo cual era cierto.

Tras colocar el pollo asado en un plato y cortarlo en trocitos como si lo estuviera preparando para dárselo a un niño, envió otro mensaje.

«¿Debo recordarte que TÚ disfrutaste las dos veces?».

La respuesta llegó bastante rápido.

«Eres imposible».

Chad se rio entre dientes mientras llevaba el plato hasta el sofá y cenó viendo las noticias de la noche. Qué emocionante. Dejó reposar la comida antes de subirse a la cinta de correr que tenía en la biblioteca para realizar los ejercicios vespertinos obligatorios. Después, se sacó la camiseta empapada de sudor y, algo sorprendente, puso la lavadora.

Cada vez que pasaba junto al móvil le echaba un vistazo y, cada vez que sonaba, notaba un estúpido revoloteo en el estómago. Después de limpiar el baño de la habitación de invitados de la planta baja y de darse una ducha, acabó con el móvil en la mano otra vez. Eran más de las diez de la noche, probablemente demasiado tarde para llamar a nadie. Aunque no es que estuviera planeando llamar a Bridget. La señorita Gore ya había organizado la cita en el cine. Debía recogerla en su piso y blablablá.

Cuando se metió en la cama, sus dedos actuaron por voluntad propia y escribieron:

«Buenas noches, Bridget».

Dos minutos después, recibió una respuesta similar y entonces dejó el móvil en la esquina más alejada de la mesita de noche. Tenía que levantarse temprano para trabajar con su entrenador durante el período fuera de temporada y necesitaba dormir.

Una hora después, seguía con la mirada clavada en el techo, muy cansado, pero su mente empezó a jugarle malas pasadas y a traerle recuerdos de Bridget contra la pared de ese mismo dormitorio, con la cabeza inclinada hacia atrás y empujando los pechos hacia delante mientras él la observaba de rodillas. Chad inhaló hondo y por un momento habría jurado que todavía notaba el intenso sabor de la excitación de Bridget.

Entonces, apartó la sábana y deslizó una mano por su vientre. Se tocó la dura erección, arqueó la espalda y la levantó del colchón. Santo cielo. No estaba tan cachondo desde que iba a la universidad.

Se acarició el miembro palpitante con una mano y cerró los ojos. La imagen de Bridget apareció de inmediato en su mente, salvo que ahora él estaba de pie contra la pared y ella, de rodillas. Visualizó la boca de Bridget envolviéndolo en lugar de su mano y, sí, eso fue lo único que hizo falta. El orgasmo hizo que un estremecimiento le recorriera la espalda y Chad empujó las caderas contra su propia mano.

Los latidos de su corazón se calmaron un buen rato después, pero ya tenía el pene duro otra vez y el rostro de Bridget seguía grabado en sus pensamientos.

Iba a ser una noche muy pero que muy larga.

* * *

El jueves por la noche, Bridget observó su reflejo en el espejo. Una cita en el cine...

Soltó una carcajada.

Pepsi maulló a modo de respuesta.

Ella lo miró por encima del hombro y sonrió.

—No puedo creerme que vaya a ir al cine con Chad Gamble.

El gato ladeó la cabeza. Shell había reaccionado igual durante el almuerzo, cuando Bridget afirmó que ir al cine con Chad no tenía importancia. Por lo visto, todo lo relacionado con aquel jugador de béisbol tenía mucha importancia.

Se giró de nuevo hacia el espejo y se colocó el pelo detrás de las orejas. Los vaqueros azules desgastados y el jersey rojo parecían lo bastante informales para una cita en el cine. Estiró una pierna y giró el tobillo. Llevaba unos zapatos de tacón a rayas rojas, azules, negras y amarillas. Eran preciosos.

Entonces, se enderezó el dobladillo del jersey y se dio la vuelta. Las rosas estaban junto a la cama. No tenía planeado traérselas a casa, pero el día anterior no había podido dejarlas en la oficina. Su ex le había enviado flores una vez, pero eran de esas que iban dentro de una caja. En algún momento entre cuando leyó la tarjeta, cuando se mandaron los mensajes de móvil y esa noche, Bridget había decidido que al menos debía disfrutar de algunas de las ventajas de tener un novio de mentira; sobre todo, de tres puntos clave: flores, buena comida y un hombre guapo.

Y luego añadió: sin expectativas.

El asunto del chantaje era horrible y todavía la irritaba muchísimo, pero no era de esa clase de personas que se centran constantemente en el lado negativo de las cosas. Aunque, a decir verdad, había estado de mal humor durante un par de días. Tenía derecho a estar cabreada, pero debía hacerle frente a la situación. A pesar de que pasarse el próximo mes insultando a Chad podría resultarle divertido al público, a ella no le apetecía nada.

Así que más le valía disfrutar, porque, además, debía admitir que a una parte de sí misma le gustaba estar con él. En el club, habían congeniado de inmediato. Lo único que debía hacer era mantener la cabeza fría. No leer nunca entre líneas ni, por supuesto, enamorarse de él. Y, para evitarlo, le bastaba con recordar a las tres mujeres del periódico con las que Chad se había acostado unos días después de que se conocieran en el club.

Además, ¿cuánto tiempo hacía que no iba al cine con un tío? Demasiado.

Mientras se dirigía a la puerta, se detuvo junto a Pepsi, lo rascó debajo de la barbilla y le depositó un beso rápido en la cabecita peluda. Luego cogió el bolso y bajó rápidamente la escalera de su edificio antes de que Chad llegara. No quería que entrara en su piso. Aquel lugar era su santuario, y eso supondría un paso demasiado íntimo para ellos.

Nunca permitiría que Chad entrara en su piso. Ese era un límite que no pensaba cruzar.

Al llegar al vestíbulo, se encontró con Todd Newton. Le resultó extraño verlo vestido con algo más que unos calzoncillos.

Todd sonrió al verla y sujetó la puerta para mantenerla abierta.

—Hola, señorita Rodgers...

—Hola, Todd —contestó Bridget con una sonrisa.

Él bajó la mirada.

—Estás muy guapa.

Era la primera vez que estaban frente a frente, pues, hasta entonces, sus conversaciones siempre se habían limitado a las que habían tenido desde lados opuestos del pasillo. Al tenerlo tan cerca, Bridget se fijó en que los ojos color avellana de Todd eran más verdes que marrones.

«Es muy guapo», pensó al darse cuenta.

—Gracias. Lo mismo digo.

La sonrisa de Todd se volvió más amplia. No tenía hoyuelos como Chad, pero seguía siendo una bonita sonrisa.

—¿Vas a salir?

Antes de que pudiera responder, una profunda voz masculina intervino para decir:

—Sí. Va a salir conmigo.

Bridget sintió que el corazón le daba un vuelco. No había visto acercarse a Chad, pero ahí estaba, justo detrás de Todd, con una expresión siniestra en la cara.

Todd giró la cintura y luego retrocedió un paso, sorprendido. ¿Era posible que fuera la única persona de Washington que no estaba al tanto de la vida amorosa de Chad?

—¿Chad Gamble? —preguntó mientras le tendía una mano—. Caray. Encantado de conocerte.

Chad no sonrió, pero le estrechó la mano al otro hombre. Sus ojos tenían un tono azul oscuro y su mirada era territorial y posesiva. Bridget se estremeció. Nunca admitiría que eso le gustaba.

—Encantado de conocerte —contestó Chad, que repitió las palabras de Todd, aunque ella tuvo la sensación de que no lo decía en serio.

Todd le soltó la mano y miró de nuevo a Bridget.

—Eres un hombre con suerte, Chad, en más de un sentido.

Ella enarcó las cejas de golpe.

Una sonrisa tensa apareció en los labios de Chad mientras agarraba la mano laxa de Bridget.

—Sí, lo sé. Buenas noches.

Bridget le permitió que la condujera alrededor de su edificio de apartamentos hasta donde había dejado el *jeep*, aparcado de forma ilegal junto a la acera. Le sorprendió que todavía conservara las cuatro ruedas.

—¿Por eso no querías que fuera a buscarte a tu piso? —le preguntó Chad mientras le abría la puerta del lado del pasajero.

Ella frunció el ceño, confundida.

—¿Qué?

—Ese tío parecía estar muy contento de haberse encontrado contigo fuera.

Chad, que seguía junto al *jeep*, alargó una mano en cuanto ella se sentó y tiró del cinturón de seguridad.

—Puedo ponerme el cinturón yo sola.

—Oye, me importa mucho la seguridad. Bueno, ¿quién era ese tío?

Bridget apartó las manos con un suspiro.

—Solo es mi vecino de enfrente. Es probable que esa haya sido la conversación más larga que he tenido con él.

—¿En serio? —Chad le rozó los pechos con el dorso de los nudillos al rodearla con la correa, lo que hizo que inhalara bruscamente. Cuando levantó la mirada, sus ojos parecían zafiros llameantes. Se le dibujó una media sonrisa en los labios mientras le abrochaba el cinturón—. Parece un cretino.

Bridget se rio, sorprendida.

—Ni siquiera lo conoces.

—Ni tú tampoco. —Chad le dedicó una rápida sonrisa—. Así que, por lo que sabes de él, podría perfectamente ser un cretino.

Bridget sacudió la cabeza mientras lo veía cerrar la puerta y luego rodear la parte delantera del *jeep*. ¿Estaba celoso? No. Eso no tenía sentido. Los novios se ponían celosos, pero él no era su novio. Además, no le pareció que alguien como él se pusiera celoso nunca.

Cuando se incorporaron al tráfico, lo miró de reojo.

—Por cierto..., gracias por las flores. Eran preciosas.

Chad todavía tenía aquella sonrisa torcida en la cara.

—Flores preciosas para una mujer preciosa.

Bridget abrió la boca para señalar que eso había sonado muy cursi, pero recordó que estaba intentando tratar ese asunto con más diplomacia, y ese comentario no ayudaría, así que le preguntó:

—¿Has tenido un buen día? —No pudo evitar sonreír cuando una expresión de sorpresa se reflejó en su atractivo rostro—. ¿Qué pasa?

Chad se pasó una mano por el pelo y sacudió ligeramente la cabeza.

—Ah, nada. Es que no creía que eso te interesara.

Ella frunció el ceño y estuvo a punto de preguntarle por qué lo pensaba, pero entonces cayó en la cuenta: estaban fingiendo, así que no debería importarle cómo le había ido el día. Esa situación era como hablar por teléfono en el trabajo: empezabas la conversación con chorradas generales y luego ibas directamente al grano. Para él, solo era un trabajo. Tal vez Chad prefería limitarse a interpretar su papel cuando los apuntaban las cámaras. El sabor amargo que Bridget notó en la garganta no tenía nada que ver con la decepción. Probablemente fuera indigestión.

Chad carraspeó mientras se abría paso por el denso tráfico y luego dijo:

—Hoy no ha pasado gran cosa. Empecé a trabajar con mi entrenador durante el período fuera de temporada, y he dedicado a eso toda la mañana. Después hablé con la señorita Gore. —Soltó una risita ronca cuando Bridget frunció el ceño de repente—. Sí, fue tan divertido como jugar a ver quién es más gallito con un camión. Consideró que era importante decirme que comprara palomitas y refrescos en el cine. Luego me pasé la mayor parte del día sentado. Qué divertido. ¿Y tú?

Bridget jugueteó con la correa de su bolso.

—Por suerte, no tuve que hablar con la señorita Gore.

Chad asintió con la cabeza.

—Esa mujer te cae muy mal, ¿verdad?

—Pues sí. Hoy me he pasado la mayor parte del día intentando ponerme en contacto con la empresa de *catering* para la gala de recaudación de fondos.

—¿Se trata de esa gala importante que celebra el Smithsonian cada año? —Bridget hizo un gesto afirmativo, sorprendida de que supiera algo del tema. Chad la miró un instante antes de volver a posar los ojos en la carretera—. Maddie ya la ha mencionado antes. Lleváis bastante tiempo organizándola, ¿no?

—Sí, tengo la sensación de que llevamos todo el año trabajando en ello. Es curioso que dediquemos tanto tiempo a preparar una fiesta que solo dura un par de horas.

—Es como la Navidad, ¿eh? La gente se pasa meses y meses preparándolo todo y luego se acaba en un par de horas.

—Sí, como la Navidad —contestó ella, que giró la cabeza hacia la ventanilla.

Tras una pausa, Chad le preguntó:

—¿No te gusta la Navidad?

Bridget negó con la cabeza.

Chad intuyó que no quería hablar de ese tema y volvió a retomar la conversación enseguida.

—Bueno, ¿y cuándo es la gala?

—El dos de enero. —Bridget se humedeció los labios—. Hemos descubierto que la gente suele ser más generosa en Año Nuevo. Y necesitamos mucho dinero o...

—¿O qué?

Bridget se mordió el labio.

—O Madison podría quedarse sin fondos tras el tercer cuatrimestre del año que viene.

—¿En serio? Mierda. —Chad tomó la curva que había más adelante y luego tuvo que frenar de inmediato, ya que había una hilera de coches esperando para entrar en el aparcamiento del cine—. ¿Cuánto dinero necesitáis recaudar?

—¿Mucho? —dijo ella, y luego soltó una breve carcajada—. Necesitábamos conseguir cerca de cinco millones y todavía nos falta como un millón.

—Vaya... Eso es mucho dinero, pero seguro que contáis con unos cuantos donantes con las carteras llenas, ¿verdad?

—Sí, pero ya hemos exprimido al máximo a la mayoría. Así que esperamos lograr un milagro con esta gala.

Cuando por fin encontraron aparcamiento, Chad apagó el motor y se giró hacia ella.

—¿Qué pasará si os quedáis sin fondos?

Bridget se desabrochó el cinturón cuando fue evidente que él confiaba en que podría hacerlo sola.

—Habrá que hacer muchos recortes. Pero Madison no tendrá ningún problema.

Chad frunció sus cejas oscuras.

—Ya sé que Maddie no tendrá ningún problema. Si se queda sin trabajo debido a los recortes, cuenta con Chase. Pero ¿qué te pasará a ti?

Bridget alargó una mano hacia la puerta.

—Probablemente se desharán de mi puesto. Me colocarán en otro departamento o me despedirán.

—¿Qué?

—Así es. Oye, esta conversación es bastante deprimente. Estoy segura de que todo saldrá bien y, además, vamos a llegar tarde a la película. —Se obligó a sonreír sin ganas. Si a Chad le parecía terrible que pudiera perder su trabajo, probablemente se horrorizaría al descubrir lo endeudada que estaba—. Y tus fans te están esperando.

Chad asintió, a pesar de que la tensión le tiraba de las comisuras de los labios. Bridget rodeó el *jeep* para reunirse con él y Chad le cogió una mano, como era de esperar. Durante un momento, se quedaron allí de pie, mirándose.

Aquella sonrisa torcida apareció de nuevo.

—Estás muy guapa esta noche.

Ella frunció los labios.

—Solo llevo unos vaqueros y un jersey. Nada especial.

—Te quedan bien.

Bridget apartó la mirada al notar que se sonrojaba. Ese sencillo cumplido, que probablemente tenía como objetivo conseguir que se relajara, no debería haber hecho que se le acelerara el corazón, pero eso fue lo que pasó.

—No conseguirás nada con halagos.

—Mierda. Mi plan maestro para llevarte a la cama era decirte simplemente que estás guapa.

Bridget esbozó una sonrisa.

—Vamos —dijo Chad mientras tiraba de ella hacia la entrada.

Cuando llegaron a la puerta de doble hoja, una luz amarilla procedente del interior del edificio se extendió por la acera oscura y el móvil de Chad sonó. Se lo sacó del bolsillo delantero con la mano libre y luego resopló.

—¿Qué pasa? —le preguntó Bridget, que estaba nerviosa ante la idea de entrar en el vestíbulo abarrotado.

Chad soltó una carcajada.

—Es un mensaje de la señorita Gore.

—¡Qué ilusión!

Él sacudió la cabeza y se volvió a guardar el móvil en el bolsillo.

—Quería asegurarse de que te estaba cogiendo de la mano.

Bridget se rio.

—Ay, es como si fuera tu mamá dándote consejos.

Chad abrió la puerta y miró a Bridget con una ceja enarcada mientras entraban, lo que hizo que ella soltara una carcajada. Él respondió con una sonrisa. En cuanto Chad se giró hacia las personas que hacían cola para comprar entradas, empezaron las miradas de sorpresa. Fue casi cómico ver cómo se giraba una cabeza tras otra.

Compraron las entradas sin ningún contratiempo, pero, mientras hacían cola para comprar palomitas y bebidas (porque pobres de ellos si osaban contradecir a la señorita Gore), los murmullos se convirtieron en un zumbido constante y las miradas se volvieron más intensas.

Bridget fue cambiando el peso del cuerpo de un pie al otro y mantuvo la mirada clavada en el mostrador de cristal que tenían delante. Notaba calor en las puntas de las orejas.

—Un cubo grande de palomitas con extra de mantequilla y sal y... —Chad hizo una pausa—. Un refresco de cereza, ¿verdad?

—Perfecto.

—Que sean dos refrescos de cereza, entonces.

Mientras esperaban, Chad le soltó la mano y le rodeó los hombros con un brazo. Se giró de modo que su cuerpo ocultara la mayor parte del de ella e inclinó la cabeza para susurrarle:

—Se aburrirán pronto de nosotros.

Bridget agradeció que él bloqueara a la mayor parte de los mirones (algunos de los cuales incluso les estaban sacando fotos con los móviles) y giró la cara hacia el pecho de Chad. Dios, qué bien olía. Tenía un aroma intenso y puramente masculino.

Cuando les entregaron las palomitas y se encaminaron hacia la sala en la que proyectaban una película de acción, los detuvieron para pedirle un autógrafo a Chad, que accedió con amabilidad. Y luego le pidieron otro. Bridget pensó que una multitud se les echaría encima en la sala, de modo que la asombró descubrir que no había casi nadie dentro.

Chad se detuvo en la última fila y dejó que Bridget pasara delante de él. Ella eligió un asiento en el centro, se sentó y lo ayudó con los refrescos.

Los tráileres (que eran su parte favorita cuando iba al cine) empezaron segundos después; sin embargo, en cuanto comenzó la película y empezaron a saltar cosas por los aires a diestro y siniestro, la atención de Bridget se desvió... hacia el hombre sentado a su lado.

Chad estaba viendo la película. Al menos, eso le pareció a ella. En medio de la penumbra de la sala de cine, su perfil se recortaba con claridad, como si fuera una obra de arte. No era de extrañar que lo hubieran elegido el hombre más sexi del mundo.

Bridget notó que se le tensaban los músculos del vientre mientras le recorría los pómulos y los labios con la mirada. Tenía los hombros muy anchos y...

—Me estás mirando —dijo Chad con voz ronca.

—No es verdad. —Bridget se metió una palomita en la boca—. Son imaginaciones tuyas.

Él la miró de reojo.

—Mientes muy mal.

—Tú tampoco estás viendo la película —señaló ella, y luego cogió un puñado de palomitas.

Chad curvó una comisura de los labios hacia arriba mientras se inclinaba hacia ella, hasta que sus brazos se tocaron. Bajó la cabeza hacia la oreja de Bridget y le colocó el cubo de palomitas en el regazo.

—Bueno, hay algo mucho más interesante.

Bridget se giró hacia él y soltó una exclamación ahogada cuando le rozó la barbilla con los labios. Ninguno de los dos se movió durante unos segundos y, luego, los labios de Chad se posaron sobre los de ella. Sin previo aviso. Fue un beso largo y apasionado.

—Sabes a mantequilla —gimió Chad contra sus labios, y ella se sonrojó—. Qué rico.

Bridget le apoyó una mano en el pecho, aunque no estaba segura de si pretendía apartarlo o atraerlo hacia ella, pero, entonces, él la besó de nuevo. Su cuerpo, todo su ser, quedó cautivado por la forma en la que Chad saboreó sus labios y la agarró por el hombro con la mano, apretando y aflojando los dedos, como si quisiera desplazarlos hacia otro sitio, pero no lo hizo. Y, maldita sea, Bridget quiso arquear la espalda y mostrarle dónde quería que la tocara exactamente.

Eso era una locura.

Cuando Chad se apartó, escrutó el rostro de Bridget con la mirada en busca de algo.

—No deberíamos hacer esta clase de cosas —susurró Bridget, aturdida—. No hay nadie mirando…

Él la miró a los ojos y contestó:

—Ya lo sé, pero quería hacerlo, y suelo hacer lo que quiero. —Entonces, se giró de nuevo hacia la pantalla, sonriendo, y vio que alguien perseguía a otra persona—. Esta película es muy buena.

—Sí —convino ella con la voz entrecortada—. Es muy buena.

Pero ¿qué pasaría cuando terminara la película...? Bridget se estremeció mientras volvía a poner en duda su autocontrol por enésima vez esa noche.

Capítulo catorce

Se suponía que el sábado por la noche tendrían una especie de fiesta de pijamas. Aunque Chad nunca había participado en una fiesta de pijamas en toda su vida, básicamente porque, la última vez que había comprobado lo que tenía dentro de los pantalones, era un tío. Pero así era como lo había descrito la señorita Gore.

Cenaron tarde en Tony's and Tony's, un restaurante de estilo italiano que Bridget estaba convencida de que era propiedad de la mafia. Eso hizo que Chad soltara una carcajada antes de acusarla de dejarse influir por su sangre irlandesa.

La cena había estado bien. Después de un rato, Bridget se relajó y parecía que llevaba un poco mejor ser el centro de atención; sin embargo, cada vez que alguien se acercaba a su mesa, se quedaba muy callada o bajaba la barbilla para que el pelo le ocultara la cara.

Chad no entendía por qué hacía eso. Bridget era un auténtico bombón. Los hombres se la habían comido con la mirada cuando entraron en el restaurante. Uno la miró como si fuera un filete de primera calidad, algo que a Chad no le había hecho ni pizca de gracia.

Lo cual era muy extraño, pensó mientras pagaba la cuenta, ya que, normalmente, le importaba una mierda que otros tíos miraran a las mujeres con las que salía.

—Gracias —dijo mientras le entregaba la cuenta firmada al camarero—. ¿Estás lista?

Bridget cogió su bolso y se puso de pie. Joder, a Chad no le gustaba demasiado el jersey de cuello alto que llevaba, pero le encantaba cómo la falda le ceñía las piernas. Y aquellos sexis zapatos de tacón de punta abierta también estaban muy bien.

Iban a regresar al piso de Chad.

Ella pasaría la noche allí.

Iba a ser una noche muy pero que muy larga.

—¿Crees que habrá gente esperando fuera? —le preguntó Bridget mientras se dirigían a la puerta principal.

—Pues...

Chad se estiró para mirar qué había al otro lado de una estúpida pared de color bronce. Fuera estaba cayendo una ligera nevada que cubría el pavimento. Había dos hombres esperando en la acera, arrebujados en sus chaquetas, cigarrillo en mano y con una cámara colgada del cuello. Hablando de chaquetas...

Miró a Bridget y frunció el ceño.

—¿Dónde está tu chaqueta?

Ella se encogió de hombros.

—No me gustan.

—Está nevando fuera.

—¿En serio? —Bridget abrió mucho los ojos mientras estiraba el cuello. Se le iluminó la cara de alegría—. ¡Es verdad! Me encanta la nieve.

«Pero, por lo visto, no la Navidad», pensó Chad.

—Deberías llevar chaqueta.

—Tú tampoco llevas —señaló Bridget mientras la guiaba alrededor de la pared de color bronce y pasaban junto a un grupo de hombres de negocios que parecían estar a punto de abalanzarse sobre él.

—Porque soy un tío.

Ella resopló a modo de respuesta y eso lo hizo sonreír. Fuera, Chad la rodeó con un brazo y la apretó contra él mientras el aparcacoches traía el *jeep*. Por supuesto, solo lo había hecho porque estaba nevando, Bridget debía tener frío y los paparazis les estaban sacando fotos. No había ningún otro motivo. Excusas, excusas.

—¡Eh, Chad! —lo llamó uno de los fotógrafos.

Chad giró la cintura y reconoció al joven que solía cubrir los partidos.

—¿Qué tal, Morgan? Estás un poco lejos del estadio, ¿no?

Morgan sonrió mientras se acercaba con tranquilidad. Posó la mirada en Bridget un instante y volvió a mirar a Chad enseguida, pero no lo bastante rápido para que él no se diera cuenta.

—Esta noche no hay partido, así que me han enviado a acosarte.

—Seguro que eso te alegró el día, ¿verdad?

Chad prácticamente pudo notar cómo Bridget ponía los ojos en blanco.

—Eres una noticia importante. —Morgan miró de nuevo a Bridget. La nieve le salpicaba el pelo y las mejillas como si fuera un velo transparente. El joven le tendió una mano—. Soy Morgan, el fotógrafo favorito de Chad.

Ella sonrió y le estrechó la mano.

—No sabía que tuviera uno favorito.

—Es que le da vergüenza hablar de la gente a la que le tiene afecto, sobre todo cuando se trata de ti. Todo el mundo está deseando saber cómo te llamas.

Bridget miró a Chad y luego respiró hondo.

—Bridget Rodgers. Es un placer conocer al acosador favorito de Chad.

Morgan se rio y, por la expresión entusiasmada del paparazi, Chad supo que estaba memorizando ese nombre. Por suerte, antes de que pudiera hacerles más preguntas, el aparcacoches apareció y Chad ayudó a Bridget a subir al *jeep*. Luego encendió la calefacción al máximo mientras ella se pasaba las manos por el pelo y se lo apartaba de la cara para quitarse de encima los diminutos copos de nieve. Ese movimiento le hizo arquear la espalda y empujar el pecho hacia delante. La parte delantera del jersey se le tensó. Por suerte, Chad todavía no estaba conduciendo, porque se sintió como un adolescente de dieciséis años y...

—Ahora ya no hay vuelta atrás, ¿verdad? —dijo Bridget mientras bajaba los brazos y lo miraba.

Chad se obligó a mirarla a la cara. No, ya no había vuelta atrás.

—Ahora que saben cómo me llamo —añadió ella mientras enarcaba las cejas—. Ya no hay vuelta atrás.

Ah, claro. Bridget no se refería a ellos, al hecho de que fueran a ir a su piso. Chad negó con la cabeza.

—No, probablemente ya no haya vuelta atrás.

Bridget se giró en el asiento cuando él se incorporó al tráfico. Después de una manzana, volvió a mirar al frente con el ceño fruncido y le preguntó:

—¿Nos están siguiendo?

Chad echó un vistazo por el retrovisor. Un todoterreno negro que antes estaba aparcado junto a la acera delante de Tony's and Tony's iba justo detrás de ellos.

—No es Morgan. Probablemente sea el otro tío que estaba ahí fuera con él.

—Caray, está claro que la señorita Gore sabe lo que hace.

Ese era el motivo por el que Bridget iba a pasar la noche en su piso, y debía hacer lo mismo los siguientes tres fines de semana, como mínimo.

—Si consiguen sacarte fotos entrando en mi edificio y luego marchándote por la mañana, eso sería ideal.

Bridget frunció sus labios carnosos y formó una mueca de desagrado.

—¿Esto no te molesta?

—¿Hum?

—¿No te molesta que te sigan a todas partes? ¿Que sepan cuándo se queda alguien a dormir en tu piso y esas cosas? —le explicó—. Tienes todo un ejército de acosadores.

—No estoy seguro. ¿Ya has entrado en calor? —Cuando ella hizo un gesto afirmativo con la cabeza, Chad bajó la calefacción—. La verdad es que no suelo pensar en ello.

Bridget pareció meditarlo.

—¿Porque estás acostumbrado?

Chad asintió.

—Supongo que se podría decir que sí.

—Bueno, llevas jugando al béisbol desde que tenías veinte años, ¿verdad? Eso significa que has vivido así diez años, así que supongo que es normal que te hayas acostumbrado. —Mientras ella se quedaba callada un momento, a Chad le sorprendió que supiera cuándo había empezado a jugar al béisbol. Debía ser cosa de Maddie—. Aun así, me parece una absoluta violación de tu intimidad.

—Pero forma parte de mi trabajo.

Bridget no respondió, y se hizo un silencio cordial entre ellos que se prolongó hasta que Chad entró en el aparcamiento. Entonces, fueron hasta el coche de Bridget para recoger la maleta con sus cosas para pasar la noche. Por supuesto, era del tamaño de una furgoneta pequeña y estaba decorada con un caleidoscopio de colores.

—Pásame la maleta —le dijo Chad mientras le tendía una mano.

—¿Por qué?

Él sonrió.

—Intentaba comportarme como un caballero y pretendía llevártela.

—No hay cámaras por aquí —contestó ella. Entonces, bajó la voz y le preguntó—: ¿O sí? Dios mío, ¿hay paparazis dentro del edificio?

—Dame la dichosa maleta. —Cuando se la entregó, Chad condujo a Bridget hacia la puerta—. No hay nadie dentro. El personal de seguridad no les permitiría entrar en el aparcamiento ni cruzar las puertas de la planta baja.

Bridget entró detrás de él en el edificio y lo siguió por el pasillo vacío. En cuanto entraron en el cálido piso, Chad dejó caer las llaves sobre la encimera, luego se sacó el móvil del bolsillo y también lo dejó ahí.

—¿Qué habitación de invitados prefieres? Hay una aquí abajo, pero el baño está en el pasillo. Las dos de arriba tienen su propio...

—Sí, me acuerdo —lo interrumpió, y miró hacia la escalera—. Me quedaré en la de abajo.

—Como quieras.

Chad llevó la maleta hacia la puerta situada debajo de la escalera y la abrió empujándola con la cadera. La habitación estaba prácticamente vacía. Solo había una mesita de noche, una cama con dos almohadas y una colcha fina y un pequeño televisor anclado a la pared.

—Me gustan las paredes —comentó Bridget cuando entró detrás de él.

Chad sonrió para sí. Esa era la única nota de color: paredes rojas.

—Te traeré una manta más gruesa. Bajo la calefacción por la noche —añadió a modo de explicación. Dejó la maleta sobre la cama y luego se metió las manos en los bolsillos de los vaqueros—. También puedes alquilar cualquier película que quieras.

Bridget miró a su alrededor y luego clavó la mirada en el suelo de madera.

—¿Esto es lo que sueles hacer cuando traes a mujeres a tu piso?

Por supuesto que no. Normalmente, las llevaba directamente a una de las habitaciones de invitados (nunca a la suya), y otras veces ni siquiera llegaban tan lejos. Bridget había sido la primera mujer a la que había llevado a su dormitorio, pero no se había dado cuenta de ello hasta ese momento.

—No, Bridget, esto no es lo que suelo hacer. Seguro que te acuerdas de lo que hago normalmente.

Ella soltó una suave carcajada ronca que hizo que a Chad se le contrajeran los músculos del vientre.

—Esto es muy incómodo —comentó Bridget.

Chad la observó un momento, admirando el tono rojo oscuro de su pelo, la delicada curva de sus pómulos y la voluptuosa turgencia de sus pechos. Se obligó a apartar la mirada antes de tumbarla en el suelo y hundirse tan hondo dentro de ella que ya no pudiera distinguir dónde acababa él y dónde empezaba ella.

—¿Te apetece una copa?

—Sí, eso estaría genial.

Cuando regresaron a la cocina, Chad abrió el armario donde guardaba las bebidas.

—¿Qué te apetece?

Bridget echó un vistazo por encima del hombro de Chad.

—Será mejor que me limite a beber vino. Algo dulce, si tienes.

Chad encontró una botella de champán que le había regalado Maddie, pero que no había abierto nunca. Mientras servía una copa de champán para Bridget y un poco de *whisky* para él, la vio deambular por la cocina y, cuando le entregó la copa, se dirigió a la sala de estar.

Antes de acompañarla, Chad se quedó unos minutos a solas en la cocina. Cerró los ojos y soltó una palabrota entre dientes. Llevaba toda la noche reprimiendo el impulso de apretar su boca y su cuerpo contra los de Bridget. Entonces fue a la sala de estar y echó un vistazo por la ventana.

—Tenemos compañía —anunció con una sonrisa irónica.

Cuando ella se situó a su lado, Chad percibió su aroma a jazmín.

—¿Es el todoterreno que nos estaba siguiendo?

—Sí.

—¿Y ese tío se quedará ahí sentado toda la noche?

—Sí.

Bridget se alejó de la ventana y entornó los ojos mientras tomaba un sorbo de champán.

—Has pasado por esto muchas veces, ¿verdad? Con las otras mujeres con las que..., bueno, con las que no fingías salir.

Chad se apartó de la ventana.

—No pretendo sonar repetitivo, pero sí.

Ella se sentó en el sofá de cuero, se quitó los zapatos de tacón y dobló las piernas debajo del cuerpo. Chad notó una sensación extraña en el pecho y pensó que, aunque fuera descabellado, le gustaba verla sentada en su sofá. Joder, eso no tenía ningún sentido.

Tras un momento de silencio, Bridget le preguntó:

—¿De verdad crees que esto funcionará?

Chad se acercó a ella y se sentó en el diván de enfrente.

—No lo sé. —Se encogió de hombros y tomó un trago de *whisky*—. La señorita Gore parece saber lo que hace. Hace varios días que mi mánager no me llama hecho una furia.

Ella esbozó una leve sonrisa.

—Pero ¿y qué pasará después? ¿De verdad vas a...?

—¿Cambiar de hábitos? —sugirió él, y luego se rio—. Sí, tendré que dejar un poco de lado las fiestas.

Bridget lo observó con sus expresivos ojos verdes.

—¿Y las mujeres?

—No ha habido tantas mujeres como la gente cree.

—Ajá —murmuró ella—. ¿Puedo hacerte una pregunta?

Chad se inclinó hacia delante y asintió con la cabeza.

—Claro.

—Si sabes que los fotógrafos te siguen a todas partes y la gente te saca fotos constantemente cuando sales por ahí, ¿por qué te comportas así? Seguro que eres consciente de que esas cosas acabarán apareciendo en la prensa.

Chad sostuvo el vaso por la parte superior con las puntas de los dedos.

—¿Y debería vivir mi vida de forma diferente por ello? ¿Eso sería justo?

—No, no tendrías que vivir tu vida de forma diferente. —La lengua rosada de Bridget se asomó y le humedeció los labios, lo que hizo que el cuerpo de Chad se tensara—. Pero ¿necesitas hacerlo con tres mujeres a la vez?

Estaba tan absorto mirándole los labios que no asimiló sus palabras de inmediato.

—No me acosté con tres mujeres a la vez. Bueno, vale. No lo he hecho últimamente.

La duda se reflejó en los ojos de Bridget.

—Vale.

—Lo digo en serio. —Chad enderezó la espalda—. No hice nada con esas mujeres aparte de tomar la estúpida decisión de tumbarme en una cama con ellas. No nos quitamos la ropa. No hubo besos ni caricias. Solo estuve en esa cama unos treinta segundos, el tiempo suficiente para que alguien sacara una foto.

Bridget lo miró fijamente tanto rato que Chad empezó a preguntarse si se habría quedado muda y luego bajó los ojos hasta su copa.

—¿Y qué hay de la modelo con la que te fotografiaron?

Lo habían fotografiado con muchas modelos a lo largo de los años.

—Stella —añadió para darle una pista—. ¿Qué pasa con ella?

—¿Stella? —Chad soltó una carcajada—. Hicimos algunas cosas juntos hace mucho tiempo, pero ahora solo somos amigos. Cuando viene a la ciudad, quedamos en un bar o con amigos. A veces se queda aquí, en una de las habitaciones de invitados.

Bridget tenía las mejillas un poco sonrojadas cuando dejó la copa vacía sobre la mesita auxiliar.

—¿Cuánto tiempo es «hace mucho tiempo» en tu mundo?

Chad se planteó no responder, pues de pronto no estaba seguro de si su definición de «hace mucho tiempo» sería tiempo suficiente para lo que fuera que Bridget estuviera pensando.

—Casi un año. Stella te caería bien. Las dos tenéis los mismos gustos en cuestión de moda.

Bridget enarcó las cejas de una forma que indicaba que lo ponía en duda.

—¿Otra copa? —Cuando ella asintió con la cabeza, Chad hizo de camarero y luego volvió a sentarse en el diván—. ¿Quieres hacerme alguna otra pregunta?

—Pues sí —dijo ella con una sexi sonrisa de complicidad en los labios.

Chad se rio entre dientes.

—Vale. Pero, cada vez que me hagas una pregunta, yo podré hacerte otra a ti.

Tras tomar un sorbo de champán, Bridget se recostó contra los mullidos cojines y enarcó una ceja.

—Vale. Trato hecho.

Chad agitó los cubitos de hielo de su vaso de *whisky* y adoptó la misma expresión que ella.

—Adelante.

—¿Cuándo fue la última vez que te acostaste con alguien?

Él dejó escapar una breve carcajada.

—Caray. No te andas por las ramas, ¿eh? —Le gustó ver cómo se ponía colorada—. Vale. Han pasado varios meses.

Bridget soltó una risita burlona.

—Ya, claro.

Chad se inclinó hacia delante con el ceño fruncido y le dio unos golpecitos en la rodilla con un dedo.

—Es la verdad.

—¿En serio? —Bridget se rio—. ¿No te has acostado con nadie desde hace unos meses?

—Pues no. Hace casi tres meses y medio, para ser exactos.

—Todo un récord. —La amplia sonrisa se le borró de los labios cuando él siguió mirándola fijamente—. Mierda. ¿Lo dices en serio?

Chad tomó otro trago y asintió con la cabeza.

—Completamente en serio.

—Bueno, tres meses no es mucho tiempo, pero es algo impresionante tratándose de ti.

—Vaya, gracias —contestó Chad, aunque no se ofendió. Le gustaba el sexo. Mucho. Y solía practicarlo. Mucho. Siempre tenía cuidado, usaba protección y seguía la regla de, «si estás demasiado borracho para caminar, estás demasiado borracho para follar» que se aplicaba a todos los participantes—. ¿Y qué hay de ti? ¿Cuánto tiempo hace que no te acuestas con nadie?

Bridget lo observó a través de sus densas pestañas.

—Más de tres meses.

—¿Cuánto tiempo?

Joder, necesitaba saberlo con desesperación.

Ella no contestó de inmediato, sino que tomó otro sorbo de champán.

—Hace casi dos años.

Chad procuró mantener el rostro inexpresivo.

—¿Dos años...?

—Venga. —Bridget agitó una mano—. Haz alguna broma.

—No pensaba hacer ninguna broma —contestó mientras volvía a posar la mirada en sus labios—. ¿Estamos hablando de ningún tipo de contacto sexual durante dos años o solo de sexo?

Bridget desdobló las piernas y su rodilla rozó la de Chad.

—Me toca preguntar a mí. ¿Te arrepientes de haber dejado la universidad por el béisbol?

De nuevo, le sorprendió un poco que supiera tantas cosas de él, pero, teniendo en cuenta lo mucho que le gustaba hablar a Maddie, no debería extrañarlo.

—Sí y no. Si algún día me lesiono el brazo, estaría bien tener otra profesión a la que dedicarme; pero, si se diera el caso, sé que podría trabajar con uno de mis hermanos.

—¿Con cuál?

Chad chasqueó la lengua y le dio un golpecito en la rodilla con la suya.

—Me toca. ¿Estamos hablando de ningún tipo de contacto sexual o solo de sexo?

Ella puso los ojos en blanco.

—Nada hasta la noche en que me fui contigo.

Ah, sí, a Chad le gustó mucho oír eso.

—¿Y después?

211

—Contesta a mi pregunta —dijo Bridget mientras dejaba a un lado la copa medio llena.

Chad sonrió.

—Probablemente trabajaría con Chandler. Su trabajo no es demasiado convencional, pero al menos sería interesante.

Bridget se mordió el labio.

—Puedo imaginarte haciendo eso..., lo de ser guardaespaldas. Y no.

—¿A qué te refieres con ese «no»?

—Nada antes ni después de ti —contestó con las mejillas sonrojadas—. ¿Ya estás contento?

Chad la miró a los ojos.

—Sí. Muy contento.

Capítulo quince

Bridget no apartó la mirada ni soltó una risita, y tampoco bajó las pestañas ni se comportó con coquetería. Se miraron fijamente a los ojos y, entonces, Chad vio lo mismo que había visto aquella noche en el club y en su dormitorio: pasión, necesidad, deseo... Su propia excitación se multiplicó un millón de veces. Atrapado dentro de los vaqueros, el pene se le hinchó de forma casi dolorosa.

Santo cielo, estaba deseando ponerse de rodillas y rendirle homenaje a Bridget.

Ella inhaló bruscamente e interrumpió el contacto visual por fin. Entonces, cogió la copa y se bebió casi todo el contenido de golpe..., lo cual fue bastante sexi.

—Bueno... —Carraspeó y luego añadió—: Madison nunca me ha dicho qué estudiaste en la universidad.

—Gestión deportiva —contestó Chad con voz ronca—. ¿Y tú?

—Historia —respondió ella con una leve sonrisa.

—¿Eres una friki de la historia?

—Y que lo digas.

Siguieron así un rato, haciéndose una pregunta tras otra. En cierto momento, Chad se sentó a su lado y pegó una pierna a la de ella. Pasaron las horas y tomaron otra ronda de bebida. Chad se enteró de que había querido ser antropóloga, pero que al final había decidido no seguir ese camino. Bridget no le dio más detalles y, cuando él le contó que sus padres nunca habían visto ninguno de sus partidos, ella no insistió en ese tema. Bridget le habló de la gala y él le explicó cómo era vivir viajando constantemente durante la temporada deportiva. De vez en cuando, sus miradas se encontraban y un anhelo tácito cobraba vida.

Bridget lo deseaba... Chad estaba seguro de ello. Tal vez, incluso, tanto como él la deseaba a ella. Tenía el cuerpo muy tenso y el pene le palpitaba cada vez que ella se movía en el sofá y sus cuerpos se rozaban.

Sin embargo, cuando fue casi la una de la madrugada y Bridget se puso de pie para irse a la cama, no se lo impidió. Joder, en realidad, se quedó ahí de pie y le dio las buenas noches.

Bridget se detuvo bajo la escalera mientras la suave luz hacía que su pelo de color castaño rojizo pareciera más oscuro.

—Buenas noches, Chad.

Él asintió con la cabeza y luego se obligó a poner un pie delante del otro y a dirigirse en dirección opuesta adonde su cuerpo ansiaba ir. Cuando entró en su dormitorio, cerró la puerta, se apoyó contra ella y apretó la frente contra la madera fría.

—Mierda.

Esa iba a ser la noche más larga de su vida. Sobre todo teniendo en cuenta que el autocontrol no era algo que acostumbrara a practicar.

Bridget se planteó desnudarse. El pantalón de pijama y la camiseta de tirantes le molestaban contra la piel hipersensible. Era demasiado mayor y demasiado realista para echarle la culpa al champán del sonrojo de su piel o del intenso brillo que vio en sus ojos al mirarse en el espejo del baño situado fuera de la habitación de invitados.

Se debía, completa y únicamente, a Chad.

Nunca se había excitado tanto con su ex. Nunca había estado tan lista para el sexo, tanto para sentir cada vez que se movía y la ropa le rozaba la piel ganas de gritar.

Maldita sea, la única persona que había conseguido que le ardiera el cuerpo sin tocarla siquiera había sido Chad. No estaba segura de poder seguir adelante con eso, de poder pasar ahí la noche sabiendo que él estaba a solo unos metros de distancia.

Sacó el cepillo de dientes del neceser con brusquedad, le echó dentífrico encima y se lavó los dientes con más vigor del necesario. Cuando terminó, cerró el grifo y aferró el cepillo con fuerza mientras observaba su reflejo en el espejo.

—Bonito pijama.

Chad apareció en la puerta del baño y la sobresaltó. Los pies descalzos le asomaban por debajo del dobladillo de los vaqueros, que le colgaban tan bajos en las caderas que Bridget se preguntó si llevaría algo debajo. Se había quitado la camiseta y el jersey y sus abdominales duros como una roca estaban a la vista.

Santo cielo...

Parecía que le hubieran hecho unas hendiduras junto a las caderas, y Bridget sintió el impulso de lamer aquellas curvas cinceladas y luego de hacer lo mismo con cada firme ondulación de su vientre. El cuerpo de ese hombre era digno de veneración.

Con el corazón acelerado, volvió a guardar el cepillo de dientes en el neceser. Tras asegurarse de que volvía a respirar con normalidad, se giró por completo hacia él y le dijo:

—Creía que ya te habías acostado.

Él la observó con los ojos entornados.

—No estoy cansado.

Bridget se aferró al borde del lavabo con una mano mientras el pecho le subía y bajaba con rapidez. Chad bajó la vista y sus ojos entrecerrados se volvieron de un profundo tono azul oscuro. Aquella mirada intensa hizo que a Bridget se le endurecieran los pezones y que el suave fuego que llevaba toda la noche bullendo en su interior se propagara de repente por sus venas. Era evidente que estaba excitada. La camiseta de tirantes era muy fina.

El cerebro de Bridget dejó de funcionar y su cuerpo tomó el control. El pulso le latía a toda velocidad y no sintió la necesidad de taparse.

—Yo tampoco estoy cansada.

Chad se abalanzó sobre ella en un instante.

La exclamación de sorpresa de Bridget se interrumpió cuando Chad le rodeó la cintura con un fuerte brazo y la apretó contra él. Con la parte delantera de su cuerpo pegada al de él, no le cupo ninguna duda de que Chad también la deseaba ni tampoco de lo que quería. Al notar la larga y gruesa erección contra el vientre, le temblaron las rodillas. Se aferró a los hombros de Chad, que tenía la piel caliente y firme.

Eso era una locura.

—No deberíamos hacer esto —dijo Bridget.

Una mano le apretó la cadera y la otra le subió por la espalda, y dejó un delicioso rastro de estremecimientos a su paso.

—Probablemente no —admitió él.

Estaba bien saber que opinaban igual, pero Bridget no se apartó, y él tampoco. La mano errante se hundió en su pelo y le rodeó la nuca. Bridget respiraba de forma entrecortada.

—Chad...

Dejó de hablar cuando la mano posada en su cadera descendió y le cubrió las nalgas. Una explosión de calor se propagó por sus entrañas.

Los labios de Chad estaban a milímetros de los de ella, tentadoramente cerca.

—No, no deberíamos hacer esto. —La voz de Chad era un gruñido grave—. Pero ¿vas a decirme que no quieres hacerlo?

Bridget sabía que debía pedirle que se detuviera, pero no fue capaz de pronunciar esas palabras. No conseguía apartar los ojos de su intensa mirada.

—Me lo imaginaba —añadió Chad, y luego bajó la cabeza. Le rozó el labio inferior con los suyos y ella le agarró los hombros con más fuerza—. Deseas esto tanto como yo. —Para enfatizar sus palabras, empujó las caderas hacia delante y ella tuvo que reprimir un gemido—. ¿No es verdad, Bridget?

Sí, claro que sí.

Chad le acarició la boca otra vez, lenta y seductoramente.

—Admítelo.

Chad le apretó las nalgas con la mano y luego la hizo ponerse de puntillas para que su erección le presionara la entrepierna. Bridget cerró los ojos y abrió la boca. Cuando la besó, su lengua se deslizó sobre la de ella y le recorrió el paladar, lo que hizo que Bridget soltara un gemido suave.

—Admítelo —repitió Chad contra sus labios.

Bridget negó con la cabeza.

Él sonrió mientras le apartaba la mano del cuello y la bajaba hasta sus pechos anhelantes. Al principio, se limitó a rozarle apenas la curva del pecho con la mano, lo que le arrancó a Bridget un quejido ahogado. Luego, localizó el pezón con el pulgar y jugó con la dura protuberancia hasta que su propia respiración se volvió tan acelerada como la de ella.

—Quiero oírte decirlo, Bridget. —Le pellizcó el pezón con el pulgar y el índice y ella soltó un grito. Una arrogante sonrisa de satisfacción se dibujó en los labios de Chad—. ¿Bridget?

Ella cerró la boca con fuerza.

Un brillo de desafío iluminó los ojos de Chad. Entonces, le soltó las nalgas, dejó que ella deslizara los pies de nuevo hasta el suelo y le cubrió los pechos con ambas manos. Luego bajó la cabeza, se introdujo un pezón en la boca y lo chupó a través de la fina tela de algodón. Bridget gritó cuando la invadió una oleada de placer.

—Dilo —insistió Chad con tono burlón, y la mordió con suavidad.

Bridget apenas era capaz de pensar con claridad debido a lo que Chad le estaba haciendo. Sus dedos jugaban con un pezón mientras su boca torturaba el otro. Chad la hizo retroceder hasta que chocó contra la puerta de cristal de la ducha. El frío que notó en la espalda y el intenso calor que la cubría por delante hicieron que la cabeza le diera vueltas.

Chad chupó más fuerte mientras le deslizaba una mano por el vientre y la curva de la cadera y luego la desplazaba hacia la parte delantera de su cuerpo. Puso la mano entre los muslos de Bridget y empujó la costura del pijama con los dedos, lo que creó una fricción enloquecedora. Entonces ella balanceó las caderas contra el movimiento de sus dedos y echó la cabeza hacia atrás. Se le humedeció la entrepierna y ya estaba tan cerca de alcanzar el orgasmo que estaba segura de que el corazón le estallaría dentro del pecho. Un estremecimiento le recorrió todo el cuerpo.

Entonces, Chad la soltó, retrocedió un paso y se situó frente a ella con los puños apretados a los costados. Bridget vio entonces su larga erección presionando contra la tela de los vaqueros. Chad la miraba como si estuviera a punto de perder el control.

—Dilo, Bridget, o te juro por Dios...

—Sí —contestó ella, que sintió un travieso entusiasmo.

—¿Sí qué, Bridget?

Su voz ronca la excitó más, y la invadió un calor insoportable.

—Sí, te deseo.

Bridget nunca había visto a nadie moverse tan rápido. Chad la rodeó con los brazos y la besó con labios exigentes y ávidos. Luego hizo que se diera la vuelta y salieron del baño caminando de espaldas, sin que su boca se separara de la de ella ni un instante. Las manos de Chad la tocaron por todas partes: en las caderas, en los pechos, entre los muslos...

No consiguieron llegar al dormitorio.

Cuando la parte posterior de las piernas de Bridget chocó contra el sofá, Chad le deslizó los dedos bajo el dobladillo de la camiseta. Entonces, sin darle tiempo a sentirse cohibida, le subió la prenda y se la sacó.

A un brazo de distancia de él, Bridget se quedó sin aliento al ver cómo se le abultaban y se le tensaban los músculos de los hombros y el pecho.

—Eres preciosa —dijo Chad de una forma que hizo que sonara como una especie de plegaria.

El corazón de Bridget latía como loco mientras permanecía de pie frente a él y dejaba que la mirara cuanto quisiera. Un rubor le bajó por el cuello y continuó descendiendo. Nunca se había encontrado en una situación así, nunca había permitido que un hombre la examinara de ese modo. Se sintió extremadamente vulnerable y, al mismo tiempo, increíblemente poderosa.

Chad dio un paso al frente y, cuando le apoyó una mano en la mejilla, Bridget habría jurado que le temblaba.

—Absolutamente preciosa, joder —repitió, y después la besó con ternura.

—Gracias —susurró ella.

Chad sonrió mientras le colocaba las manos en los hombros y la empujaba con suavidad para que se tumbara de espaldas y luego se arrodilló encima de ella. Entonces, posó los labios sobre la curva de sus pechos. Mientras la chupaba y lamía, le introdujo una mano entre las piernas, hasta llegar al centro. Bridget se apretó contra su mano al mismo tiempo que le deslizaba los dedos por los duros músculos del pecho y el vientre, y más abajo aún.

Él soltó un gruñido de aprobación que la hizo sonreír. Entonces, Chad le bajó el pantalón del pijama y ella levantó las caderas para ayudarlo. Cuando sus miradas se encontraron, Bridget se quedó sin aliento.

Sin ninguna duda, ya no había vuelta atrás, por muy mal que eso estuviera y aunque fuera una locura.

Chad le separó las piernas con un muslo duro y luego le cubrió el sexo con la mano. A continuación, introdujo un dedo dentro de los pliegues húmedos y empezó a moverlo a un ritmo maravilloso, y silenció los suaves gritos de Bridget con su boca.

A diferencia de la última vez, ella decidió que quería tocarlo.

Bridget le bajó los vaqueros por las piernas y notó la erección dura y caliente contra el muslo. Santo cielo, era muy grande..., más de lo que esperaba. Cuando le rodeó la base del pene con la mano, Chad se quedó inmóvil, con el dedo hundido dentro de ella.

—Bridget —dijo entre dientes—. Si me tocas, no podré aguantar mucho. Te deseo demasiado para juegos.

Esas palabras le hicieron arder la sangre y Bridget se derritió por dentro. Quería que Chad perdiera el control, que le demostrara cuánto lo afectaba estar con ella. Deslizó la mano a lo largo del miembro suave y le encantó la forma en la que a Chad se le estremeció todo el cuerpo mientras lo tocaba. Lo hizo otra vez, y él la recompensó introduciéndole otro dedo. Cuando le pasó el pulgar sobre el glande, la lengua de Chad le invadió la boca. Se movieron el uno contra el otro, empujando las caderas. Un estremecimiento recorrió el cuerpo de Chad y se propagó hasta el de ella. Se les tensaron todos los músculos. Los movimientos de Chad se volvieron más rápidos y continuó deslizando los dedos dentro y fuera de Bridget mientras ella le acariciaba el pene palpitante.

Cuando Chad le presionó el núcleo de terminaciones nerviosas, Bridget sintió que el mundo se inclinaba sobre su eje y luego estallaba. Los besos de Chad ahogaron los sonidos de placer que ella dejó escapar mientras se hacía pedazos. El cuerpo de Bridget tembló contra el de él y su mano le apretó el pene con más fuerza. Chad soltó un gemido entrecortado a la vez que empujaba las caderas con fuerza contra la mano de Bridget. Mientras a Bridget las secuelas le recorrían las entrañas y todo su ser, Chad llegó al orgasmo con un rugido, y su cuerpo grande y duro tembló contra el de ella, que era más blando.

Cuando Chad se dejó caer sobre ella, Bridget desplazó la otra mano con vacilación hasta su cabeza inclinada y le pasó los dedos por el pelo. Chad se acurrucó contra ella y ladeó la cabeza. Las oscuras pestañas le enmarcaron los pómulos mientras ella lo acariciaba. Permanecieron así un rato, hasta que Chad abrió los ojos.

—No he acabado contigo. Todavía no. Antes, quiero hundirme dentro de ti.

Ella se estremeció al notar contra el vientre cómo el pene se volvía más duro y grueso. Oh, sí, eso sonaba muy bien. Su cuerpo estaba dispuesto y completamente preparado.

Chad se irguió sobre ella y a Bridget le gustó verse atrapada entre sus brazos musculosos; sin embargo, cuando él le depositó un beso en la frente acalorada y otro en la punta de la nariz, perdió una pequeña parte de sí misma para siempre. Aquel gesto tierno la afectó y tuvo que cerrar los ojos con fuerza para contener el repentino torrente de lágrimas.

Lo que Chad acababa de hacer no tenía nada de sexi. No era sexi en el sentido de dos cuerpos uniéndose con un único objetivo en mente. Ese gesto era algo que hacían los enamorados, y Bridget sintió que el corazón se le henchía tan rápido de emoción que temió decir algo estúpido y espantoso.

Sí, Chad y ella se deseaban. Sí, existía una potente atracción mutua. Sí, él iba a proporcionarle un placer inimaginable. Pero nada de eso cambiaba la realidad de que estaban fingiendo salir juntos. No había sentimientos involucrados. Ni un futuro para ellos. Y el hecho de que Chad podía ser increíblemente encantador cuando se lo proponía solo empeoraba las cosas.

Pero, si se acostaba con él y formaba esa clase de vínculo íntimo, le resultaría mucho más difícil ponerle fin a todo eso y superarlo cuando acabara el mes y no volviera a ver a Chad.

A Bridget ya le habían roto el corazón antes y no quería volver a pasar por esa dolorosa experiencia, y mucho menos con alguien como Chad, de quien no creía que pudiera recuperarse con facilidad.

Por segunda vez, Bridget interrumpió lo que estaba ocurriendo entre ellos. Apoyó las manos en los hombros de Chad y lo empujó. No fue un empujón fuerte, pero él se quedó inmóvil y la miró con unos ojos del color de los océanos más claros y profundos.

—¿Qué pasa?

Bridget inhaló de forma entrecortada.

—Creo... Creo que deberíamos parar aquí.

Los ojos de Chad escrutaron los de Bridget con atención, buscando unas respuestas que no estaba dispuesta a entregar fácilmente.

—Sé que quieres hacer esto —afirmó Chad.

—Sí. —Oh, Dios, claro que quería. Tuvo que recurrir a toda su fuerza de voluntad para no mover el cuerpo—. Pero eso complicaría las cosas, ¿no crees? —Apartó las manos y las situó, cerradas, en el espacio entre ambos—. Y, a finales de diciembre, tú te irás por tu lado y... y yo, por el mío.

Chad se la quedó mirando. Por un momento, Bridget pensó que le diría que no debían negarse lo que ambos querían y, curiosamente, casi deseó que intentara hacerla cambiar de opinión, persuadirla y... *¿y qué?* ¿Luchar por eso? *Eso* no significaba nada.

Chad se apartó de ella y se subió los vaqueros con rapidez.

—Sí, tienes razón. No nos interesa complicar las cosas.

Capítulo dieciséis

A lo largo de las dos semanas siguientes, las cosas fueron según lo previsto. Para la opinión pública y los Nationals, su relación con Bridget era un floreciente romance de proporciones épicas. Incluso la señorita Gore estaba empezando a pensar que había surgido algo real entre ellos.

—¿Vas a llevarla a comprar un vestido para la fiesta de Navidad? —le preguntó su publicista, que lo observaba por encima del borde de las gafas.

Chad aumentó la velocidad de la cinta de correr con la esperanza de silenciar la voz de la señorita Gore y también su propia voz interior, que era increíblemente irritante. Habían cumplido con las tres citas estipuladas entre semana y Bridget se había quedado a dormir en su piso el fin de semana, pero, desde aquella noche en el sofá, había tensión entre ellos. No se trataba de que no se llevaran bien, porque no era así. Se llevaban «divinamente» bien, como lo había definido la señorita Gore. El día anterior había llevado a Bridget a la sede del equipo y le había enseñado a sujetar la pelota para lanzar una bola curva, una con cambio de velocidad y una rápida. A Chad le hizo mucha gracia lo increíblemente mal que se le había dado colocar los dedos.

Luego, habían almorzado con Tony por el camino, en Hooters.

A Tony le caía bien Bridget, más de lo que a Chad le habría gustado, lo cual era una estupidez, porque bien sabía Dios que no querían «complicar» las cosas.

Pero, joder, las cosas ya se habían complicado.

Por no mencionar el hecho de que se masturbaba tanto como si estuviera otra vez en el puñetero instituto. Tenía treinta años, era un deportista profesional y nadaba en dinero, pero se hacía pajas todos los días en lugar de desfogarse con una mujer. A eso se había reducido su vida.

Y lo más retorcido de toda aquella mierda era que, si quisiera, podría echar un polvo. Sabía ser discreto cuando le apetecía, pero no lo había hecho. Solo deseaba a aquella fiera pelirroja.

Bridget monopolizaba sus pensamientos cuando estaban juntos y también cuando estaban separados. Chad llevaba dos semanas en un estado de excitación constante, y lo que había ocurrido entre ellos solo había conseguido avivarlo.

—¡Chad! —le espetó la señorita Gore.

Entonces, la publicista se inclinó sobre el lateral de la máquina y presionó el botón de parada de emergencia. Chad consiguió evitar en el último momento estamparse contra la cinta de correr.

—¡Dios mío!

—No precisamente. —La señorita Gore se cruzó de brazos—. ¿Has escuchado algo de lo que te he dicho?

—Sí. —Cogió la toalla que colgaba de la parte delantera de la máquina y se bajó de la cinta de correr mientras se secaba el sudor—. Voy a llevarla de compras esta tarde, antes de cenar. Iremos a una de esas puñeteras tiendas que elegiste y que me costará el sueldo de un mes.

La señorita Gore asintió con la cabeza en señal de aprobación.

—A Bridget le gustará esa tienda.

—¿Cómo sabes lo que le gusta?

Se quitó la camiseta y la lanzó al cesto de la ropa sucia. A la señorita Gore no la afectó en absoluto verlo semidesnudo.

—Me cae bien, ¿sabes? —comentó su publicista mientras lo seguía hasta la cocina.

Chad cogió una botella de agua y miró a la señorita Gore con una ceja enarcada.

—A tus amigos también parece caerles bien. Igual que a ti.

Se bebió media botella de agua de golpe.

—¿Qué insinúas?

La señorita Gore encogió sus hombros delgados.

—Lo único que digo es que sois muy convincentes.

«Pues vale», pensó Chad. Y lo repitió en voz alta.

—En fin, la buena noticia es que los Nationals están encantados contigo. —Una sonrisa de orgullo le tiró de las comisuras de los labios y, durante un momento, casi pareció humana—. La fiesta de Navidad del equipo debería ser la guinda del pastel. Eso debería alegrarte. Solo queda poco más de una semana.

Eso no lo alegró.

—Por supuesto, no te librarás de mí tan fácilmente.

Por supuesto que no.

—Seguiré por aquí para asegurarme de que mantienes tu buena imagen. Si jugamos bien nuestras cartas, conseguiremos que la opinión pública se ponga de tu lado cuando rompas con la señorita Rodgers.

Chad entornó los ojos.

—Vaya, ¿así que vamos a convertirla en la mala?

—Mejor eso que no que te consideren a ti el malo, ¿no? —La señorita Gore frunció el ceño—. ¿Qué pasa? ¿Eso te molesta?

Chad no contestó, porque, sinceramente, ¿qué opinión tenía esa mujer de él si pensaba que eso le parecería bien? Nada de lo que le dijera podría convencerlo para permitir que Bridget cargara con la culpa. Con o sin contrato.

La señorita Gore se marchó un rato después y en la puerta se topó con Chandler. Ambos se quedaron completamente inmóviles en el recibidor. Ninguno estaba dispuesto a apartarse del camino del otro. Chad comprendió que debían ser las dos personas más obstinadas del mundo y dejó que se las arreglaran solos para entrar y salir del piso a la vez.

Como la señorita Gore había previsto, a Bridget le encantó la tienda The Little Boutique, en la avenida 27. Mientras iba flotando de un perchero lleno de relucientes vestidos a otro, él se sentó en una silla que le recordó a un trono: un trono rosado que la abuela de alguien había decorado con pedrería.

Observó a Bridget con los ojos entornados mientras revisaba primero los complementos. La vio fijarse en un collar de plata del que colgaba una esmeralda que parecía auténtica. Cuando deslizó los dedos por el collar varias veces, a Chad se le ocurrió que la gema haría juego con sus ojos...

¿En qué rayos estaba pensando? ¿Un collar que haría juego con sus ojos? Por el amor de Dios, esa era la clase de cosas que diría Chase.

Bridget pasó por fin a los vestidos y se dirigió directamente hacia uno de color verde oscuro que probablemente le ceñiría las curvas a la perfección. Chad esperó que eligiera ese. Bajó la mirada hasta su bonito culo redondeado, pero se obligó a apartar la vista antes de que las cosas se pusieran muy incómodas.

En el mostrador, dos empleadas soltaban risitas tontas y cuchicheaban entre ellas mientras lo miraban fijamente.

Chad respiró hondo y, sin dejar de observar a Bridget, se recostó más en su trono rosado y abrió mucho los muslos para ponerse más cómodo. La vio coger la etiqueta con el precio y fruncir el ceño. Entonces, dejó el vestido en su sitio.

—¿Bridget?

Ella lo miró por encima del hombro. Llevaba el pelo recogido en una coleta alta y un pañuelo de seda de intensos tonos rojos y morados anudado de forma intrincada alrededor del cuello.

—¿Sí?

—Me gusta ese vestido —dijo, y señaló con un gesto de la cabeza el vestido verde que un momento antes ella había tenido en las manos.

Bridget se acercó a él mientras se enderezaba los bordes del pañuelo.

—A mí también.

—Pues pruébatelo.

Cuando ella se mordió el carnoso labio inferior, Chad se puso celoso. Él también quería mordisquearlo... y lamerlo.

—Es demasiado caro.

Chad se sacó del bolsillo de los vaqueros una piruleta que había cogido del mostrador al entrar.

—¿Cuánto cuesta?

—No quieres saberlo.

Le quitó el envoltorio a la piruleta y se la metió en la boca.

—¿Cuánto?

—Demasiado.

—¿Cuánto, Bridget?

Ella suspiró y entornó los ojos.

—Casi mil quinientos.

Chad ni siquiera pestañeó.

—Pruébatelo.

—Pero...

—Pruébatelo. —Cuando ella no cedió, Chad enarcó una ceja—. O me lo probaré yo.

La expresión seria de Bridget se desvaneció cuando soltó una risita.

—¿Se supone que eso debería convencerme? Me encantaría verte con ese vestido.

Chad hizo girar la piruleta dentro de su boca y miró a Bridget con los ojos entornados.

—Me lo probaré aquí mismo, delante de esas dos simpáticas señoritas de ahí. Ya sabes, junto al mostrador y... el *escaparate*.

—Venga, hazlo —contestó. Sin embargo, cuando él enarcó ambas cejas, Bridget puso los ojos en blanco y soltó un suspiro de fastidio—. Vale.

Cuando dio media vuelta, Chad percibió cierta frustración en su forma de andar y se le dibujó una sonrisa. Mordió el caramelo duro mientras ella lo fulminaba con la mirada al pasar a su lado con el vestido en la mano.

Por supuesto, en cuanto oyó el suave chasquido de la puerta del probador, se imaginó a Bridget desnudándose. Lo tentaron imágenes de ella meneando el culo para sacarse los vaqueros y desabrochándose el sujetador, porque el vestido no tenía tirantes.

Cambió de posición en el trono decorado al notar que se le hinchaba el pene.

Bridget ya había interrumpido el tema dos veces antes de que empezara la verdadera diversión. ¿Complicar las cosas? Como si toda esa situación no fuera ya tremendamente complicada, joder. Así que ¿por qué no hacían lo que ambos querían? Porque estaba seguro de que ella lo deseaba.

Mientras permanecía ahí sentado, le vino a la mente una completa gilipollez. Chad pensó en su padre. Aquel hombre siempre había hecho lo que quería y cuando quería. Aunque el comportamiento de su padre no era algo admirable, claro. Es más, su forma de comportarse, como si el mundo fuera un patio de juegos gigante construido solo para él, les había jodido el coco a todos. Ese era el motivo por el que Chase se había mantenido alejado de Maddie tanto tiempo y por el que Chandler era un cabrón terco y controlador.

Y ese era el motivo por el que Chad se comportaba como si... bueno, como si el mundo fuera su propio patio de juegos.

Joder.

Se sentó más recto y pensó que ese era un lugar muy raro para comprender eso. Estaba sentado en un puñetero trono rosado. Y cabría suponer que eso le haría replantearse lo que estaba a punto de hacer, pero no fue así. Estaba cabreado, confundido y cachondo. Y esa no era una buena combinación.

Se puso de pie y les dedicó una sonrisa y un guiño a las mujeres del mostrador.

—Voy a ayudarla con la cremallera del vestido.

Una de ellas soltó una risita y contestó:

—Claro.

Chad recorrió el pasillo con paso decidido, llamó a la puerta y luego la abrió de inmediato. Lo primero que vio fue la curva de una espalda pálida. Bridget tenía una peca justo al lado de la columna.

Sí, Chad iba a conocer muy de cerca esa peca.

Bridget soltó una exclamación ahogada, se dio la vuelta de golpe y se apretó la parte delantera del vestido verde contra los pechos. Abrió mucho los ojos al ver a Chad.

—¿Qué estás haciendo?

—¿Te acuerdas de cuando te dije que iba a portarme bien? Bueno, pues ahora voy a portarme mal.

—¡Chad! —exclamó ella en voz baja—. Estamos en un probador. Hay gente justo al otro lado...

—Me da igual. —Cuando la sujetó por los brazos, no se le pasó por alto la excitación que ardía en sus ojos. Oh, sí, a Bridget también le gustaba portarse mal—. Necesito hacer una cosa.

Bridget abrió la boca, seguro que para hacerle un montón de preguntas, porque aquella mujer era increíblemente curiosa, pero Chad la silenció con su boca. La besó, sin contenerse. La sometió y la obligó a abrir los labios. Justo cuando el cuerpo de Bridget empezó a temblar, Chad se apartó e hizo que se diera la vuelta, de modo que su espalda estuviera contra el pecho de él.

—No deberíamos estar haciendo esto —dijo ella, pero su voz ronca delató cuánto lo deseaba.

Chad le bajó el vestido por las caderas y dejó que se amontonara alrededor de sus tobillos. Luego besó aquella peca y, cuando la lamió, Bridget arqueó la espalda. Chad se enderezó y le subió las manos por los costados. Vio en el espejo cómo se le endurecían los pezones rosados, rogando que los tocara.

¿Por qué negárselo?

Le cubrió los pechos con ambas manos desde atrás, luego inclinó la cabeza y su aliento hizo que los finos mechones de pelo rojizo se agitaran.

—Me gusta el vestido.

Bridget tenía los ojos entrecerrados.

—Ni siquiera me lo has visto puesto.

—Vi lo suficiente para saber que estarás genial cuando te lo quites. —Le frotó los pezones con los dedos, lo que hizo que diera un respingo—. Así que, sí, me gusta el vestido.

—Tenemos que parar, Chad —le dijo, respirando de forma entrecortada—. Esto no...

Bridget le agarró las manos, pero él le atrapó ambas muñecas con facilidad con una sola mano. Las sujetó inmóviles debajo de sus pechos y le depositó un beso en el cuello, donde el pulso le latía con fuerza.

—Esto no... ¿qué? ¿No es lo que quieres? Y una mierda. Sí que lo quieres.

Un estremecimiento recorrió el cuerpo de Bridget y sus pestañas descendieron por completo y le rozaron las mejillas sonrosadas. Chad sonrió contra su cuello expuesto mientras con la mano libre le acariciaba el vientre, disfrutando de la suavidad de su piel. Cuando sus dedos llegaron al borde de las bragas, ella intentó liberar las manos.

—Oh, no, no vas a ir a ningún sitio. —Le besó la zona situada debajo de la oreja y obtuvo un estremecimiento como recompensa—. Vamos a hacer esto aquí y ahora.

En el espejo, vio cómo Bridget se mordía el carnoso labio inferior y supo que la tenía en su poder.

—Abre los ojos —le ordenó—. Quiero que me mires.

Las pestañas de Bridget se alzaron.

—¿Ves lo que estoy haciendo? —Deslizó la mano entre sus muslos abiertos e introdujo los dedos bajo las bragas de satén—. ¿Te gusta?

El deseo ardió dentro de ella e hizo que sus ojos adquirieran un tono verde esmeralda.

—Sí —jadeó Bridget.

Chad le rozó los pliegues húmedos y soltó un gruñido desde el fondo de la garganta. Ya estaba mojada y lista para él.

Para él...

—Pues esto te va a gustar mucho.

Introdujo un dedo dentro de ella, y la respuesta no se hizo esperar.

De inmediato, Bridget empezó a mover las caderas siguiendo el ritmo que él le marcaba, y apretaba las nalgas contra su pene una y otra vez. Chad comprendió que, si no tenía cuidado, le iba a costar mucho salir andando con normalidad de la *boutique*.

Cuando notó que a Bridget le empezaban a temblar los músculos, le soltó las muñecas y le tapó la boca con la mano para silenciar sus gemidos. Sin embargo, ella lo sorprendió al chuparle un dedo y metérselo en la boca mientras se corría. Esa sensación le llegó hasta la punta del pene.

La soltó cuando estuvo seguro de que no se desplomaría y puso cierta distancia entre ambos. Tal vez esa no hubiera sido una de sus mejores ideas. El aroma de Bridget se le había adherido a la piel, todavía la sentía empujando las nalgas contra él y ahora solo podía pensar en hundirse dentro de ella en el suelo. Contra el espejo. Joder, en cualquier parte.

Bridget tenía las mejillas sonrojadas, la mirada vidriosa y la respiración entrecortada.

—¿Y tú? —le preguntó mientras lo miraba fijamente.

Chad esbozó una sonrisa irónica.

—Eso solo complicaría las cosas.

—Chad...

Él se detuvo junto a la puerta.

—¿El vestido te va bien?

—Sí, pero...

—Bien. Nos lo llevamos. —Entonces, abrió la puerta y le dedicó una última mirada. Santo cielo, si seguía mirándola, acabaría poniéndola de rodillas o tumbándola de espaldas—. Sin discusiones.

Bridget tenía un aspecto increíblemente sexi allí de pie, desnuda salvo por las bragas y con la barbilla levantada con gesto obstinado.

Sí, tenía que salir de una puta vez del probador.

Chad salió y cerró la puerta tras él. Lástima que sacarse a Bridget de la cabeza no resultara tan fácil como cerrar una puerta.

Capítulo diecisiete

Bridget apenas se reconocía con el vestido nuevo. El tono verde oscuro hacía resaltar sus ojos, que eran del mismo color, y le sentaba bien a su tez pálida y a su cabello pelirrojo. La tela era gruesa, por lo que disimulaba cualquier bulto antiestético, pero no daba la impresión de que llevara puesta una cortina.

—Estás preciosa —le dijo Shell mientras le colocaba el toque final al recogido de Bridget: un pasador plateado que le sostenía el pelo en alto—. El vestido es fantástico.

Sí, el vestido *era* fantástico.

—No puedo creerme que Chad me lo comprara. Es un despil...

—Como digas que es un despilfarro de dinero, no volveré a hablarte. —Shell le hizo darse la vuelta y la miró fijamente—. Es maravilloso que haya hecho algo así. Es muy romántico. Vas a pasártelo genial relacionándote con jugadores de béisbol y con gente sofisticada.

Bridget tragó saliva, pero tenía la garganta seca. Sentía como si unas mariposas le revolotearan por el estómago intentando encontrar la salida. Aunque ya había conocido a Tony y a algunos de los demás jugadores, la idea de codearse con todos a la vez hizo que le dieran ganas de vomitar.

—¿Chad vendrá a recogerte a mi piso? —le preguntó Shell.

—Sí —contestó Bridget, que asintió con la cabeza—. Está más cerca del suyo y, como ibas a peinarme, tenía sentido.

Shell le dedicó una amplia sonrisa.

—Caramba, qué suerte tienes. Espero que te des cuenta. Chad es todo un partidazo. Estoy celosa.

Bridget sintió una dolorosa punzada en el pecho y se giró de nuevo hacia el espejo, parpadeando con rapidez con la esperanza de no estropearse el rímel. Todo ese asunto casi había terminado. Faltaban tres días para Navidad, y el día siguiente sería el último de trabajo para ella antes de las vacaciones. Luego llegaría Año Nuevo y la gala.

Probablemente, Chad ya no formaría parte de su vida cuando se celebrara la fiesta del Smithsonian.

Según la señorita Gore, los Nationals estaban encantados con la transformación de Chad. Ya no se hablaba de rescindirle el contrato y la publicista estaba convencida de que, después de esa noche, su imagen quedaría totalmente reparada. ¿Y qué le había dicho esa malvada mujer a Bridget la última vez que la había visto?

—Es muy probable que la opinión pública se ponga del lado de Chad cuando rompáis —había anunciado la señorita Gore—. Así que esto funcionará a las mil maravillas.

Dios mío, odiaba a esa mujer con todo su ser.

—¿Bridget? —La voz de Shell interrumpió sus pensamientos—. ¿Estás bien?

Abrió la boca, ansiando confesarle la verdad a su amiga, pero ¿cómo podría hacerlo? Shell ya sabía que tenía problemas por culpa del préstamo de estudios, pero ¿cómo podría contarle a alguien que todo lo que había pasado entre Chad y ella había sido completamente falso?

Menos la pasión... Estaba segura de que eso era real.

Bridget se obligó a sonreír.

—¿No crees que este vestido es exagerado?

Shell soltó una breve carcajada.

—Vale. Está claro que te pasa algo si preguntas si una prenda de ropa es exagerada. En realidad, es bastante soso para ti.

Era cierto. El vestido con corpiño con forma de corazón y adornado con cuentas negras no se parecía en absoluto al estilo llamativo que ella solía lucir.

—Estás genial, Bridget.

—Gracias. —Salió del cuarto de baño y respiró hondo—. Supongo que solo estoy cansada.

Shell asintió con la cabeza.

—Bueno, pues más vale que te animes, porque necesitas divertirte. Lo digo en serio. Lo tuyo con Chad es como una historia de Cenicienta.

Eso hizo reír a Bridget.

—Yo no diría tanto.

—Claro que sí. Es exactamente...

Shell se interrumpió cuando llamaron a la puerta. A continuación, soltó un gritito y se dirigió con rapidez hacia la entrada, donde llegó antes siquiera de que Bridget pudiera parpadear.

Su amiga abrió la puerta de golpe.

—Holaaaaa...

Bridget se asomó por la esquina y se le aceleró el corazón. También se quedó boquiabierta. Puede que incluso babeara un poco.

Chad de esmoquin era..., bueno, era la fantasía de cualquier mujer del planeta.

Sus anchos hombros llenaban la chaqueta de una forma en la que no lo hacían los de la mayoría de los hombres. El esmoquin le sentaba a la perfección: era evidente que lo habían confeccionado a la medida de su cuerpo. Con el pelo hábilmente revuelto y una media sonrisa en los labios, parecía haber salido directamente de una película o... de un cuento de hadas.

Chad le tendió la mano a Shell.

—Encantado de conocerte por fin.

Ella murmuró algo ininteligible, dio media vuelta para articular en silencio las palabras «príncipe azul» y luego volvió a girarse de nuevo hacia él.

—Eres incluso más guapo de cerca. No ocurre eso con la mayoría de la gente, pero, caray, tú das la talla.

Bridget sonrió.

Chad se tomó ese arrebato con humor y se rio.

—Bueno, me alegra oír que «doy la talla».

Cuando pasó junto a ella, Shell le dio un buen repaso con la mirada por la espalda.

—Sí, desde luego que das la talla.

Bueno, ya era suficiente. Si Bridget no intervenía, era probable que Shell empezara a manosear a Chad. Así que salió al pasillo y lo saludó con un gesto breve y torpe de la mano.

Chad dio un ligero traspié, y ella nunca lo había visto tropezar. Él se detuvo de golpe y tragó saliva mientras la recorría con la mirada.

—Estás... absolutamente preciosa.

Bridget notó que se sonrojaba.

—Gracias.

—Los dos estáis muy guapos. —Shell reapareció, móvil en mano—. Quiero una foto.

—Esto no es el baile de graduación, Shell.

Chad soltó una risita mientras le tendía un brazo a Bridget.

—Ven aquí. Saquémonos una foto.

Bridget fulminó a su amiga con la mirada, aunque ella la ignoró por completo, y se situó al lado de Chad. Él le rodeó la cintura con el brazo y luego la acercó más y la apretó contra su cuerpo.

Shell soltó un chillido mientras sostenía el móvil en alto.

—¡Sonreíd!

Después de que Shell les sacara un par de fotos, que les juró que no acabarían en Facebook ni en ningún otro sitio, se despidieron de ella. De camino a la puerta, Bridget cogió un chal negro de encaje y Chad le ayudó a colocárselo sobre los hombros.

—Hace bastante frío fuera —le advirtió él cuando salieron del piso de Shell—. ¿Estás segura de que esto es suficiente? —Cuando ella asintió con la cabeza, Chad esbozó una leve sonrisa—. Ya, es verdad. Odias las chaquetas.

—Es que abultan demasiado.

Como el piso de Shell estaba en la primera planta, Bridget no tardó en descubrir que hacía mucho más frío que cuando había llegado a casa de su amiga.

Al llegar al exterior, unió los extremos del chal y respiró hondo.

—Huele a...

—¿Nieve? —la interrumpió Chad, que le sonrió.

Bridget lo miró y sintió que su corazón daba otro puñetero brinco.

—Sí. Huele a nieve.

—He oído que se prevé que nieve el día de Navidad. No recuerdo la última vez que tuvimos una Navidad blanca.

Ella tampoco. En general, hasta febrero no nevaba demasiado y, si se acumulaban más de un par de centímetros de nieve, toda la ciudad se paralizaba.

Chad le abrió la puerta del *jeep*, pero agarró a Bridget del brazo antes de que subiera. Entonces, se inclinó hacia ella y le rozó la sien con los labios.

—No consigo decidirme.

—¿Sobre qué?

Bridget notó que él curvaba los labios contra su piel.

—No sé si te queda mejor el vestido puesto o amontonado alrededor de los tobillos.

De pronto, ella se acaloró en medio del aire casi gélido. Maldita sea. Había intentado con desesperación olvidarse de aquellos minutos en el probador y ahora él tenía que mencionarlo. Un fuego líquido se propagó por su cuerpo y se avivó cuando él le colocó una mano en la cadera.

—Hum —murmuró Chad—. Creo que lo prefiero tirado en el suelo de mi dormitorio.

Bridget soltó un suspiro entrecortado.

—Eso no lo has visto.

Chad se apartó con una sonrisa arrogante en los labios y contestó:

—Todavía.

Se respiraba el ambiente navideño por todas partes. Cuando entraron en el lujoso hotel donde se celebraba la fiesta, todo ese esplendor cautivó a Bridget. Había guirnaldas enrolladas alrededor de las farolas. De las fachadas de los edificios colgaban cortinas de luces que centelleaban como si fueran cientos de diamantes pulidos. En el parquecito que dividía las calles abarrotadas de coches, un árbol de Navidad decorado relucía con intensidad.

Aunque a Bridget no le gustaba demasiado la Navidad, le encantaba todo lo que brillaba. Durante la mayor parte del año, la ciudad tenía un aspecto aburrido y de tonos apagados, pero, al llegar la Navidad, todo resplandecía.

Y ese hotel resplandecía muchísimo.

El árbol de Navidad del vestíbulo estaba decorado con relucientes tonos dorados y plateados. Era muy brillante y bonito.

—¿Te gusta? —le murmuró Chad al oído a la vez que le colocaba una mano en la parte baja de la espalda.

Ella asintió con la cabeza mientras se detenían delante del enorme árbol.

—Es precioso.

—A mí me gustan los árboles de muchos colores. Ya sabes, los que no siguen ningún patrón en concreto. El árbol de los padres de Maddie es así: unas cuantas luces encima, espumillón de distintos colores y una estrella que *siempre* está torcida.

Bridget sonrió. Había visto a los padres de Madison un par de veces y le habían parecido muy divertidos. No lograba imaginar cómo celebrarían la Navidad en su casa. Probablemente decoraban refugios antiaéreos y hacían todo tipo de locuras. Locuras de las buenas.

—Sabes que siempre paso Nochebuena en su casa, ¿verdad? Es una tradición.

Sí, Bridget ya lo sabía.

—Y este año...

—No voy a ir a casa de Madison en Nochebuena —lo interrumpió, y se apartó de él—. De ninguna manera.

Chad frunció el ceño.

—¿Tienes otros planes?

¿Otros planes? Bridget casi soltó una carcajada. Haría lo mismo que llevaba haciendo los últimos nueve años en Nochebuena.

—Eso da igual. Bueno, ¿dónde está la gran fiesta?

Chad la observó un momento, luego la cogió de la mano y dijo:

—Que empiece el espectáculo.

Bridget no había tenido claro cómo prepararse para esa fiesta, pero comprendió enseguida que nada podría haberla ayudado. En cuanto entraron en el reluciente salón de baile, se vieron rodeados de gente.

Le presentaron a tantas personas que no conseguía recordar sus caras ni sus nombres. Le entregaron una copa de champán y luego otra. Ir del brazo de Chad Gamble era como estar con una estrella del *rock*. Era evidente que todos lo apreciaban o, al menos, lo admiraban; sobre todo, los miembros más jóvenes del equipo, que lo trataban con un respeto reverencial.

Les sacaron muchas fotos, una tras otra, y Bridget sabía que muchas de ellas acabarían en la prensa o en internet en cuestión de horas. Cuando el director del equipo se acercó a ellos y se presentó, Bridget miró a Chad, cuya expresión no cambió en absoluto, aunque se puso un poco tenso.

—¿Qué tal está? —lo saludó Chad mientras le tendía la mano libre.

—Genial. Me alegra verte aquí con una acompañante tan hermosa. —El director estrechó la mano de Chad y luego se giró hacia Bridget. Las arrugas del rostro se le marcaron más cuando sonrió—. Es un placer conocer por fin a la mujer que ha conseguido domesticar a este viejo zorro.

Bridget no pudo evitar sonreír mientras estrechaba la mano del director.

—Yo también estoy encantada de conocerlo. La fiesta es preciosa.

—Y, además, tiene buenos modales. —El director alzó sus cejas blancas como la nieve mientras le daba una palmada a Chad en el hombro—. Eres un hombre con suerte. Espero verla en el estadio en primavera.

Chad contestó, pero Bridget no prestó atención a lo que dijo. Se obligó a seguir sonriendo, aunque notó en el pecho una repentina y odiosa opresión. No iría al estadio en primavera. O, si daba la casualidad de que iba a algún partido (algo poco probable), no sería en el contexto que esperaba el director del equipo.

Apesadumbrada, se excusó y fue en busca del cuarto de baño de mujeres. Por suerte, estaba vacío. Mientras se alisaba algunos cabellos sueltos que le sobresalían alrededor de la cabeza, se ordenó recobrar la compostura. Para empezar, ella no había querido hacer eso, así que debería alegrarse de que casi hubiera terminado.

Pero no se alegraba.

Eso no tenía nada que ver con la glamurosa vida de Chad: las cenas, las fiestas y toda la atención. No, lo que echaría de menos era *a él*.

Cuando regresó al salón de baile, cogió otra copa de champán para armarse de valor y recorrió la deslumbrante sala con la mirada en busca de Chad. Había tantos hombres con esmoquin que parecía un mar de tíos buenos. Shell se sentiría muy decepcionada por no haber conseguido una invitación.

—Perdona —dijo una suave voz femenina.

Al girarse hacia ese sonido, Bridget descubrió que la rodeaba lo que normalmente se encuentra junto a un mar de tíos buenos: su homólogo, una playa de bombones increíblemente sexis.

Bridget enderezó la espalda, pues esperaba una avalancha de comentarios maliciosos y, probablemente, un sermón sobre lo mal que se le daban las relaciones a Chad. A saber si se habría acostado con alguna de aquellas mujeres.

—Tú debes ser Bridget. —Una rubia esbelta le tendió una mano delicada. Llevaba un diminuto vestido negro y parecía una estrella de cine al lado de Bridget—. Hemos oído hablar mucho de ti.

—Pero no por Chad. Él no es de los que van contando esas cosas por ahí —añadió otra mujer.

Ya se la habían presentado antes, y Bridget creía recordar que se llamaba Tori.

—Me encanta tu vestido —comentó otra mujer que llevaba mucho kohl alrededor de los ojos rasgados—. El color es precioso.

Bridget abrió la boca, pero no supo qué responder.

—Me alegro mucho de que Chad haya encontrado a alguien —dijo una belleza de pelo negro azabache—. Necesita una buena mujer.

Bridget se quedó atónita.

Una mujer con la piel de color caramelo dio un paso al frente y le dedicó una amplia sonrisa.

—Lo siento. Es probable que te estés preguntando por qué rayos nos hemos congregado a tu alrededor. Es que nos entusiasmamos cada vez que existe la posibilidad de que superemos en número a los hombres. Me llamo Vanessa. —Le tendió una mano—. Mi marido es el número quince: el campocorto. Drew Berry.

Bridget le estrechó la mano. Había reconocido el nombre de su marido.

—Encantada de conocerte.

Vanessa sonrió de oreja a oreja y le presentó a las demás, pero Bridget no fue capaz de memorizar todos los nombres.

—Deberíamos quedar algún día para tomar un *brunch* o ir a cenar —le propuso Vanessa—. Trabajas, ¿verdad?

Bridget asintió mientras otra mujer decía con una sonrisa:

—¿Chad estará dispuesto a perderte de vista el tiempo suficiente? Porque parece la clase de hombre al que le gusta mantener ocupada a su chica.

Bridget se puso colorada un instante antes de que Chad apareciera detrás de ella y le rodeara la cintura con un brazo.

—¿Todo bien por aquí? —le susurró y, cuando ella hizo un gesto afirmativo, habló más alto, dirigiéndose a aquel grupo de mujeres guapísimas y sorprendentemente simpáticas—. Todas estáis preciosas esta noche.

Vanessa puso los ojos en blanco y contestó:

—Chad, tan encantador como siempre.

—Debería darle algunos consejos a mi marido —añadió Tori, y varias mujeres se rieron—. ¿Sabéis lo que me ha dicho Bobby esta noche? Que parecía un bistec de primera calidad. —Suspiró—. Los tíos de Texas son incorregibles.

—Que te comparen con un bistec es uno de los mejores cumplidos —les explicó Chad, que les dedicó su mejor sonrisa. La que había conquistado sin remedio a innumerables mujeres—. Lo siento mucho, pero voy a tener que llevarme a Bridget.

—Que os divirtáis —dijo Vanessa, sonriendo—. Yo tengo que ir a buscar a mi marido. La niñera nos cobra cada *media hora*. Estoy segura de que, a estas alturas, ya le hemos pagado la universidad.

Después de despedirse de todas y de prometerle a Vanessa que conseguiría su número de teléfono para organizar un *brunch* (¿la gente todavía tomaba *brunchs*?), Bridget se quedó de nuevo a solas con Chad.

—¿Estás lista para que nos marchemos? —le preguntó mientras le colocaba un rizo rebelde detrás de la oreja.

—Cuando quieras —contestó.

Aunque los tacones la estaban matando, no quería meterle prisa a Chad. Y, además, cada vez que terminaba una cita, quedaba una noche menos para...

Bridget interrumpió ese pensamiento.

—Perfecto. —Chad le quitó la copa de la mano—. Veamos si podemos escabullirnos.

Él la cogió de una mano y se dirigieron a la puerta sin apartarse de los laterales del salón de baile. Consiguieron salir sin que nadie se diera cuenta. Había empezado a nevar con suavidad y pasaron a toda prisa junto a los fotógrafos que esperaban.

Chad le abrochó de nuevo el cinturón, lo que provocó una multitud de *flashes*. Bridget lo fulminó con la mirada, pero él respondió con una arrogante sonrisa de complicidad.

Cuando se subió al *jeep*, se giró hacia ella y le preguntó:

—¿Qué opinas? ¿Cómo ha ido todo esta noche?

Bridget, que supuso que se refería a su contrato, sonrió mientras se quitaba el chal y lo doblaba sobre su regazo.

—Creo que no vas a tener ningún problema. Todos parecen impresionados con este nuevo Chad que se comporta mucho mejor.

Él soltó una risita.

—No estaba hablando de eso. Me refería en general.

—Ah. —La sonrisa de Bridget se ensanchó—. Me he divertido mucho. La gente ha sido muy amable.

—¿Esperabas que no lo fueran?

Bridget lo meditó.

—Supongo que sí. —Luego soltó una carcajada—. Vanessa me ha invitado a tomar un *brunch* juntas.

La sonrisa con la que él respondió le provocó una sensación cálida en el pecho.

—Deberías ir.

—No... —empezó a decir, pero se interrumpió.

—¿Hum?

Bridget se encogió de hombros. A ella el problema le parecía evidente, pero tal vez Chad no opinara lo mismo. De todas formas, debería dejar de pensar en eso por completo.

Al mirarlo de reojo, la asombró de nuevo su belleza masculina. Incluso mientras conducía, la expresión de concentración que le hacía fruncir el ceño y entornar los ojos avivó un fuego dentro de Bridget.

Pensó en lo que Chad le había hecho (lo que había hecho por ella) en el probador.

Se le aceleró el pulso.

Tal vez se debió al recuerdo de aquellos dedos maravillosos y al placer que le habían proporcionado. Tal vez se debió al champán que había bebido y a lo bien que se lo había pasado esa noche con él. Tal vez se debió a que Chad era muy sexi y le apetecía hacer por él lo mismo que él había hecho por ella.

Quién sabe de dónde había sacado esa idea, pero Bridget se decantó por la tercera opción, y listo. En algún momento de la noche, había decidido que quería acumular todos los recuerdos posibles antes de que su tiempo juntos terminara. Los necesitaría en las frías noches de invierno que pasaría sola en un futuro próximo.

Así que, antes de acobardarse, alargó un brazo mientras esperaban en un semáforo en rojo y apoyó la mano en la parte superior del muslo de Chad. Él giró la cabeza hacia ella y enarcó una ceja. Bridget le dedicó lo que esperaba que fuera una sonrisa sexi.

Mientras él la miraba a los ojos, Bridget respiró hondo. La sangre le martilleó en las venas cuando subió la mano por el muslo de Chad y le cubrió la entrepierna a través de los pantalones.

Chad movió las caderas y soltó un gruñido.

—¿Qué... qué estás haciendo, Bridget?

Ella se mordió el labio mientras le deslizaba el pulgar a lo largo del miembro. Ya estaba duro como una piedra.

—Devolverte el favor.

—¿Devolverme el favor? —repitió él con voz ronca.

Bridget se inclinó más hacia él, añadió la otra mano a la diversión y le bajó la cremallera. Luego le desabrochó el botón y..., madre mía, Chad no llevaba calzoncillos y su sexo prácticamente se estiraba hacia ella. Bridget alzó la mirada y dijo:

—El semáforo está verde, Chad.

—Sí, verde significa avanzar.

Chad pisó el acelerador, pero apenas alcanzó el límite de velocidad.

Bridget le sacó el pene de los pantalones y deslizó la mano arriba y abajo por el miembro duro. La punta se le humedeció, y fue en aumento a medida que ella le pasaba el pulgar sobre el glande. Poco después, Chad empezó a mover las caderas hacia su mano y aferraba el volante con tanta fuerza que tenía los nudillos blancos.

Pero Bridget no había terminado con él.

Cuando llegaron a otro semáforo en rojo, se desabrochó el cinturón. Chad abrió mucho los ojos al comprender qué se proponía hacer. Ella le dirigió una pequeña sonrisa, luego se inclinó y se introdujo el pene en la boca.

—Oh, joder —gruñó Chad, y empujó las caderas hacia arriba.

A Bridget le encantó eso. Y también le encantó su sabor salado y masculino. Le rodeó la base del pene con la mano y la deslizó hacia arriba a la vez que bajaba la cabeza para introducirse el miembro en la boca todo lo que podía.

—Bridget... —jadeó Chad—. Es probable que esta sea la peor y... —inhaló bruscamente— la mejor idea que has tenido.

Ella gimió con el pene en la boca y un sonido gutural surgió del fondo de la garganta de Chad. Entonces, él le apoyó una mano sobre la cabeza y le hundió los dedos en el pelo. Un momento después, empezó a marcarle el ritmo. Cuando Bridget le lamió de nuevo el glande, Chad dio un respingo y a ella la asombró que no se estrellaran.

Un estremecimiento recorrió el cuerpo de Chad.

—Bridget, si no paras, voy a...

Eso era lo que ella quería. Lo sujetó más fuerte y le chupó el pene más rápido al mismo tiempo que echaba los labios hacia atrás y le rozaba el sensible glande con los dientes.

Y eso lo hizo estallar.

Bridget notó cómo el orgasmo le sacudía el cuerpo. Chad intentó apartarle la cabeza, pero ella no se lo permitió. Pensaba llegar hasta el final, y vaya si lo hizo. Cuando al fin levantó la cabeza, descubrió que iban a unos quince kilómetros por hora y que Chad parecía que se acabara de levantar de la cama.

Entonces, él la miró y ella se lamió los labios.

—Joder —gruñó Chad.

Bridget sonrió mientras le volvía a guardar el sexo semiduro en los pantalones, le subía la cremallera y le abrochaba el botón.

—¿Debería conducir yo?

—No, no. Puedo hacerlo. —Chad colocó ambas manos en el volante y asintió con la cabeza—. Sí, puedo hacerlo.

Bridget, que notaba una calidez en su interior y se sentía muy satisfecha consigo misma, volvió a abrocharse el cinturón y se recostó en el asiento.

Transcurrió un rato antes de que Chad fuera capaz de volver a hablar.

—Caray. Eso ha sido... No tengo palabras. —Se le dibujó una sonrisa torcida en los labios—. Aunque menos mal que ningún paparazi ha sacado una foto de eso.

En ese momento, Bridget se olvidó de todo. Se giró hacia él y soltó una carcajada.

—Sí, dudo mucho que a la señorita Gore le gustaran *esas* fotos.

* * *

La víspera de Nochebuena era un día tranquilo en la oficina. Los empleados siempre se marchaban a casa alrededor de las tres de la tarde o incluso antes. Nadie trabajó nada, pero daba igual, porque Bridget y Madison estaban listas para la gala, y eso era lo único que importaba.

Así que Bridget jugó al solitario en el ordenador y cuidó de sus cultivos en FarmVille hasta que se encontró con la mirada clavada en la pantalla, pensando en Chad.

Dios mío, estaba guapísimo en la fiesta... Toda la velada había sido maravillosa. Se le dibujó una sonrisa tonta en la cara.

La fiesta de Navidad de los Nationals había sido perfecta y, además, Chad... Bridget sintió el impulso de darse una palmadita en la espalda para felicitarse por lo que había pasado en el *jeep*. Ella también había estado perfecta.

Aunque, probablemente, lo más sensato sería no volver a hacer algo así. Después de todo, ella misma había dicho que no debían complicar las cosas, pero supuso que se lo debía a Chad. Cuando la dejó en su piso, Bridget se marchó a toda prisa, pues sabía que, si seguía con él un segundo más, la velada acabaría con sexo.

Cuando sonó el teléfono, se sobresaltó tanto que se apartó del ordenador de golpe.

—Oficina de Madison Daniels, ¿en qué puedo ayudarle?

—Señorita Rodgers, ¿puede venir a ver al director Bernstein, por favor?

Bridget se sintió como una idiota, ya que debería haberse dado cuenta de que era una llamada interna.

—Sí, voy enseguida.

Supuso que el director querría comentarle algo sobre la gala, así que cerró la página del navegador y luego también apagó el ordenador. Las mesas situadas fuera de la oficina de Madison estaban vacías. No vio a Robert por ninguna parte.

Bridget giró a la izquierda, se abrió pasó junto a un árbol de Navidad y entró en la oficina del director Bernstein. Su secretaria levantó la mirada y le sonrió.

—Pase —le indicó.

Al abrir la puerta, se dio cuenta de que el director no estaba solo. Madison estaba con él, y parecía cabreada. Se le formó un nudo en el estómago mientras se sentaba junto a su jefa.

—¿Qué ocurre?

El director Bernstein esbozó una sonrisa, aunque parecía forzada, como si fuera a decir algo que no le apetecía nada.

—Sé que ha trabajado muy duro, codo con codo con la señorita Daniels, para organizar la gala de invierno para recaudar fondos, y no puedo expresar con palabras lo agradecido que estoy. Ambas han hecho un trabajo magnífico.

Bridget le echó un vistazo a Madison y tuvo la sensación de que el verdadero motivo de esa conversación, fuera cual fuera, no tenía nada que ver con la gratitud.

—La gala es sumamente importante para el instituto y para el programa de voluntariado —continuó el director—. Cada año aumentan los asistentes y las donaciones, y esas donaciones son las que mantienen en funcionamiento departamentos como el que dirige la señorita Daniels. No podemos permitirnos perder a ningún donante que desee pasar una agradable velada en la gala sin que la prensa lo moleste.

A Bridget se le heló la sangre en las venas mientras miraba al jefe de su jefa. Se obligó a realizar una inspiración lenta y profunda. Eso tenía que ver con Chad. Por supuesto, ahora todo tenía que ver con Chad, su novio *falso*.

Todos los sentimientos cálidos y tiernos que había experimentado hacia él minutos antes se desvanecieron como los dónuts que Madison había traído esa mañana.

—Teniendo eso en cuenta, voy a tener que pedirle que no asista a la gala, señorita Rodgers. —La maldita sonrisa del director vaciló—. Todo lo relacionado con Chad Gamble acaba convirtiéndose en un circo mediático, y muchos de los asistentes a la gala no desean formar parte de un ambiente como ese.

Madison carraspeó y luego dijo:

—Quiero que sepas que yo no estoy de acuerdo con esto en absoluto.

Era curioso que a Bridget le ardieran las mejillas cuando por dentro sentía tanto frío, pero ni de coña iba a permitir que toda aquella mierda con Chad le estropeara algo en lo que llevaba trabajando todo el año. Aunque a él parecía hacerle ilusión asistir a la gala con ella, Bridget sabía que no le molestaría demasiado no poder ir.

—Chad no tiene por qué asistir. Puedo ir sin él.

El director Bernstein se inclinó hacia delante y unió las manos sobre la mesa de madera, que estaba tan pulida que Bridget pudo ver su reflejo en ella.

—He tenido en cuenta esa opción, pero la prensa la seguirá a usted con o sin el señor Gamble. ¿Cuántos días han estado esperando ahí fuera simplemente para fotografiarla a usted sola?

Cinco, pero ¿quién los contaba? Bridget apretó un puño en el regazo en un gesto de impotencia.

—Puedo intentar hablar con algunos de ellos y pedirles que se mantengan alejados.

—Ambos sabemos que eso no funcionará. Son como buitres y, si creen que existe alguna posibilidad de fotografiarlos al señor Gamble y a usted juntos, acamparán fuera del edificio. No puedo permitir la presencia de prensa tan negativa. Lo siento, pero esto es por el bien de la gala y del instituto.

Bridget no sabría decir qué contestó, pero estaba segura de que asintió con la cabeza y accedió y que luego aquella reunión tan incómoda terminó. Estaba en estado de *shock* cuando regresó a su oficina para coger el bolso.

Madison parecía tan abatida como Bridget se sentía por dentro.

—Lo siento mucho, Bridget. Bernstein es un gran fan de los Nationals...

—No importa.

Claro que importaba. Además, en ese preciso momento no le apetecía nada oír que el director era un fan de Chad en privado.

—Te aseguro que intenté hacerlo cambiar de opinión, pero hay un montón de conservadores estirados que asisten a esta gala y que donan un montón de dinero.

Bridget se obligó a sonreír sin ganas y le dio un breve abrazo a su amiga.

—No pasa nada. Oye, me voy ya. Feliz Navidad.

—Bridge...

Salió de la oficina parpadeando para contener las lágrimas, pero con la cabeza en alto.

Cuando se subió al coche, le envió un mensaje rápido a Chad para preguntarle si estaba en casa. Él contestó enseguida que sí, y Bridget apenas fue consciente del trayecto hasta su lujoso piso. Supuso que sería mejor informar a Chad en persona de que ya no estaba invitado a la gala.

Él abrió la puerta en cuanto llamó y se hizo a un lado para permitirle entrar en el recibidor. Bridget apartó la mirada enseguida, porque, sinceramente, ningún hombre debería estar tan guapo con una sencilla camiseta y unos pantalones de chándal.

—Verás... —Bridget inspiró hondo y percibió un olor a comida china. Miró a su alrededor con el ceño fruncido—. ¿Por qué huele a pollo general Tso?

Chad sonrió.

—Cuando me avisaste de que ibas a venir, me tomé la libertad de pedir un almuerzo tardío. Es tu plato favorito, ¿verdad?

Ese gesto tan amable hizo estremecer a Bridget. No tenía hambre, lo cual indicaba lo mal que se sentía en ese momento.

—Gracias, pero no pensaba quedarme mucho rato.

Chad se detuvo en mitad del pasillo y se giró hacia ella con el ceño fruncido.

—Pues... Oye, ¿estás bien?

Probablemente debería haber comprobado si se le había corrido el rímel antes de venir.

—Sí, estoy bien. He venido a decirte..., a pedirte que no asistas a la gala. —No consideró necesario añadir la parte humillante de que ella tampoco iba a ir y continuó hablando con torpeza. Tal vez habría sido mejor que lo hubiera llamado por teléfono o le hubiera enviado un mensaje—. Ya sé que es descortés pedirte eso, pero te lo agradecería mucho.

—Sí, vale. —Chad se apoyó contra la pared y cruzó los brazos—. ¿Ha pasado algo con la gala?

Bridget se limitó a negar con la cabeza. Todavía tenía las emociones demasiado a flor de piel para entrar en detalles y, de todas formas, a él le daban igual sus problemas. Para él, salir con ella era un trabajo, y Bridget supuso que no le gustaría que lo agobiara con sus dramas. Eso no formaba parte del trato.

—¿Alguien te ha dicho algo?

Bridget notó que un rubor le subía por el cuello. Santo cielo, a veces podía ser muy perspicaz.

—No. Es que... es mejor así. En fin, solo he venido a decirte eso, pero ahora tengo que irme. Eh..., gracias por la comida china. ¿Lo dejamos para otro día?

—Un momento. —Chad se apartó de la pared y se acercó a ella—. ¿A qué hora quieres que te recoja mañana?

—¿Mañana? —repitió Bridget mientras intentaba recordar si habían planeado hacer algo—. Mañana es Nochebuena...

Chad esbozó una atractiva sonrisa torcida.

—Así es, y siempre ceno con la familia de Maddie, junto con mis hermanos.

Ah, la cena de Navidad de la familia de Madison. Durante los últimos años, Bridget había conseguido eludirla como si fuera la peste.

—Vendrás conmigo, ¿verdad? —añadió él un momento después.

Era evidente que había decidido ignorar el hecho de que ella ya había rechazado la invitación una vez.

Bridget frunció los labios.

—No me van las cenas de Nochebuena.

—Bueno, esta no es una cena tradicional. En realidad, es justo lo opuesto. En general, solo consiste en beber, picar algo de comida y ver cómo Chase se emborracha y hace el ridículo.

—Aunque parece muy divertido, voy a tener que pasar. —Empezó a retroceder hacia la puerta—. Pero espero que te lo pases bien.

—Espera. —Chad apoyó una mano en la puerta para impedirle salir—. ¿Se puede saber qué te pasa? Me parece bien lo de la gala y no me importa posponer lo de la comida china, así que ¿tanto te costaría ir conmigo a esta cena?

—Sí —le espetó mientras agarraba el pomo—. Venga, Chad. Abre la puerta.

—¿Sabes?, a veces creo que te entiendo y luego me doy cuenta de que no tengo ni puñetera idea de cómo eres. Te caen bien Maddie y Chase, así que ¿cuál es el problema? —Apartó la mano de la puerta y se la pasó por el pelo—. Es como si no quisieras..., qué sé yo, abrirte.

—¿Abrirme?

—Pues sí —contestó él con el ceño fruncido.

Bridget no sabía qué le había hecho pronunciar las palabras que salieron de su boca a continuación. La Navidad siempre la alteraba y, si además le sumaba todo el asunto con Chad y la gala, se le acabó la paciencia y habló sin pensar.

—¿Por qué quieres que te acompañe, Chad? ¿Por qué quieres que me abra contigo? No estamos saliendo de verdad, y lo que menos nos conviene es pasar las Navidades juntos o ponernos sentimentales el uno con el otro cuando, de todas formas, esto acabará pronto.

—Caray. Vaya. —Chad alargó la mano y abrió la puerta para que ella pudiera pasar por debajo de su brazo—. Es verdad. No queremos ponernos sentimentales, Bridget. Tienes razón. Esto acabará en cuestión de días. ¿Por qué molestarnos?

Ella se quedó pálida.

—Así es.

—Pues vale. Feliz Navidad, Bridget.

Y, entonces, Chad cerró la puerta. Ni siquiera dio un portazo, lo que de algún modo fue peor.

Capítulo dieciocho

La casa de los Daniels hacía pensar en la Navidad emborrachándose y vomitando encima de esa casa.

En el jardín delantero había un Papá Noel hinchable de esos raros que a Chad le recordaban a un globo gigante. Unos renos de alambre, que se iluminaban de color blanco y luego rojo, brillaban en medio de la noche. En el tejado había otro Papá Noel, encaramado cerca de la chimenea. Un trineo hinchable se alzaba en el otro trozo de césped helado. Luces navideñas de todos los colores imaginables colgaban del tejado y rodeaban la barandilla del porche. Un muñeco de nieve iluminado desde atrás lo saludaba con la mano. Qué espeluznante. En el porche había una farola cantarina que se encendió y empezó a entonar un villancico cuando Chad se acercó.

—Madre mía —murmuró mientras rodeaba aquella cosa.

Antes de llamar a la puerta, sacudió los hombros para intentar deshacerse del mal humor que tenía desde el día anterior, gracias a Bridget. Había quedado como un tonto al comportarse de una forma tan... atenta, pidiendo su comida favorita y luego dando por sentado que querría pasar Nochebuena con él.

Debería haber sido más sensato. Solo estaban fingiendo que eran novios. Pero él no había pensado en eso cuando Bridget le envió aquel mensaje. Ni se imaginaba que iría a verlo para pedirle que *no* fuera a la gala con ella.

Daba igual. No iba a permitir que toda esa mierda con Bridget le estropeara la única noche al año que pasaba rodeado de su familia.

Su hermano abrió la puerta ataviado con un jersey que hizo que Chad se riera tanto que temió que se le cayeran los regalos que había llevado. El jersey era de color verde brillante y tenía un alegre Papá Noel bordado que sostenía un cartel en el que ponía: «INCLUSO PAPÁ NOEL ESTÁ PREPARADO PARA EL ARMAGEDÓN. ¿Y TÚ? ¡FELIZ NAVIDAD!».

—Como digas una sola palabra —le advirtió Chase mientras sostenía la puerta abierta—, te doy una patada en el culo.

El padre de Maddie se asomó y lo saludó con entusiasmo con la mano. Llevaba el mismo jersey que Chase.

—¡Hola, estrella!

Chad se esforzó por disimular su sonrisa.

—No diré ni una palabra.

—Ya, claro. —Chase cogió una de las bolsas para ayudarlo y luego frunció el ceño—. ¿Dónde está Bridget?

Chad entró en la casa detrás de su hermano menor. El aire olía a especias Old Bay y a cerveza: una tradición de Nochebuena de los Daniels.

—No ha podido venir.

—Hum —contestó Chase mientras dejaba las bolsas junto al árbol.

Chad se dio la vuelta con la esperanza de lograr escabullirse antes de que su hermano empezara a hacerle más preguntas. De pronto, se vio envuelto en un cálido abrazo.

—Me alegro mucho de que hayas podido venir —dijo la señora Daniels mientras lo abrazaba tan fuerte que casi lo aplastó; pero, caray, a Chad le encantaban esos abrazos. La señora Daniels se apartó y la piel que le rodeaba los ojos se le arrugó al sonreír—. ¿Es posible que cada vez que te veo estés más guapo?

—¡Uf, mamá! —exclamó la voz de Maddie desde la cocina.

—Es perfectamente posible, señora Daniels —contestó Chad, y le guiñó un ojo.

El señor Daniels rodeó los hombros de su mujer con un brazo. Aquel hombre era enorme como un oso. Su Papá Noel listo para el apocalipsis era, como mínimo, el triple de grande que el de Chase.

—Lo siento, Chad. Intentaré que mantenga las zarpas alejadas de ti.

—Oh, él ya sabe que solo tengo ojos y manos para ti —contestó la señora Daniels, y, para demostrar sus palabras, agarró el culo de su marido.

Mitch asomó la cabeza e hizo una mueca de horror.

—Ya no podré borrarme esa imagen de la mente. Jamás.

El señor Daniels resopló.

—Bueno, es evidente que tú le has agarrado a tu mujer algo más que...

—Papá —gimió Mitch—. ¿En serio?

—Es la verdad —dijo Lissa, la mujer de Mitch, que se encontraba junto al árbol de Navidad, y se frotó el vientre prominente mientras sonreía.

—Mi familia está como una cabra —masculló Mitch, y volvió a desaparecer por el pasillo.

Era cierto que estaban un poco locos, pero Chad los adoraba, y también le encantaba ese ambiente cálido. Ese era uno de los motivos por los que sus hermanos y él se habían sentido atraídos por esa familia, ya que eran justo lo opuesto a la suya.

Hablando de familia..., Chandler apareció y le puso una cerveza fría en la mano. Chad se dio cuenta de que él no lucía el jersey navideño de los Daniels.

—¿Dónde está tu chica?

Chad suspiró, pues no quería pensar en Bridget.

—No ha venido.

Su hermano asintió con un gesto brusco de la cabeza. Con el pelo recogido en una coleta corta en la nuca, Chandler parecía la clase de tío que haría que alguien quisiera contratar a un guardaespaldas... para que lo protegiera *de él*.

—¿Y la otra?

—¿Qué otra?

—Ya sabes..., la de las gafas —le aclaró.

Chad enarcó las cejas de golpe.

—¿La señorita Gore? ¿Mi publicista? ¿Quién sabe? Solo espero que se mantenga alejada de mí. Un momento. ¿No te...?

Antes de terminar esa escalofriante frase, Maddie apareció con una bandeja de galletas y lo miró con los ojos entornados.

—Pero ¿qué rayos...? ¿Dónde está Bridget?

—No ha podido venir —explicó Chase por encima del hombro, mirando a Chad, mientras cogía la bandeja que sostenía Maddie—. O eso afirma Chad.

Maddie parecía tener ganas de romper algo.

—La invito todos los años, y creía que este no podría escaquearse.

—Lo siento. —Chad se encogió de hombros—. Supongo que le da miedo que la encerréis en un refugio antiaéreo o algo así.

Maddie puso los ojos en blanco y luego contestó:

—Ese no es el motivo por el que no quiere venir.

Eso despertó la curiosidad de Chad.

—¿Quieres decir que no es por miedo a que la obliguéis a comer comida de supervivencia liofilizada?

—Ja, ja. No, no es por eso.

—Entonces, ¿por qué se raja siempre?

Maddie echó un vistazo por encima del hombro. En ese momento, el señor Daniels había acorralado a Chase y a Chandler y les estaba mostrando unas revistas de supervivencia. Maddie hizo una mueca, agarró a Chad del brazo y lo llevó a rastras hasta la cocina vacía. Una olla enorme con gambas bullía sobre un fogón.

—A Bridget no le gusta la Navidad.

Chad se cruzó de brazos.

—Ya me he dado cuenta.

—¿Sabes por qué? Probablemente no, porque no le gusta hablar de ello.

—¿Me lo vas a explicar? —preguntó Chad mientras se apoyaba contra la encimera.

Maddie suspiró.

—Solo te lo cuento porque la quiero muchísimo y ayer tuvo un día de mierda.

—Un momento. ¿A qué te refieres?

Maddie puso cara de asombro.

—¿No te lo ha contado? Por supuesto que no —añadió, y sacudió la cabeza. Chad estaba empezando a perder la paciencia—. Ya sabes que hemos estado preparando la gala y que hemos dedicado todo nuestro tiempo a eso durante la mayor parte del último año.

Chad sabía que el trabajo de Bridget peligraba.

—Todavía nos falta recaudar mucho dinero, así que el director está obsesionado con la gala. Ayer le pidió a Bridget que se reuniera con él y le prohibió asistir a la recaudación de fondos.

—¿Qué? —Chad bajó los brazos—. ¿Por qué coño hizo eso?

Maddie parecía incómoda.

—Por ti.

—¿Qué?

Ella hizo una mueca.

—Verás, al director le preocupa que acaparéis la gala, que tu presencia acabe siendo más importante que recaudar fondos. Además, asistirán un montón de personas conservadoras a las que no les gustaría que las fotografiaran...

—Bridget vino a verme ayer y me pidió que no fuera a la gala, pero no mencionó nada de esto. —La rabia le hizo apretar los puños—. No voy a asistir. Problema resuelto.

—Sí, eso fue lo que dijo Bridget, pero el director sabe que la prensa podría aparecer de todas formas. Así que no permitirá que ella vaya.

¿Por qué Bridget no le había contado nada de eso?

—Eso es una auténtica gilipollez. Merece ir.

—Sí, lo sé. Estoy completamente de acuerdo, pero lo que el director dice va a misa. No puedo hacer nada.

—Maddie ladeó un poco la cabeza—. Debí suponer que Bridget no te lo diría. Probablemente no quería que te sintieras mal.

Joder. Chad se sintió como un cretino. Bridget no le había explicado el motivo por el que le había pedido que no asistiera a la gala, pero de haber sabido que era por él...

—En fin —prosiguió Maddie—. Esta época del año es dura para ella. Así que todo el tema de la gala ha empeorado las cosas.

Chad se pasó los dedos por el pelo.

—¿Por qué no le gusta la Navidad?

Maddie se quedó callada un momento y luego dijo:

—Sus padres murieron en Nochebuena cuando ella estaba en la universidad.

—Joder...

—No sé cómo eran las cosas antes, pero, desde que la conozco, Bridget no celebra la Navidad. Supongo que le trae malos recuerdos, pero he intentado ayudarla a crear otros nuevos, ¿sabes? —Parecía abatida—. Esperaba que, como ahora estaba saliendo contigo, la Navidad podría convertirse en una buena época para ella.

Chad se quedó mirando fijamente a Maddie. Durante una de sus citas, Bridget le había contado que sus padres habían muerto, pero no cómo ni cuándo. Dios mío, no era de extrañar que detestara la Navidad y, para colmo, ¿el director la excluía de la gala?

Chad se cabreó y también... se entristeció.

Se giró hacia la olla que había sobre el fogón e intentó imaginarse qué estaría haciendo Bridget en ese momento. Fue fácil. Antes de contar con la familia Daniels, él no celebraba la Navidad. No había jerséis ridículos, ni regalos, ni risas resonando por toda la casa, ni gambas cociéndose en la cocina. La Navidad en la casa de los Gamble era una época fría y tan estéril como todo lo demás. Salvo por el hecho de que su madre solía estar más drogada que de costumbre y su padre casi siempre estaba fuera, de «viaje de negocios». Pero eso era diferente.

Era diferente en muchísimos sentidos.

Nada de eso debería afectarlo, pero lo hizo. Estaba triste *por* Bridget y no quería que estuviera sola en su piso. Tampoco quería que no pudiera presenciar el resultado de todo un año de trabajo.

Chad deseó solucionarlo. Lo cual era extraño. Joder, era muy extraño, porque, por lo general, cada vez que él tenía un problema, o bien lo ignoraba o lo eludía. O lo arreglaba otra persona. Él nunca solucionaba los problemas.

Pero iba a solucionar esa mierda.

Podía encargarse de una parte de inmediato. La otra, que implicaba llamar a su contable y luego a aquel cabrón del director, tendría que esperar.

—¿Chad? —preguntó Maddie con voz suave.

Se giró, tras haber tomado una decisión, y anunció:

—Tengo que irme. ¿Puedes pedirle disculpas a tu familia de mi parte?

Maddie parpadeó despacio y luego se le iluminaron los ojos de alegría.

—Sí..., sí, claro.

Chad pasó a su lado, pero se detuvo cuando ella lo llamó y le preguntó:

—¿Qué vas a hacer?

Aunque no lo sabía con certeza, había una cosa que sí que tenía clara:

—Voy a crear nuevos recuerdos.

* * *

Eran casi las ocho de la tarde cuando Bridget decidió que necesitaba ducharse y lavarse los dientes, ya que el maratón de *The Walking Dead* la había mantenido pegada a la pantalla la mayor parte del día.

Y nada, ni siquiera la higiene, era más importante que el caos de una plaga de zombis.

Le hizo cierta gracia quitarse por fin el pijama para ducharse y luego ponerse otro limpio, pero eso era lo que iba a hacer.

Se ató el cinto de la bata alrededor de la cintura, se secó un poco el pelo con una toalla mientras cruzaba la sala de estar y observó las calles que se extendían más abajo. Había atascos debido al tráfico navideño de último momento, pero, al cabo de aproximadamente una hora, las calles se quedarían vacías y al día siguiente solo habría unos pocos coches de gente que iba a visitar a su familia.

Bridget había decidido ir al cine al día siguiente y comer todas las palomitas que pudiera.

Se apartó de la ventana, colocó la toalla sobre el respaldo del sillón reclinable y dirigió la mirada hacia la mesa de centro. Su móvil había permanecido tan silencioso que Pepsi se había acurrucado a su alrededor.

Se planteó brevemente la idea de enviarle un mensaje a Chad para desearle feliz Navidad, como había planeado, pero, después de comportarse el día anterior como una auténtica zorra con él, supuso que a Chad no le apetecería saber nada de ella.

En realidad, él había sido muy atento y dulce al comprar comida china; mientras que ella..., bueno, había tenido un día muy malo.

Esperó de corazón que Chad se lo estuviera pasando bien e intentó no pensar en lo que ocurriría después de Año Nuevo, pero fue inevitable. ¿Cuántas citas les quedaban? Tres, tal vez cuatro. Y luego nada.

Y, teniendo en cuenta cómo le había hablado el día anterior a Chad, era probable que él pensara que le daba igual.

Se sentó en el sofá, cogió el mando a distancia y buscó algo en la tele con lo que distraerse. Cuando ese plan no funcionó, intentó localizar uno de sus libros favoritos en la estantería.

De pronto, alguien llamó a la puerta de forma inesperada, lo que hizo que se le cayera el libro. Pepsi se levantó de un salto de la mesa de centro y tiró el móvil al suelo al salir disparado hacia el dormitorio.

Bridget suspiró.

Echó un vistazo a través de la mirilla de la puerta, sin tener ni idea de quién podría ser aparte de algún vecino.

Entonces, se quedó sin respiración y el corazón le dio un vuelco.

Podría reconocer la parte posterior de aquella cabeza en cualquier parte.

Capítulo diecinueve

Bridget abrió la puerta y se quedó mirando a Chad, atónita y confundida. ¿Qué hacía ahí? No tenía ni la más mínima idea.

Chad se giró, llevaba una caja en las manos. Sus ojos se volvieron de un tono azul muy oscuro en cuanto se encontraron con los de ella. A continuación, pasó junto a Bridget sin mediar palabra. Ella cerró la puerta, se giró y se apoyó contra la superficie de madera.

Tardó un momento en recuperar el habla.

—¿Qué haces aquí?

Chad observó su diminuto piso con interés.

—Es Nochebuena.

—Sí, ya lo sé. —Dios mío, de haber sabido que él iba a venir, habría ordenado un poco—. ¿No deberías estar con tus hermanos y con la familia de Madison?

Él se encogió de hombros mientras depositaba la caja sobre la mesa de centro. Dentro, algo emitió un tintineo navideño. Chad se sentó en el sofá, como si ya lo hubiera hecho un millón de veces, y le dedicó una sonrisa a Bridget mientras daba una palmadita en el cojín situado a su lado.

—Por cierto, me gusta el color de las paredes. La señorita Gore dijo que esto parecía *Barrio Sésamo*, pero no estoy de acuerdo.

Oh, por el amor de Dios, cómo odiaba a aquella mujer. La mirada de Bridget pasó con rapidez de las paredes azules a las rojas. Vale, sí que se parecía un poco a *Barrio Sésamo*.

—¿No estás de acuerdo?

—Pues no. Me gusta. Te pega.

El corazoncito de Bridget se aceleró al oír eso, lo cual estaba mal, así que debía ponerle fin.

—¿Qué haces aquí, Chad?

—Siéntate —dijo él mientras daba otra palmadita en el asiento que había a su lado.

—No piensas marcharte, ¿verdad?

Bridget hizo una mueca al ver a Pepsi asomado en el dormitorio.

—No.

Más nerviosa que nunca en toda su vida, se ciñó un poco más la bata y se sentó junto a él. Chad se recostó en el sofá y giró la cabeza hacia ella. Su mirada le recorrió el pelo húmedo y luego descendió hasta la abertura del cuello de la bata antes de continuar hasta el cinto que ella aferraba como si fuera un salvavidas.

—Debería haber llegado unos diez minutos antes.

Bridget sintió el impulso de reírse, pero entonces recordó (aunque en realidad nunca lo había olvidado) lo que habían hecho en el *jeep* después de la fiesta. Mejor dicho, lo que ella había hecho. Cada vez que hacían algo así, se decía a sí misma que no volvería a repetirse. Al observar a

Chad por el rabillo del ojo, comprendió que ese mantra era inútil.

Sin previo aviso, una bola de pelo anaranjado saltó sobre el brazo del sofá. Chad se giró y enarcó las cejas mientras Pepsi le devolvía la mirada.

—Nunca había visto un gato tan grande.

Como si Pepsi hubiera entendido la diferencia entre «grande» y «gordo», se bajó del brazo del sofá y se acercó a Chad con cautela. Bridget contuvo el aliento.

Chad alargó una mano y rascó al gato detrás de la oreja.

—¿Cómo se llama?

—Pepsi.

—¿Pepsi? —repitió, riéndose—. ¿Y eso por qué?

Ella sonrió.

—Lo encontré en una caja de Pepsi cuando era pequeño. Y se quedó con ese nombre. —Se sorprendió cuando Pepsi se subió sobre el regazo de Chad—. Me asombra que te deje que lo acaricies. No suele ser tan amigable.

Chad la miró con un brillo travieso en los ojos.

—¿Qué puedo decir? A todo el mundo le encanta restregarse contra mí.

A Bridget se le escapó una breve carcajada.

—No puedo creerme que hayas dicho eso.

—Sí, ha sido un chiste muy malo —contestó mientras deslizaba la mano por la barriga de Pepsi. Permanecieron un momento en silencio, y entonces él dijo, como si tal cosa—: Madison me lo ha contado.

—¿El qué? —le preguntó, y de inmediato se le formó un nudo en el estómago.

Chad extendió un brazo sobre el respaldo del sofá y atrapó un mechón de pelo húmedo con los dedos.

—Lo de tus padres.

Ella apartó la mirada y respiró hondo.

—Así que ¿has venido porque te doy pena? Porque, si es así, puedes guardarte tu lástima. No quiero que me compadezcan. Por eso no hablo de...

—Eh, oye... —Le tiró con suavidad del pelo—. Siento pena por ti, pero no es lástima, sino empatía.

Bridget se giró hacia él con las cejas enarcadas.

—¿Empatía?

Chad esbozó una sonrisa torcida, típica de él, mientras continuaba colmando a Pepsi de mimos.

—Así es. Te sorprende que sepa lo que significa esa palabra, ¿verdad? Pero sí que lo sé. Y no tiene nada de malo que sienta empatía por ti.

Bridget se lo quedó mirando.

—Lo que les pasó a tus padres fue una putada. Y el hecho de que no puedas disfrutar de algo como la Navidad es aún peor. —Cuando se enrolló el mechón alrededor del dedo, ella descubrió que le gustaba que jugara con su pelo—. Entiendo por qué no te gusta esta época. Al principio, yo estaba en contra de la gran fiesta de Navidad del clan de los Daniels, incluso de niño. Chase fue el que empezó a relacionarse con Mitch primero, ¿sabes? Chandler y yo éramos mayores y nos creíamos demasiado guais, pero un año los Daniels nos invitaron a pasar con ellos la Nochebuena, y pensamos: «A la mierda, ¿por qué no?».

Bridget se recostó contra el sofá y se mantuvo callada mientras él hablaba. Aún menos frecuente que el hecho de que ella hablara de sus padres era que Chad hablara de los suyos y de su infancia. En cierto sentido, tenían eso en común. La familia y el pasado eran temas delicados para ambos, y los dos respetaban eso del otro.

—Fue extraño estar con una familia... Una familia normal y feliz. —Chad apartó la mirada de la de Bridget y la posó en la caja que había sobre la mesa—. Mis padres nunca celebraban nada. Los dos estaban demasiado absortos en su propio mundo para preocuparse por nada más. Cuando mis hermanos y yo éramos pequeños, ponían algunos adornos navideños, pero eso se acabó en cuanto mi padre...

No hizo falta que diera más detalles. Bridget ya sabía a qué se refería, pues Madison se lo había contado. El señor Gamble había sido un conocido empresario, controlador y juerguista, y, si alguien buscara la definición de «mujeriego» en el diccionario, debajo aparecería la foto del padre de Chad.

—En fin, en cuanto empecé a ir a casa de los Daniels en Nochebuena, me alegré de haberlo hecho. Ya sé que tienes tus razones, y lo respeto, pero no deberías pasar sola este día.

—Chad...

No supo qué más decir mientras lo veía depositar a Pepsi con cuidado en el cojín situado a su lado e inclinarse hacia delante. El corazón le martilleaba dentro del pecho como si hubiera estado corriendo alrededor de la sala de estar.

—Además, ya he pasado casi una docena de Nochebuenas con los Daniels, y más de las que quiero recordar con mis hermanos. —Se le dibujó una sonrisa seductora en los labios—. Pero no he pasado ninguna contigo. Y por eso he venido. Así que no discutas conmigo.

Bridget aflojó los dedos con los que sujetaba la bata mientras sacudía la cabeza. Una parte de ella estaba bailoteando como una *hippy*, pero la otra parte estaba asustada..., completamente aterrada ante ese gesto amable y cariñoso.

Y, entonces, Chad abrió la caja.

—Esto es lo que mi madre solía poner en casa en Navidad. Es bastante tonto y realmente patético, pero siempre me ha gustado este trasto.

Sacó de la caja un árbol de Navidad de cerámica de color verde claro de unos sesenta centímetros de alto. En cada rama había una bombillita y un cable con un enchufe colgaba de la base.

—Es bastante hortera, ¿verdad? Pero este fue nuestro árbol durante años.

A Bridget se le llenaron los ojos de lágrimas cuando él se levantó, colocó el árbol sobre la mesita auxiliar y lo enchufó. Un suave resplandor verde iluminó el arbolito desde dentro y las bombillas multicolores brillaron.

—¡Tachán! —exclamó Chad. Entonces, se enderezó y se giró hacia Bridget. La amplia sonrisa se le borró de inmediato—. Oh, no...

—Lo siento —se disculpó mientras se secaba las comisuras de los ojos con las mangas de la bata—. No pretendía llorar. No estoy disgustada.

A cada momento que pasaba, Chad parecía más confundido.

—Es que ha sido un detalle muy bonito —se apresuró a añadir—. Me encanta el árbol, de verdad. Gracias.

Y en ese momento Bridget supo sin ninguna duda que ya no había vuelta atrás. Se había enamorado de él, de forma irrevocable. Nada podría cambiarlo. Ni siquiera el hecho de que toda su relación se basaba en mentiras.

Estaba enamorada de Chad.

No podía haber hecho ese descubrimiento en mejor ni peor momento. El corazón se le hinchió de emoción al mismo tiempo que su mente tramaba formas de molerla a palos. Enamorarse de Chad era muy peligroso para su corazón, pero no podía hacer nada para evitarlo.

Su corazón ya no le pertenecía. Era del hombre que tenía frente a ella.

Chad sonrió con cierta inseguridad, algo que Bridget no le había visto hacer nunca.

—Vaya, si eso te hace llorar, más me vale buscar pañuelos.

Bridget se echó a reír.

—¿Por qué?

—Prepárate. —Volvió a meter la mano en la caja y sacó una cajita roja envuelta con una cinta de satén rojo—. Te he traído algo.

—Oh, Chad, no deberías haberlo hecho.

Él enarcó una ceja.

—Ni siquiera has visto lo que es.

—Pero yo no...

—No me importa que no me hayas comprado nada. No se trata de eso. —Volvió a sentarse, y Pepsi rodó contra su pierna como si fuera una bola anaranjada de grasa y pelo—. Y, además, prácticamente me has regalado mi futuro con el equipo, aunque solo accedieras a hacer esto para aumentar tus opciones de conseguir citas.

Bridget abrió la boca, porque ese no era en absoluto el motivo por el que lo había hecho, pero no estaba segura de si Chad estaba bromeando o no y, además, ¿cómo podría admitir la verdad?

Básicamente la habían chantajeado. Vaya forma de aguar el ambiente.

Chad le colocó la cajita en una mano. Con mucho cuidado, deslizó el meñique bajo la cinta y tiró. La cinta se soltó con facilidad y Bridget abrió la tapa. Entonces, inhaló bruscamente.

—Oh, Dios mío...

—¿Eso significa que te gusta?

—¿Gustarme...?

Bridget metió los dedos, temblorosos, en la cajita y sacó un collar. Habría tenido que dejar de pagar el alquiler un mes para comprárselo. Era el mismo collar que había visto en The Little Boutique, el de la esmeralda que colgaba de una cadena de plata.

Chad le quitó la cajita de la mano y la dejó sobre la mesa de centro.

—Es el que estuviste mirando en la tienda, ¿verdad?

—Sí —contestó ella con la voz entrecortada mientras parpadeaba para contener una nueva oleada de lágrimas—. ¿Por qué lo has hecho?

—Porque quería.

—¿Y siempre haces lo que quieres?

La joya tenía el peso perfecto.

—No siempre —admitió Chad en voz baja—. Antes creía que sí, y tal vez fuera así, pero ya no... No siempre.

Bridget alzó las pestañas húmedas y lo miró a los ojos.

—Gracias. No deberías haberlo hecho, pero gracias. Y siento lo de ayer. Me comporté como una zorra y tú solo intentabas ser amable. Lo siento...

—Oye, no pasa nada. —Chad le quitó el collar de las manos—. Date la vuelta y levántate el pelo.

Bridget giró la cintura para obedecer y se levantó la densa melena. Chad se movió rápido y en silencio. El frío roce de la esmeralda entre los pechos fue lo único que la alertó de que se había acercado a ella. Entonces, terminó de abrochar el cierre, le rodeó las manos con las suyas y se las bajó para que el pelo le cayera sobre los hombros. Sin embargo, luego la soltó.

Bridget se giró hacia él. Notaba su pulso y los latidos de su corazón por todo el cuerpo. Entonces, actuó sin pensar. Se inclinó hacia delante, apoyó las manos en el pequeño espacio del sofá que había entre ellos y presionó sus labios contra los de él.

—Gracias —repitió, y luego se apartó.

En aquellos ojos de color cobalto se reflejó una pasión imposible de ocultar.

Chad no dijo nada mientras ella se ponía de pie con las piernas temblorosas. En medio de la penumbra de la habitación iluminada tan solo por el televisor sin sonido y por el arbolito de Navidad, Bridget comprendió que no quería que Chad se fuera. Todavía. Nunca. Y también comprendió que solo podría conseguir una de esas dos cosas.

Tocó la esmeralda con los dedos y notó un espasmo en el pecho.

—¿Te gustaría beber algo? Creo que tengo vino y...

Chad se levantó de forma tan repentina que Pepsi salió disparado del sofá rumbo a la cocina y Bridget experimentó una oleada de excitación. La expresión de Chad era inconfundible.

—Estoy sediento —contestó él mientras daba un paso al frente.

Bridget retrocedió, sin aliento. No llegó muy lejos. Chad se situó delante de ella en cuestión de segundos y le apoyó las manos contra las mejillas. Entonces, la besó tan rápido y con tanta suavidad como ella lo había besado a él..., y aquel beso la desarmó.

—Por favor —susurró Bridget.

Chad se quedó completamente inmóvil.

—Por favor... ¿qué?

Ella se humedeció los labios y el gruñido que brotó de la garganta de Chad los recorrió a ambos.

—Tócame, pero no pares. Por favor.

Capítulo veinte

Chad le deslizó las manos por el cuello y las posó sobre sus hombros. Entonces, bajó la barbilla y la miró con ojos ardientes.

—¿Estás segura de que eso es lo que quieres, Bridget? Porque, en cuanto empiece, no volveré a detenerme. Me hundiré dentro de ti tan hondo y tan fuerte que, después, cada vez que respires, te acordarás de mí.

Al oír esas palabras, el corazón de Bridget se aceleró y su cuerpo floreció para Chad. Asintió con la cabeza, porque no era capaz de hablar. Nada de lo que dijera en ese momento tendría sentido, y solo la haría parecer una tonta.

—Bien... Muy bien —contestó él mientras bajaba las manos por la parte delantera de su cuerpo, hasta llegar al cinto de la bata—. No tienes ni idea de cuánto tiempo llevo deseando hacer esto. Días, semanas, meses ya. Deseándote... solo a ti.

—Sí —susurró Bridget con voz ronca, y descubrió que era capaz de pronunciar esa palabra—. Sí.

Entonces, Chad la besó. Saboreó sus labios y cada rincón de su boca mientras desanudaba el cinto. La bata se abrió y el aire le rozó la piel desnuda cuando él le retiró la gruesa tela de los hombros y la dejó caer al suelo.

Chad se apartó un poco, lo suficiente para contemplarla completamente desnuda excepto por el collar que le había regalado, y le deslizó una mano entre los pechos y por el vientre en un gesto tierno.

—¿Te he dicho alguna vez que eres preciosa?

Bridget asintió con la cabeza, con la boca seca.

—Pues te lo voy a decir otra vez. Eres preciosa. Y también perfecta.

A continuación, se apoderó de nuevo de sus labios mientras le aferraba las caderas. Bridget notó su erección potente y dura. Fueron retrocediendo mientras él desplazaba las manos hasta sus nalgas y las apretaba y, entonces, la tocó por todas partes, acarició su cuerpo como si fuera un instrumento afinado. Bridget se convirtió en arcilla bajo sus manos, húmeda y preparada.

La satisfacción y la necesidad invadieron a Bridget cuando su espalda chocó contra la pared y Chad, meciendo las caderas, se apretó contra ella. Bajó las manos y metió los dedos bajo el jersey. Chad levantó los brazos solo el tiempo necesario para que ella le pasara la prenda por encima de la cabeza y luego se encontraron piel contra piel. Entonces, le desabrochó el botón superior de los vaqueros y le rozó la erección con los dedos.

Chad gruñó contra sus labios entreabiertos cuando le bajó la cremallera y liberó su pene. Bridget rodeó el miembro duro y caliente con una mano y él empujó las caderas hacia delante.

—No pares —le rogó Bridget—. Por favor.

—No pienso hacerlo —contestó él mientras se sacaba los vaqueros y los zapatos—. Pero me encanta oírte decir «por favor». Dilo otra vez.

Bridget le deslizó los dedos por los abdominales firmes y marcados.

—Por favor.

Chad la besó, agarró con su boca el labio inferior de Bridget, y a ella le palpitó la entrepierna.

—Dilo otra vez —le ordenó.

Bridget gimió cuando la mano de Chad le recorrió la cadera y luego se posó con firmeza en sus nalgas. Le hormigueó todo el cuerpo: los pezones, la piel y el sexo.

—Por favor —repitió.

De repente, él la rodeó con los brazos y la alzó. El cuerpo de Bridget supo lo que debía hacer y le envolvió la cintura con las piernas. En ningún momento se preocupó por cuánto debía haberle costado a Chad levantarla en brazos. En cambio, se sintió ligera y femenina.

Chad dio media vuelta mientras movía la lengua contra la de ella y luego le preguntó:

—¿Dormitorio?

—Segunda puerta a la izquierda.

—Entendido.

Llegaron al dormitorio en un tiempo récord. Chad se acercó con paso decidido a los pies de la cama y, mientras el beso se convertía en algo desinhibido, erótico y húmedo, no dejó de abrazar a Bridget.

Entonces, se arrodilló sobre el colchón y Bridget se encontró tumbada de espaldas, mirándolo. Cuando Chad se situó sobre ella, su mirada y sus movimientos controlados le recordaron a los de un depredador. Su pene erecto se alzaba orgulloso e imponente.

Chad la besó una vez más antes de abandonar sus labios hinchados y empezar a descender. Bridget notó el suave cosquilleo de su boca contra el cuello y luego en las clavículas. Su aliento le acarició un pecho y, entonces, su boca le envolvió el pezón. Bridget arqueó la espalda y la levantó del colchón mientras él le chupaba el pecho. Empujó las caderas contra las de él al notar el pene sobre el vientre.

Bridget bajó las manos y le rodeó el sexo. La respiración de Chad se volvió irregular mientras se restregaba contra su mano.

—Chad, te necesito.

Una mano le apretó la cadera.

—Eso es lo único que quiero oír... para siempre.

Bridget no tuvo tiempo de asimilar qué significaba eso. Un intenso estallido de placer la invadió cuando él le introdujo dos dedos.

—Qué mojada estás —murmuró Chad con un brillo abrasador en los ojos—. Quiero saborearte, pero, joder, no puedo esperar.

Ella asintió con la cabeza y las entrañas se le tensaron de expectación cuando él se incorporó y apoyó un codo junto a su cabeza. Entonces sintió el pene, que le rozaba la entrepierna, y abrió más los muslos antes de vacilar.

—¿Condón?

—¿Tomas la píldora? Nunca me he acostado con nadie sin usar condón, pero necesito sentirte. Por completo, Bridget.

—Sí —musitó ella.

La ardiente mirada de Chad le recorrió el cuerpo hasta llegar a la zona en la que casi estaban unidos.

—Preciosa —murmuró.

Bridget levantó la pelvis, desesperada por completar la unión, pero él le agarró la cadera con una mano y la empujó hacia abajo.

—No.

—¿No? —repitió ella con la voz entrecortada.

Una media sonrisa se dibujó en los labios de Chad mientras volvía a alzar la mirada despacio, hasta posarla en la de Bridget.

—Todavía no.

¿Pretendía hacerla esperar? Porque Bridget no quería esperar: ni para hacer eso ni para sentirlo a él. Así que alargó las manos para encargarse de unirlos. Los reflejos que había perfeccionado tras años en el campo de juego le permitieron a Chad ponerse de rodillas y atraparle las manos cuando ella le rozó la cintura. Entonces, le sujetó ambas muñecas con una sola mano y la obligó a levantar los brazos por encima de la cabeza.

El corazón de Bridget empezó a latir al triple de velocidad.

—¿Qué estás haciendo?

—Prepararme para follarte.

—No lo parece.

Chad soltó una risita que hizo pensar a Bridget en cosas misteriosas y pecaminosas. Luego cambió de posición para situar las rodillas entre sus muslos abiertos, de modo que se los separó aún más.

—Es que todavía no te han follado como es debido.

Santo cielo...

La mirada de Chad la recorrió de nuevo. Bridget nunca se había sentido tan expuesta, con el cuerpo arqueado y empujando los pechos hacia arriba. No podía mover las extremidades, ya que él le sujetaba los brazos y le mantenía las piernas abiertas. Sin embargo, en lugar de sentirse cohibida, experimentó una deliciosa oleada de emoción.

Tragó saliva, con la boca seca, y le preguntó:

—¿Y tú vas a follarme como es debido?

—Hasta dejarte inconsciente —contestó él, y luego bajó la cabeza.

Aquellos labios maravillosos le envolvieron un pezón al mismo tiempo que Chad deslizaba la mano entre sus cuerpos y sus hábiles dedos le recorrían el vientre y se detenían justo antes de llegar donde ella necesitaba sentirlos.

Bridget dejó escapar un quejido.

Él le mordisqueó un pezón, lo que la hizo jadear.

—¿Qué quieres, Bridget?

—Ya lo sabes.

¿Acaso pretendía que hablara de ello?

Los dientes de Chad le rozaron el otro pezón y ella dio un respingo. A continuación, le alivió el escozor con su cálida lengua. Chad siguió haciendo eso, alternando entre mordisquitos que le causaban dolor y lametones que lo calmaban, hasta que la implacable tortura hizo que Bridget empezara a retorcerse.

—Chad —jadeó con los ojos muy abiertos.

—Dime qué quieres. —Le rodeó de nuevo un pecho con la boca y chupó con fuerza, lo que hizo que soltara un grito ronco—. Dímelo, Bridget.

Ella cerró las manos atrapadas.

—Te quiero a ti. Te deseo.

—No. Dime qué quieres que haga.

Bridget apenas podía respirar.

—Quiero... quiero que me toques.

—Sí. —La lengua le lamió el pezón sensible—. Dime dónde quieres que te toque.

¿En serio? Era muy probable que le diera un buen coscorrón cuando acabaran. Se planteó negarse a responder, pero estaba demasiado excitada y deseaba demasiado a Chad.

—Quiero que me toques entre las piernas.

Chad emitió un murmullo para demostrar su aprobación y luego le rozó el sexo anhelante con los dedos, tocándola, pero no lo suficiente. No era suficiente ni por asomo.

—Más —le dijo..., o más bien le suplicó.

Chad se sentó y le bajó los brazos para sujetarle las muñecas bajo los pechos con una mano. Luego alzó los ojos hacia los de ella mientras con un dedo la acariciaba despacio y con suavidad.

—¿Más?

—Sí —contestó ella, cuyo pecho subía y bajaba bruscamente.

Entonces, le introdujo un dedo.

—¿Esto es lo que querías? —Antes de que pudiera responder, dobló el dedo dentro de ella y casi la hizo estallar—. ¿Todavía quieres más?

Bridget siempre querría más.

—Sí..., por favor..., sí.

Una sonrisa arrogante apareció en los labios de Chad mientras le introducía otro dedo y la acariciaba, despacio al principio y luego más fuerte y más hondo.

—Me gusta esto. —Chad no dejó de observarla ni un momento, con los ojos clavados en lo que le estaba haciendo—. Me gusta verte montar mi mano. Joder, estás preciosa.

Entonces, dobló de nuevo los dedos, y eso y su forma de mirarla la volvieron loca y la llevaron al borde de un orgasmo inmenso.

Chad apartó la mano justo cuando ella empezaba a estremecerse, y Bridget gritó en señal de protesta. Cuando sus miradas se encontraron, él se llevó los dedos a la boca y chupó el rastro de la excitación de Bridget.

Eso casi hizo que perdiera el control.

Chad soltó un gruñido gutural.

—Sabes muy bien que necesito más.

Entonces, situó la cabeza entre sus muslos y su lengua maravillosa y traviesa se hundió entre los pliegues de su sexo. Chad le separó la carne y la chupó como si fuera un delicioso néctar.

Bridget sintió que la cabeza le daba vueltas y empezó a mecer las caderas contra la boca de Chad. Llegó al borde del orgasmo de nuevo, con la respiración entrecortada, y sus suaves gritos llenaron la habitación.

Chad se detuvo de pronto, justo antes de que ella se hiciera pedazos. Tenía los labios húmedos y brillantes cuando retiró los dedos despacio. Desplazó la mano más abajo, hasta que le rozó la piel sensible y fruncida con un dedo. El cuerpo de Bridget se tensó mientras la invadía una avalancha de imágenes eróticas... en las que Chad la poseía así. Bridget nunca lo había hecho.

—Luego —le prometió Chad con voz sensual—. Eso también será mío, pero luego.

Entonces, se situó sobre ella y le inmovilizó de nuevo las manos por encima de la cabeza. A continuación, empujó las caderas hacia delante con fuerza y se hundió dentro de ella de una sola embestida. Bridget gritó y se clavó las uñas en las palmas de las manos cuando la penetró. La leve incomodidad que sintió mientras su cuerpo se adaptaba al tamaño del pene de Chad no fue nada en comparación con el placer que estaba segura que la aguardaba. Así que levantó las caderas para instarlo a seguir.

—Dios mío, qué prieta estás —gruñó Chad mientras empujaba más hondo.

Un intenso placer la invadió cuando él se retiró despacio y luego volvió a introducirse en ella. Bridget nunca se había sentido tan llena. Chad se movió despacio al principio, pero luego aumentó el ritmo y sus caderas empezaron a golpear contra las de ella, y entonces Bridget le rodeó la cintura con las piernas y unió los tobillos detrás de su espalda.

—¡Chad! —gritó cuando el orgasmo se apoderó de ella, intenso y rápido, y la dejó sin aliento.

Él le soltó entonces las muñecas para agarrarla por las caderas y la levantó mientras se hundía con fuerza en ella. Bridget se aferró a sus hombros mientras se estremecía y se hacía pedazos de nuevo bajo las implacables embestidas. El sexo de Bridget palpitó y apretó el de Chad, y entonces él se corrió. Bridget notó cómo sus músculos duros se flexionaban y se tensaban bajo sus manos.

El corazón de Chad palpitaba con fuerza contra el de ella, e iba igual de rápido. Sus labios la besaron con ternura, de un modo por completo opuesto a la ferocidad que se había adueñado de ambos momentos antes.

Chad salió de ella despacio y se tumbó de lado. Bridget se sintió como una masa inútil de huesos y piel cuando Chad la acercó a él para que la cabeza de ella descansara contra su pecho.

En el silencio que se produjo a continuación, Bridget escuchó los latidos del corazón de Chad. No estaba segura de qué esperar. ¿Él se marcharía o se dormiría? Nunca se le habían dado bien ese tipo de cosas.

Bridget levantó la cabeza y dijo:

—Voy... voy a por algo de beber. ¿Quieres algo?

Chad abrió un ojo.

—Ya voy yo —contestó mientras empezaba a incorporarse.

—No. —Le apoyó una mano en el pecho para detenerlo—. Iré yo. Eh..., vuelvo enseguida.

Chad no dijo nada mientras se apartaba de él con cuidado y cogía una camiseta larga del montón de ropa limpia que había doblada sobre una silla. Se puso la camiseta y se dirigió descalza a la cocina, y notó un leve dolor entre las piernas que le resultó bastante agradable.

El sexo había sido... Vaya, había sido la mejor experiencia sexual de su vida.

Cogió una botella de vino y buscó unas copas con calma. Si Chad pensaba marcharse, iba a darle tiempo suficiente para levantarse de la cama. Quería evitar esa situación incómoda por el bien de su corazón y su orgullo.

Se puso de puntillas para alcanzar dos copas de vino. El repentino calor que notó en la espalda hizo que se le acelerara el corazón.

—Espera —dijo Chad mientras alargaba una mano por encima de ella—. Deja que te ayude.

Bridget se agarró al borde de la encimera mientras él cogía las dos copas y las dejaba junto a la botella. Sin embargo, en lugar de servir el vino, sujetó a Bridget por las caderas y empujó la pelvis hacia delante. Ella soltó una exclamación ahogada al notar el pene contra las nalgas.

—¿Pensabas que una sola vez iba a ser suficiente? —Una mano le subió por la espalda y le agarró el pelo. Chad le hizo echar la cabeza hacia atrás. Cuando sus miradas se encontraron, la habitación pareció inclinarse—. ¿O pensabas que me iría?

Bridget no se molestó en mentir.

—Sí.

—¿Eso es lo que quieres?

Chad se acercó más y su pene descendió, aproximándose al lugar donde ella anhelaba sentirlo.

—No —admitió—. Pero pensé que...

—Piensas demasiado. —Entonces, la besó, deslizando la lengua contra la de Bridget—. ¿Y sabes qué pienso yo?

Oh, Dios...

—¿Qué?

—Que odio esta maldita camiseta. —Entonces, le soltó el pelo y la camiseta acabó tirada en alguna parte del suelo de la cocina en cuestión de segundos—. Ah, así está mucho mejor.

Bridget, que respiraba de forma entrecortada, empujó las caderas hacia atrás.

—¿Sí?

—Oh, sí. —Chad la hizo apretarse más contra él y luego le deslizó una mano por la espalda, lo que le provocó un hormigueo en la piel—. Vamos a hacerlo. Aquí mismo. Va a ser duro y brusco. ¿Estás lista?

Una avalancha de puro deseo la invadió y le humedeció el sexo. Bridget asintió con la cabeza y el corazón le flaqueó un poco mientras se agarraba más fuerte a la encimera. Clavó la mirada en la puerta del armario que tenía delante y se le entrecerraron los ojos.

Chad le apoyó una mano en el vientre, con los dedos extendidos, y le levantó las caderas. Un sonido gutural escapó de su garganta un instante antes de hundirse dentro de ella. Bridget gritó de nuevo y arqueó la espalda. Estuvo a punto de correrse debido a la maravillosa y profunda penetración. Chad se retiró unos centímetros y luego repitió el movimiento hasta que los únicos sonidos que se oyeron en el piso fueron sus respiraciones y el golpeteo de sus cuerpos chocando el uno contra el otro.

Chad le clavó los dedos en las caderas mientras la embestía, una y otra vez. No se movían a un ritmo perfecto, y aún menos cuando él la rodeó con los brazos y le agarró los pechos. Chad le localizó los pezones con sus hábiles dedos al mismo tiempo que le hundía los dientes en el hombro.

Bridget gritó su nombre cuando los estallidos del orgasmo le recorrieron todo el cuerpo, como él le había prometido muchas noches atrás, en el club, y Chad se corrió con un gruñido profundo, mientras mecía las caderas y se estremecía.

Cuando Chad salió de ella por fin (Bridget tuvo la sensación de que había transcurrido una eternidad y de que, a la vez, no había sido tiempo suficiente), la hizo girarse y le preguntó con tono de preocupación:

—¿Estás bien?

—Estoy perfecta... Ha sido perfecto.

Bridget sonrió, asombrada de ser capaz de mantenerse en pie.

Chad le rodeó la cintura con los brazos y ella percibió que algo cambiaba en su expresión antes de que bajara la cabeza y la besara despacio. Inevitablemente, los besos condujeron a otras cosas. Chad le acarició los pechos y entre los muslos, y siguieron besándose mientras él la hacía girarse y la sentaba sobre la mesa de la cocina. Luego se acercó más a ella, le separó los muslos y empezó a trazar un rastro descendente de besos. Bridget echó la cabeza hacia atrás y cerró los ojos mientras él hacía otra cosa que le había prometido.

Chad le rindió homenaje.

Un rato después, acabaron de nuevo en el dormitorio, sin acordarse del vino y con las extremidades entrelazadas y cubiertas de sudor.

—Feliz Navidad —le dijo Chad, y luego apretó los labios contra su frente húmeda.

Ella sintió una opresión en el pecho mientras se acurrucaba contra él. Cuando el brazo que le rodeaba la cintura la apretó más fuerte, Bridget cerró los ojos para contener una repentina oleada de lágrimas.

Todo eso iba a terminar mal, porque era consciente de que, cuando llegara el momento de dejar marchar a Chad, no querría hacerlo por nada del mundo. Todo su cuerpo estaba relajado y deliciosamente saciado, pero su corazón... Oh, el corazón se le estaba haciendo añicos.

Bridget respiró hondo e intentó aliviar el nudo que se le había formado en la garganta.

—Feliz Navidad, Chad.

Sí, sin ninguna duda ahora las cosas se habían complicado.

* * *

Chad no recordaba haber tenido nunca una mañana de Navidad mejor. Se despertó con un brazo alrededor de la cintura de Bridget y la cabeza enterrada en su pelo. Cuando la hizo girarse, ella le sonrió con expresión somnolienta y abrió los muslos para él.

Joder, había sido perfecto.

Esa mañana, se tomó las cosas con calma con Bridget, la penetró despacio y prolongó el placer para ambos. No la folló ni le echó un polvo. Chad sabía perfectamente lo que estaba haciendo.

Lo de la ducha fue harina de otro costal.

La hizo inclinarse hacia delante y se hundió en ella como si fuera la primera vez que tenía relaciones sexuales. Nunca se cansaría de estar con Bridget, de estar dentro de ella. Lo sabía en el fondo de su alma.

Después de muchas risas y mucho sexo, se pusieron algo de ropa encima y prepararon juntos el desayuno mientras Pepsi permanecía sentado junto a la encimera esperando a que cayeran restos al suelo.

Chad no estaba seguro de qué tenía de especial toda esa situación, pero no habría querido estar en ningún otro sitio. Más tarde, en el sofá, con Bridget acurrucada contra él, recordó qué más le había contado Maddie la noche anterior.

Le apartó a Bridget la desordenada melena de la cara y sonrió cuando ella alzó las pestañas y lo miró con anhelo. Su pene despertó en un nanosegundo.

—Muy pronto —les prometió a ambos—. Pero, primero, tenemos que hablar de otra cosa que me dijo Maddie anoche.

Bridget se incorporó y se echó el pelo hacia atrás con el ceño fruncido.

—¿De qué?

—Me dijo que el director no quiere que asistas a la gala por mi culpa. Mira, voy a...

—Espera —lo interrumpió, y levantó una mano—. Admito que me enfadé cuando el director me excluyó, porque llevo todo el año preparando esa gala, pero tengo que contarte algo antes de que..., bueno, antes de que esto vaya más lejos. ¿Vale?

Chad se recostó en el sofá y asintió con la cabeza. Un instante después, Pepsi se le subió en el regazo.

—Vale.

Una sonrisa tímida apareció en los labios de Bridget.

—Al principio, no me gustaba nada la idea de hacerme pasar por tu novia. —Soltó una carcajada, cohibida, mientras rozaba la esmeralda con los dedos—. En realidad, me cabreé bastante, pero ya no opino lo mismo. Quiero decir que... —Se interrumpió, y se sonrojó—. Dios mío, parezco una tonta.

Chad intentó disimular una sonrisa.

—¿Qué pasa? ¿Quieres decir que no aceptaste hacer esto para aumentar tus opciones de conseguir citas? —bromeó.

El rubor se propagó por el cuello de Bridget.

—Oh, Dios, no. No acepté por eso.

Chad rascó a Pepsi detrás de la oreja, pensativo. Debía admitir que sentía curiosidad por saber cuál había sido el motivo.

—Sé sincera. Siempre habías querido ser mi novia.

Bridget se rio tan fuerte que Pepsi levantó la cabeza y echó las orejas hacia atrás.

—No. Tampoco fue por eso. La señorita Gore... Bueno, en cierto sentido, supongo que tengo que agradecerle su inquietante nivel de determinación.

Los dedos de Chad se quedaron inmóviles sobre la cabeza de Pepsi.

—¿A qué te refieres?

—Prácticamente me chantajeó. —Bridget alargó una mano y le rascó una pata a Pepsi—. Me amenazó con difundir el rumor de que te estaba acosando. También averiguó que me he retrasado en el pago de mi préstamo de estudios y se ofreció a saldar mi deuda. Vales, como mínimo, cincuenta mil dólares, ¿sabes? —Se rio cuando Pepsi empezó a amasar el muslo de Chad—. Yo diría que vales más, pero...

—Un momento —la interrumpió Chad, que la miró. No podía creerse lo que estaba oyendo—. ¿Te ofreció saldar tu préstamo de estudios para que fingieras ser mi novia?

Bridget asintió.

—Así es. ¿Te lo puedes creer?

A Chad se le habían ocurrido varios motivos por los que Bridget podría haber hecho eso, pero que le hubieran *pagado* no era uno de ellos. Se quedó de piedra. No estaba seguro de cómo se sentía: ¿enfadado, decepcionado, asqueado...?

Le habían pagado para que fuera su novia.

Era como las mujeres a las que su padre pagaba para que estuvieran con él.

Soltó una breve carcajada mientras miraba fijamente a Bridget.

—Tal vez he sido un idiota, ¿sabes?, al pensar que el motivo por el que habías aceptado hacer esto era que yo te gustaba o que querías compensarme por largarte mientras estaba en el baño cuando nos conocimos.

La expresión de Bridget reflejó confusión.

—Sí, solo un idiota pensaría eso.

—Vaya. Caray. —Chad agarró a Pepsi y dejó al gato, que estaba muy contrariado, sobre el sofá. Cuando se puso de pie, le temblaban las manos—. Espero que la señorita Gore y tú estéis satisfechas con vuestro acuerdo.

—¿Qué? —Bridget se puso de pie de golpe—. Espera un momento, Chad. No puedes estar tan enfadado.

—¿Que no puedo estar tan enfadado? —Se la quedó mirando con incredulidad—. He hecho muchas gilipolleces en el pasado, ¿sabes?, y es probable que mucha gente crea que no tengo escrúpulos, pero se equivocan. Joder, no pienso cruzar ese límite. Es repugnante.

Bridget retrocedió bruscamente, como si la hubiera abofeteado. Después de todo lo que había pasado entre ellos, ¿no iba a concederle ni dos segundos para explicarle que no había aceptado el dinero? ¿Le resultaba tan fácil creer que estaría dispuesta a prostituirse?

—¿Cómo dices?

—Esto se acabó.

—¡Chad! —Bridget avanzó, como si quisiera bloquearle el paso para impedir que se marchara, pero la mirada que le lanzó Chad le hizo cambiar de opinión. Entonces, dio un paso atrás, parpadeando rápido—. No entiendo por qué no quieres oír mi versión.

Chad no sabía qué pensar, pero la verdad nunca se le había pasado por la cabeza. Cuando había dinero de por medio, el resultado era impredecible y no podías fiarte del comportamiento de nadie.

Se dirigió hacia la puerta mientras sacudía la cabeza.

—Tus servicios ya no son necesarios. Esta mierda se ha acabado. Estoy harto.

Capítulo veintiuno

Bridget seguía aturdida cuando regresó al trabajo dos días después de Navidad. No tenía ni idea de cómo ni por qué Chad había reaccionado de forma tan brusca. Ella solo pretendía poner todas las cartas sobre la mesa, por así decirlo, para que las cosas pudieran ir más allá entre ellos..., más allá de solo fingir. Por un momento, había creído que Chad quería tener una relación de verdad con ella, y Bridget no podía seguir adelante sin sincerarse.

A lo largo de esos dos días, había pasado por todas las fases emocionales y, cuando la ira asomó por fin su fea cabeza, se alegró. Insultar a Chad era mejor que hundir la cara en la almohada empapada de lágrimas.

¿Chad de verdad había pensado que simplemente aceptaría salir con él porque era un tío maravilloso? Por el amor de Dios, su ego no tenía límites.

Pero la ira no le duró demasiado, así que no debería haberle extrañado tener que ir a trabajar con un montón de corrector bajo los ojos hinchados.

Tenía el corazón roto, aunque había ocurrido un poco antes de lo previsto.

Encendió el ordenador y empezó a revisar correos electrónicos con desgana. Quince minutos después, Madison entró en la oficina con una sonrisa tan enorme en la cara que Bridget se preguntó si le habría tocado la lotería durante las vacaciones.

O si Chad le habría propuesto matrimonio.

Pero a Madison se le borró la sonrisa en cuanto vio a su amiga.

—Oh, no. ¿Qué ha pasado?

Bridget no estaba segura de si debería contarle ya que Chad y ella habían roto. Pero, como no quería poner en peligro el contrato de Chad, optó por mentir.

—No me siento bien.

Madison se detuvo delante de su mesa y en su rostro se dibujó una expresión compasiva.

—Estás hecha una mierda.

—Gracias —masculló Bridget.

—Pero tienes que ponerte mejor antes del día tres, porque, ¿sabes qué? —Madison, por supuesto, no esperó a que intentara adivinarlo. Nunca se esperaba—, el director Bernstein ha cambiado de opinión y quiere que asistas a la gala.

—¿Qué? —Bridget se apartó del ordenador—. Pero si no quería que...

—Sí, por Chad. Ya lo sé. Pero ahora incluso le parece bien que venga él. —Madison se meció sobre los talones, más contenta que unas pascuas, mientras el corazón de Bridget se rompía un poco más—. Al principio, pensé que alguien le había sacado el palo del culo, pero luego el director me contó una noticia aún más importante, que es el motivo por el que está de tan buen humor.

—¿Qué noticia?

¿La viagra ya no aumentaba el riesgo de sufrir un infarto?

Madison estampó las manos sobre la mesa de Bridget, de un modo que sacudió todos los objetos que había encima.

—Recibimos una *generosa* donación justo después de Navidad.

A pesar de estar de un humor de mierda, la esperanza brotó dentro de Bridget.

—¿Cómo de generosa?

—¡Tanto que hemos conseguido el objetivo del año!

Bridget se puso de pie de golpe.

—¿Lo dices en serio?

—¡Sí! —Madison se puso a dar saltos—. ¡El departamento cuenta con fondos para todo el año y, seguramente, habrá más donaciones durante la gala!

Bridget rodeó con rapidez la mesa y se unió a los saltos y a los gritos de celebración de Madison. Su humor mejoró mucho tras oír la buena noticia, lo que la ayudó a sobrellevar el día. Lo ocurrido con Chad solo le ensombreció el ánimo un par de veces, pero se repitió a sí misma una y otra vez que, al menos, durante un año ya no tendría que preocuparse por encontrar otro trabajo.

Sin embargo, cuando regresó a casa esa noche y colocó la cena de Pepsi sobre la mesa, estuvo a punto de desmoronarse.

Las lágrimas nunca solucionaban nada, pero sintió el impulso de ceder a ellas. En ese momento la aguardaban muchas cosas buenas, pero ya no le hacían tanta ilusión como antes.

El corazón se le paró cuando alguien llamó a la puerta. ¿Sería Chad? Lo había llamado por teléfono y le había enviado mensajes varias veces, pues quería que le diera la oportunidad de explicarse, de hablar, de hacer algo..., pero él no había contestado.

Bridget cruzó la sala de estar a toda prisa, se enganchó un dedo del pie en la moqueta desgastada y por poco se cayó de bruces al suelo. Recobró el equilibrio en el último momento y abrió la puerta de golpe.

—Cha... Ah, eres tú.

La señorita Gore enarcó una ceja

—Yo también me alegro de verte.

Bueno, si antes no tenía ganas de esconderse en algún agujero, ahora sí.

—¿Qué quieres?

—Tenemos que hablar. —La señorita Gore entró a la fuerza en el piso. Para ser tan menuda, era muy fuerte. Entonces, se dio la vuelta, dejó el bolso sobre la mesa de centro y se cruzó de brazos—. ¿Puedes decirme por qué Chad acaba de llamarme muy cabreado para comunicarme que todo el asunto se cancela antes de tiempo, aunque no quiso explicarme por qué?

—Se acabó —contestó Bridget, que encorvó los hombros.

La publicista entornó los ojos.

—¿Qué quieres decir? No habíamos planeado que rompierais hasta...

—¡Tú no tienes voz ni voto en este asunto! ¡Y me da igual que esto trastoque tus planes! —Bridget dio un paso atrás y respiró hondo—. Mira, espero que Chad conserve su contrato y que todo le salga bien, pero esta farsa se ha acabado.

La señorita Gore la observó un momento y luego se sentó.

—¿Qué ha pasado?

—¿Por qué crees que ha pasado algo?

—Porque estás dolida —contestó mientras se quitaba las gafas—. Se te nota en los ojos. Así que supongo que ha pasado algo. Además, teníamos planeado ponerle fin a esto en Año Nuevo, y todavía faltan unos días.

Bridget no podía creerse que se estuviera planteando contarle la verdad, y se sentó mientras sacudía despacio la cabeza.

—Me he enamorado de él.

La señorita Gore se recostó en el sofá.

—Y creo... Bueno, creía que él sentía lo mismo. —Las lágrimas provocaron que se le formara un nudo en la garganta—. Pero metí la pata. Le conté la verdad.

—¿La verdad sobre qué? ¿El préstamo de estudios? Mira, ya sé que ese es un tema delicado para ti, evidentemente, pero no es para tanto. Dudo que Chad...

—No. —Bridget suspiró—. Le dije por qué accedí a hacer esto.

La señorita Gore se puso pálida.

—Oh, Dios mío...

—Le conté que no quería hacerlo y que básicamente me chantajeaste. —Frunció los labios—. Por cierto, no creas que no sigo cabreada por eso. Porque lo estoy.

—Es comprensible —contestó la publicista, que asintió con la cabeza—. ¿Y él se enfadó?

—¿Enfadarse? —Bridget soltó una carcajada breve y seca que sonó muy triste—. Se puso hecho una fiera y se largó.

La señorita Gore enarcó una ceja.

—Bueno, supongo que al ego de un hombre no le sienta demasiado bien enterarse de que una mujer accedió a ser su novia porque la chantajearon. Sobre todo, cuando se trata de un ego tan grande como el de Chad. ¿Has intentado llamarlo?

Bridget apretó los labios e hizo un gesto afirmativo. Aquel nudo seguía atascado en su garganta y se negaba a moverse.

—Lo he llamado y le he enviado mensajes, pero no me contesta.

La señorita Gore frunció el ceño y se quedó callada un momento.

—Creo que Chad ha acabado sintiendo algo muy fuerte por ti... Puede que incluso te quiera.

Bridget la fulminó con la mirada.

—¿Qué parte de la conversación no has entendido? Se marchó. No quiere verme. Eso no es amor.

La publicista sonrió.

—El único motivo para que se haya enfadado tanto es que te quiera. De lo contrario, no le habría importado. El hecho de que esté disgustado demuestra que siente algo por ti. —Se inclinó hacia delante y le dio una palmadita en una mano. Bridget se apartó de golpe, pero la señorita Gore no se inmutó—. Eso es algo bueno... Genial, incluso. Nunca me habría esperado que surgiera una relación real de esta situación, pero esto es perfecto. La gente hará cola para contratarme.

—Estás loca —dijo Bridget, que la miraba fijamente.

—No. Espera y verás. Chad acabará entrando en razón. —Entonces, se puso de pie, sonriendo como si hubiera tenido un año fantástico en el trabajo—. Yo ya estaba empezando a sospechar algo, ¿sabes? —Dio una palmada—. Acabarás dándome las gracias por esto.

Bridget se quedó boquiabierta.

—Lárgate de mi piso.

—Hablo en serio. —La publicista cogió su bolso—. Al final, me invitarás a la boda y me darás las gracias durante el brindis.

Completamente atónita, Bridget hizo lo mismo que durante la primera visita de la señorita Gore: le enseñó el dedo corazón.

Con las dos manos.

* * *

Chad estaba deprimido o, como lo habían descrito sus hermanos, tenía el síndrome premenstrual. No les había contado lo que había pasado entre Bridget y él. Eso no era asunto suyo.

Sus pies aporrearon la cinta de correr. Llevaba una hora corriendo y estaba empapado de sudor. Desde que había descubierto el verdadero motivo por el que Bridget había aceptado de inmediato ser su novia falsa, había pasado todas las noches en la cinta de correr, y más horas de las que quería contar.

Los músculos le ardían muchísimo, pero eso era mejor que sentir el frío abismo que tenía en el pecho. Era mejor que sentarse delante del televisor sin prestarle atención a la pantalla. Y era mucho mejor que tumbarse en la cama con la mirada clavada en el techo mientras se preguntaba cómo coño había juzgado tan mal a Bridget.

Redujo la velocidad y luego golpeó el botón de parada. Entonces, se bajó de la cinta de correr, cogió la toalla colgada del lateral y empezó a secarse el sudor.

Aunque, bien pensado, ¿de verdad había sido tan imbécil para creer que ella había aceptado fingir solo porque se trataba de él? Incluso él debía admitir que su ego había sobrepasado al de sus dos hermanos juntos..., y al de su padre.

Tal vez algún día lograría entender por qué Bridget lo había hecho, pero nunca podría olvidarlo. Sobre todo, porque su padre solía hacer cosas así: comprarles joyas y coches a sus «novias», saldar sus deudas y amueblar sus pisos mientras su mujer aliviaba las penas con pastillas, hasta que eso la llevó a la tumba antes de tiempo.

De todas formas, ¿en qué rayos estaba pensando? ¿Él, en una relación? Y, además, en una relación que habría empezado con dos personas fingiendo estar enamoradas. Mierda, su historial con las mujeres era peor que el de su padre.

Joder.

Pero echaba de menos la sonrisa de Bridget, y oírla reír. Echaba de menos su aroma a jazmín y sentirla contra él. Echaba de menos el rubor que le brotaba constantemente en la cara y le bajaba por el cuello. Echaba de menos sus respuestas ingeniosas y que no le molestara el silencio. Echaba de menos que le preguntara cómo le había ido el día, su aversión hacia los paparazis y el hecho de que nunca permitiera que él se saliera con la suya. Incluso echaba de menos a aquel gato gordísimo.

Simplemente, la echaba de menos.

Dejó caer la toalla y se pasó las manos por la cara. Ignorar sus llamadas ya había sido bastante duro, pero lo que realmente le había costado era no ponerse en contacto con ella. Estaba a punto de meterse en la ducha cuando oyó que alguien llamaba a la puerta. Supuso que uno de sus hermanos habría ido para intentar sacarlo a rastras para celebrar Fin de Año, y, mientras abría la puerta, intentó ignorar la oleada de emoción que le embargó al pensar que podría tratarse de Bridget.

Lo que se encontró fue aún peor.

—Señorita Gore. —Pronunció su nombre alargando las sílabas, pues sabía que ella odiaba que hiciera eso—. ¿Qué he hecho para merecer este honor?

Ella lo observó con el ceño fruncido.

—¿Nunca usas camisetas cuando estás en casa?

—Pues no. Si eso te supone un problema, puedes...

La señorita Gore levantó una mano y le impidió cerrarle la puerta en las narices.

—No habría tenido que venir hasta aquí si contestaras al teléfono y dejaras de comportarte como un auténtico gilipollas.

Chad cerró los ojos y contó hasta diez.

—Como te dije la última vez que hablamos por teléfono, ya no necesito tus servicios. Has cumplido con tu trabajo. Enhorabuena y gracias. Ahora, haz el favor de desaparecer de mi vida de una vez.

La señorita Gore lo empujó para entrar, fue hasta la cocina y se sentó en un taburete con las piernas cruzadas.

—Sigo siendo tu publicista hasta que los Nationals decidan que mis servicios ya no son necesarios.

—Genial —masculló él.

—Y está claro que me necesitas.

Chad cogió una botella de agua y apoyó la cadera contra la encimera.

—Eres la persona a la que menos necesito.

—Vale —contestó ella con una sonrisa—. Necesitas a Bridget.

—Rectifico —dijo Chad mientras una dolorosa punzada le atravesaba las entrañas—. Ella es la persona a la que menos necesito.

—¿En serio? Entonces, si Bridget era la persona a la que menos necesitabas, ¿por qué te acostaste con ella?

Chad soltó una palabrota entre dientes.

—No voy a hablar de...

—Oh, claro que vas a hablar conmigo. —La señorita Gore se giró en el taburete para seguir los movimientos de Chad—. ¡No deberías haberte acostado con ella si tenías pensado dar media vuelta y largarte!

—¿Por qué estás enfadada? ¡Tú organizaste todo esto! —Estaba atónito—. ¿Qué creías que iba a pasar?

—Oh, qué sé yo. —La señorita Gore se cruzó de brazos—. ¿Que dejaras de ser tan egocéntrico? ¿Cuál es el problema? Bridget no quería salir contigo al principio, así que tuve que darle un empujoncito.

Chad estaba a punto de echar a esa mujer a patadas de su piso.

—La chantajeaste para que estuviera conmigo.

—¡No la chantajeé para que se acostara contigo, pedazo de imbécil!

—Claro, le pagas para que lo haga —contestó él con una sonrisita de suficiencia—. Hay una gran diferencia.

—¿Qué? —La señorita Gore se echó hacia atrás y soltó una carcajada—. Eres idiota.

—En primer lugar, no me parece que nada de esto tenga gracia y, en segundo lugar...

—Sí, eres idiota. —La publicista se puso de pie de golpe y plantó las manos en las caderas—. Déjame ver si lo adivino: ¿Bridget empezó a explicarte por qué accedió a hacer esto, pero tú solo oíste lo que tus sensibles oídos masculinos quisieron oír y sacaste conclusiones precipitadas? Porque no le he pagado ni un centavo.

—Eso no es...

—Es verdad que le ofrecí dinero. Se lo ofrecí para saldar su préstamo de estudios, para ser precisos. Pensé que ese sería un incentivo mejor. Y, después de tratar contigo durante menos de un mes, supuse que a la pobre chica tendríamos que pagarle.

Caray. Chad dejó la botella sobre la encimera.

—No te pases de la raya.

—Pero Bridget rechazó el dinero, así que me vi obligada a tomar medidas más drásticas. No me enorgullezco de lo que hice, créeme, pero ella no ha hecho nada malo. No le dejé otra opción.

Chad se pasó los dedos por el pelo con un gesto brusco y se giró mientras respiraba hondo.

—¿Rechazó el dinero?

—Sí.

—¿Y la obligaste a hacer esto?

—Sí. Pero lo que haya pasado entre vosotros no tuvo nada que ver conmigo. Eso ha sido cosa vuestra.

Chad cerró los ojos mientras lo asaltaba una avalancha de emociones entremezcladas. No sabía qué pensar. Lo invadió el alivio, pero también la ira..., sobre todo contra sí mismo. La señorita Gore tenía razón. Se había dejado llevar por su ego desmesurado.

—No es demasiado tarde.

—Yo creo que sí —contestó Chad, que se giró hacia ella.

—¿Por qué?

—¿Cómo puede salir adelante una relación que empezó con una de las personas obligada a ello?

La señorita Gore alzó las manos en un gesto de frustración.

—Mira, nunca en toda tu vida te has responsabilizado de ninguno de tus actos. La culpa siempre era de otra persona. Pero ahora tienes la oportunidad de comprender que has jugado un papel en todo esto. Además, ¿debo recordarte que ya tenías una relación con ella antes de que yo interviniera? Lo único que hice fue echar una mano.

—¿Echar una mano?

La señorita Gore asintió con la cabeza, sonriendo.

—¿Estás enamorado de ella?

—Eh...

—Es una pregunta sencilla, Chad. ¿Estás enamorado de ella?

La respuesta era sencilla. Su corazón ya sabía lo que su boca no quería decir. Por algún motivo, pensó en un puñetero patio de juegos y vio que su vida era dar vueltas sin parar, pero sin acabar en ninguna parte..., ni con nadie. Ya era hora de bajarse del carrusel.

—Si la quieres —añadió la señorita Gore con tono firme—, encontrarás la forma de solucionarlo.

Chad miró fijamente a su publicista/niñera/hija de Satanás.

—Dios mío, no envidio al hombre con el que acabes.

Ella esbozó una sonrisa sumamente malévola.

—Yo tampoco.

Capítulo veintidós

Solo hacía una hora que había empezado la gala de invierno para recaudar fondos, pero a Bridget ya le dolía la cara de tanto sonreír y los pies la estaban matando debido a sus intentos de evitar a Robert y a Madison.

Estaba siendo injusta con Madison, pero su amiga contaba con la compañía de Chase, y el hecho de que este se pareciera tanto a Chad la afectaba bastante. Además, él le había preguntado de inmediato qué bicho había picado a Chad desde el día de Navidad.

A Bridget le dolía pensar siquiera en responder a esa pregunta, aunque sabía que al final, cuando la señorita Gore renunciara a la idea de que Chad cambiaría de opinión, tendría que hacerlo. La ruptura real de su relación falsa saldría pronto a la luz.

Procuró no pensar en eso mientras saludaba a los invitados y vigilaba a los camareros. Estaba bastante segura de que uno de ellos estaba totalmente colocado. Bridget se debatió entre pedirle al chico que se marchara y averiguar dónde había escondido su alijo.

El director Bernstein se le acercó con una cálida sonrisa en la cara y le apretó las manos.

—La gala es magnífica, señorita Rodgers. Este año, la señorita Daniels y usted se han superado.

—Gracias. Espero que el año que viene recaudemos tanto dinero como este.

Al director se le arrugó la piel alrededor de los ojos cuando sonrió.

—Bueno, mientras su novio siga por aquí, estoy seguro de que así será.

Bridget parpadeó despacio.

—¿Cómo dice?

Él le dio una palmadita en el hombro mientras soltaba una carcajada suave.

—No hace falta fingir. Aunque el señor Gamble me pidió que mantuviera su donación en secreto, no me cabe duda de que le habrá contado lo generoso que ha sido.

Bridget sintió que el corazón le daba un vuelco.

—Gracias a él, el departamento de voluntariado podrá continuar otro año, probablemente dos. —El director Bernstein le apretó un hombro, pero ella ni siquiera lo sintió—. Me precipité al excluirlo. Después de todo lo que el señor Gamble ha hecho por el instituto, debería estar aquí.

—Eh... —farfulló Bridget, que no tenía ni idea de qué responder.

El director volvió a apretarle el hombro.

—Disfrute de la velada. Se lo merece. Y, por favor, transmítale mi agradecimiento al señor Gamble.

Bridget asintió con la cabeza, aturdida, y observó cómo el director Bernstein se reunía con su mujer. Tardó unos instantes en asimilarlo.

Chad había hecho la última donación, que tal vez por sí sola no había salvado el departamento, pero sí que había salvado el trabajo de Bridget y había conseguido que volvieran a invitarla a la gala que ella misma había organizado. La esperanza y la confusión batallaron por convertirse en el sentimiento predominante en su interior. Era evidente que Chad había hecho la donación antes de enterarse de que la habían chantajeado para que fuera su novia. ¿Verdad?

Bridget se abrió paso entre los invitados hasta localizar a Madison y a Chase.

—¿Lo sabías? —le soltó a su amiga.

Madison abrió los ojos de par en par.

—¿El qué?

—¿Sabías que fue Chad quien hizo la donación que consiguió que alcanzáramos nuestro objetivo?

—¿Qué? —Madison se giró hacia Chase y le dio un golpe en el brazo. Con fuerza—. ¿Por qué no me lo dijiste?

Vale. Madison no sabía nada del tema.

—Oye. —Chase levantó las manos en señal de rendición—. No tengo ni idea de lo que hablas.

—Oh, Dios mío —dijo Bridget, atónita—. No puedo creerme que hiciera esa donación. Era mucho dinero.

—Caray —comentó Chase con las cejas enarcadas—. No creo que Chad haya hecho nunca ninguna donación; sobre todo teniendo en cuenta que juega al póker, y que siempre pierde. El Smithsonian debería ponerle su nombre a una sala.

A Madison se le dibujó una amplia sonrisa.

—Más bien deberían ponerle el nombre de Bridget, porque estoy segura de que Chad hizo esa donación por ella.

Bridget se dio la vuelta y se alisó con las manos la falda del sencillo vestido negro. Tenía que hacer algo. No sabía qué, ni si eso cambiaría nada, pero tenía que darle las gracias a Chad.

Tenía que preguntarle por qué lo había hecho.

Se giró de nuevo hacia Madison y respiró hondo.

—Tengo... tengo que irme.

—¿Qué? —Su amiga dio un paso hacia ella—. Bridget, ¿estás...?

—Estoy bien. De verdad. —Hizo una pausa para sonreírle a Chase—. Pero tengo que irme, ¿vale?

Acto seguido, dio media vuelta sin esperar a que Madison ni Chase respondieran. Cruzó la sala principal, repartiendo sonrisas a toda prisa, y siguió caminando para que no la detuvieran.

Estaba a unos tres metros de la entrada cuando se paró en seco y se quedó sin aire en los pulmones.

Bajo las centelleantes luces blancas se encontraba Chad Gamble.

Llevaba puesto un esmoquin, como si hubiera planeado asistir a la gala, y, Dios mío, estaba maravilloso. Sus ojos de color azul celeste recorrieron la sala hasta que se posaron en ella.

Bridget se quedó inmóvil. El mundo que la rodeaba dejó de existir.

Chad avanzó hacia ella con expresión decidida. No caminó hacia ella. Oh, no, se abalanzó hacia ella.

—¿Vas a algún sitio?

—Sí. —Bridget sacudió la cabeza—. Iba a buscarte.

—Ah, ¿sí? —Él ladeó la cabeza—. ¿Por qué?

—Necesito hablar contigo. —Bridget miró a su alrededor mientras lo agarraba de un brazo, con la esperanza de trasladar la conversación a un lugar mucho más privado—. Fuiste tú quien hizo esa donación.

No consiguió deducir nada de la expresión de Chad, que se negó a moverse.

—Sí —contestó.

—¿Por qué? —le preguntó, manteniendo la voz baja—. Chad, era mucho dinero y...

—Te quiero —dijo él, lo bastante alto para que varias de las personas que los rodeaban se detuvieran y se giraran hacia ellos. Un leve rubor cubrió las mejillas de Chad—. Lo hice por eso. Puede que en ese momento todavía no lo hubiera comprendido del todo, pero así es. Te quiero. Y no puedo permitir que mi chica pierda su trabajo.

Bridget lo miró fijamente y se preguntó si lo habría oído bien, pero en ese momento ya contaban con bastante público y, a juzgar por sus expresiones, todos debían haberse imaginado lo mismo que ella.

—¿Me quieres? —le preguntó con voz aguda.

—Sí, así es —contestó Chad mientras esbozaba una media sonrisa.

Bridget tuvo la sensación de que todo era irreal, como si estuviera soñando.

—Tal vez deberíamos ir a hablar a otro sitio...

—No. Quiero hacerlo aquí —repuso él mientras le apoyaba las manos en los hombros—. Me he comportado como un imbécil la mayor parte de mi vida. Quería seguir en el patio de juegos, ¿sabes?

—¿Qué?

Chad sacudió la cabeza.

—Olvídate del comentario sobre el patio de juegos, pero escúchame. Desde la noche en que te conocí, supe que nunca iba a encontrar a otra mujer como tú. Debería haberte buscado entonces, pero, de algún modo, volviste a entrar en mi vida. No sé cómo. La verdad es que no me merezco tener tanta suerte y, desde luego, no me merezco a una mujer como tú.

A Bridget se le empezaron a llenar los ojos de lágrimas.

—Chad...

—Todavía no he terminado, nena —le dijo con un brillo travieso en sus ojos azules—. He hecho muchas cosas de las que no me siento orgulloso. No me acosté con esas mujeres, por cierto. No lo hice, pero esa no es la cuestión. Sin embargo, he hecho muchas cosas que han afectado a otras personas. Nunca me responsabilicé de nada de eso, pero de lo que más me arrepiento es de haberme marchado de tu piso el día de Navidad.

Oh, Dios, en cualquier momento Bridget iba a ponerse a llorar como un bebé.

—Está bien, Chad. Podemos...

—No estuvo bien. Debería haber escuchado lo que tenías que decir. —Entonces, la soltó y respiró hondo—. Hasta ahora, nunca he querido solucionar nada, y esto no tiene nada que ver con el contrato. A la mierda el contrato.

Bridget inhaló bruscamente, pero el aire se le quedó atascado en la garganta.

—Quiero solucionar las cosas por ti. Quiero ser digno de ti.

Las lágrimas se le escaparon entonces de los ojos.

—Pero ya lo eres, Chad. Ya lo eres.

Un atisbo de arrogancia apareció en su expresión.

—Bueno, ya sé que soy genial, pero podría ser mejor por ti.

Bridget soltó una carcajada entrecortada.

—Vaya.

—Lo que intento decir es que eres la mejor novia falsa que he tenido nunca. —Entonces, Chad hincó una rodilla delante de Bridget y de todo el mundo—. Me tienes maravillado.

Bridget se quedó paralizada.

—¿Qué estás haciendo?

—Joder —dijo Chase desde las inmediaciones.

—Cierra el pico —soltó Madison entre dientes.

Chad le lanzó una mirada traviesa a su hermano y luego volvió a posar los ojos en Bridget.

—Puede que esto sea una locura, pero qué más da, ¿verdad? —Se sacó una cajita negra del bolsillo y Bridget se mareó cuando la abrió. Dentro había una reluciente esmeralda engastada en un anillo de plata—. Te quiero, Bridget. Y estoy bastante seguro de que tú sientes lo mismo por mí. Así que mandemos a la mierda todo eso de salir juntos y casémonos.

Bridget sintió que la sangre abandonaba la parte superior de su cuerpo tan rápido que estuvo segura de que se desplomaría.

Chad aguardó.

—¿Qué me dices? ¿Quieres casarte conmigo?

Curiosamente, Bridget vio pasar toda su vida ante sus ojos, lo cual fue bastante raro, pues no se estaba muriendo ni nada por el estilo, pero así fue. En un instante, todo lo que había sido y todo lo que sería colisionaron. El corazón se le hinchó de emoción y la invadió la alegría.

Entonces, miró a Chad fijamente a los ojos y respondió:

—Sí. ¡Sí!

Se oyó una estruendosa ovación cuando Chad se puso de pie y le colocó el anillo en el dedo. Le quedaba un poco grande, pero en ese momento a ella le dio igual. Bridget alzó la vista hacia Chad y luego cerró los ojos cuando los labios de él descendieron hacia los suyos. Fue el beso más dulce y tierno que se habían dado nunca.

Bridget oyó que Chase repetía:

—Joder.

Chad y ella se separaron y se rieron al ver la expresión estupefacta de su hermano, que estaba al lado de Madison.

Chad rodeó a Bridget con los brazos y le acercó la boca al oído para decirle:

—Gracias. Gracias.

Ella hundió la cara en su cuello mientras se aferraba a sus brazos y contestó:

—Claro que me mereces.

Chad le deslizó los brazos hasta la cintura.

—En ese caso, demuéstramelo.

Bridget comprendió perfectamente a qué se refería. Así que agarró a Chad de un brazo y le dirigió una sonrisa de disculpa al director.

—Siento todo este circo. De verdad.

El director Bernstein parecía tan asombrado como ella, pero Bridget siguió andando y guio a Chad hasta el vestíbulo, y luego avanzaron por el pasillo. Se detuvieron en la primera habitación que encontraron: un pequeño almacén en el que guardaban el vino para la gala. Hacía un poco de frío dentro, pero era perfecto.

Chad cerró la puerta con llave tras él y luego se giró hacia Bridget y la miró con esos ojos de un intenso tono azul.

—Necesito oírte decirlo.

El corazón de Bridget se aceleró.

—Te quiero, Chad. Quise decírtelo en Navidad, pero...

—Pero me comporté como un gilipollas, lo sé. —Se acercó a ella y le soltó el pelo para que cayera formando una masa de ondas y rizos—. Quiero pasarme el resto de mi vida compensándotelo.

Sorprendentemente, esas palabras la excitaron más que nada en el mundo.

—Entonces, empieza a compensármelo ahora.

—Oh, qué mandona. Me gusta. —Chad inclinó la cabeza y la besó. La besó de una forma muy diferente a la de antes, como si le estuviera diciendo que sabía que era suya y que nunca la dejaría ir—. ¿Crees que podrás casarte con un jugador?

Bridget deslizó una mano entre ambos y descubrió que él ya estaba listo para complacerla.

—Mientras sus conquistas se limiten al campo de juego, sí. —Le cubrió el pene con la mano y sonrió cuando él gimió contra sus labios—. ¿Y tú crees que podrás conmigo?

En una fracción de segundo, Chad la hizo girarse de modo que su espalda presionara contra la parte delantera del cuerpo de él.

—¿A ti qué te parece? —El ardiente aliento de Chad le acarició una oreja mientras le subía una mano por el muslo—. Sin medias. Debo decir que estoy de acuerdo.

Sus bragas desaparecieron antes de que Bridget pudiera decir ni una palabra. Acabaron rodeándole los tobillos, así que levantó los pies para quitárselas.

—Esa es mi chica. —Chad la besó en la nuca—. Mi futura esposa.

Cuando se bajó la cremallera del pantalón, ese sonido casi hizo que Bridget se corriera en ese instante. No hubo más advertencias. Chad se hundió dentro de ella, con un ritmo ardiente y feroz, implacable y hermoso, y al mismo tiempo hizo que Bridget inclinara la cabeza hacia atrás y apretó su boca contra la de ella. Ambos jadearon y mecieron las caderas el uno contra el otro mientras Chad los conducía a un orgasmo aniquilador que los dejó sin aliento.

Cuando Chad la hizo girarse de nuevo hacia él, la besó con pasión y luego la abrazó mientras le depositaba de vez en cuando un beso en la mejilla o en los párpados.

—Supongo que tendré que darle las gracias a la señorita Gore —admitió Bridget cuando fue capaz de hablar.

—¿Por qué? —le preguntó Chad mientras le colocaba bien la falda del vestido y después la besaba en el cuello.

Bridget le sonrió y notó que el corazón se le henchía de emoción tan rápido que estuvo segura de que le iba a estallar.

—Por ti.

Chad le cubrió las mejillas con las manos.

—Tienes razón, pero soy yo el que debe darle las gracias. Te trajo de nuevo a mi vida. Pero será mejor que no se lo digamos nunca —propuso, y luego la besó en los labios—. Puede venir a la boda, pero está claro que es demasiado arrogante. No necesita que le demos más motivos para ello.

Bridget se rio y le rodeó el cuello con los brazos. Se sentía más feliz de lo que jamás había creído que fuera posible..., y con Chad Gamble nada menos, un jugador cuyas conquistas se limitarían de ahora en adelante al campo de juego. Y todo gracias a aquella publicista salida del infierno. Era curioso cómo acababan saliendo las cosas.

—Estoy de acuerdo —contestó Bridget con una sonrisa.

Chad inclinó la cabeza de nuevo y, a juzgar por la forma en la que la besó, devorándola una y otra vez, iban a tardar bastante en salir de aquel almacén de vino.

Agradecimientos

Quiero transmitirles un agradecimiento especial a Liz Pelletier y al equipo de Entangled Brazen, por adorar a los hermanos Gamble tanto como yo, y a Kevan Lyon, por ser una agente maravillosa. A mi publicista, Stacey O'Neale: gracias por todo el duro trabajo que haces. Gracias a mis amigos, que siempre han sido un gran apoyo para mí (Stacey Morgan, Dawn, Lesa, Cindy y muchos más), y a mi familia y a mi marido.

Nada de esto sería posible sin todos vosotros, lectores. Os debo el mayor agradecimiento del mundo. Sois todos asombrosos. Gracias.

Esperamos que hayas sentido y fluido
con cada línea de este libro
como lo hemos hecho nosotros.

Tu opinión es importante.
Por favor, haznos llegar tus comentarios
a través de nuestra web y nuestras redes sociales:

#SomosAgua

Plataforma Editorial planta un árbol
por cada título publicado.

EL CLUB DEL

Daiquiri

Cris Planchuelo

ᗬgua editorial.

Una comedia multibiográfica...
y multiorgásmica
Si tu novio te ha dejado y estás desquiciada,
¡prepárate para cualquier cosa cuando
sales de noche con tus amigas!